OS AUSENTES

HAYLEN BECK
OS AUSENTES

Tradução
Mauricio Tamboni

1ª edição

Rio de Janeiro-RJ / São Paulo-SP, 2022

VERUS EDITORA

Copidesque
Érica Bombardi

Revisão
Cleide Salme

Título original
Here and Gone

ISBN: 978-65-5924-109-5

Copyright © Neville Singular Limited, 2017
Todos os direitos reservados. Os direitos morais do autor foram assegurados.
Publicado mediante acordo com Sobel Weber Associates Inc.

Tradução © Verus Editora, 2022
Direitos reservados em língua portuguesa, no Brasil, por Verus Editora. Nenhuma parte desta obra
pode ser reproduzida ou transmitida por qualquer forma e/ou quaisquer meios (eletrônico ou mecânico,
incluindo fotocópia e gravação) ou arquivada em qualquer sistema ou banco de dados sem permissão
escrita da editora.

Verus Editora Ltda.
Rua Argentina, 171, São Cristóvão, Rio de Janeiro/RJ, 20921-380
www.veruseditora.com.br

CIP-BRASIL. CATALOGAÇÃO NA FONTE
SINDICATO NACIONAL DOS EDITORES DE LIVROS, RJ

B355a

Beck, Haylen
    Os ausentes / Haylen Beck ; tradução Mauricio Pinho Tamboni. -
1. ed. - Rio de Janeiro : Verus, 2022.

    Tradução de: Here and gone
    ISBN 978-65-5924-109-5

    1. Ficção irlandesa. I. Tamboni, Mauricio Pinho. II. Título.

| 22-78735 | CDD: 828-99153 |
| | CDU: 82-3(415) |

Meri Gleice Rodrigues de Souza - Bibliotecária - CRB-7/6439

Revisado conforme o novo acordo ortográfico.

Seja um leitor preferencial Record.
Cadastre-se no site www.record.com.br e receba
informações sobre nossos lançamentos e nossas promoções.

Atendimento e venda direta ao leitor:
sac@record.com.br

Aos meus filhos

1

A estrada se curvava à direita e à esquerda, o ritmo fazendo as pálpebras de Audra Kinney pesarem mais a cada quilômetro. Ela havia desistido de contá-los; contar só tornava a viagem mais demorada. Suas articulações se queixaram quando ela flexionou os dedos no volante, a palma das mãos úmida de suor.

Por sorte, nos meses de inverno Audra mandara revisar o ar-condicionado do furgão de oito anos. Os verões de Nova York podiam ser quentes, mas não desse jeito. Não como o calor do Arizona. Um calor seco, como costumavam dizer. Sim, seco como a superfície do Sol, ela pensou. Mesmo às cinco e meia da tarde, mesmo quando o ar refrigerado causava arrepio nos antebraços, se ela encostasse os dedos na janela as mãos recuariam, com a mesma sensação de ter tocado em um bule com água fervente.

— Mãe, estou com fome — disse Sean no banco traseiro. O tom de voz choroso denunciava cansaço, mau humor e que ele estava prestes a se aborrecer. Louise cochilava na cadeirinha ao lado dele, a boca aberta, os cabelos loiros e úmidos grudados na testa. No colo, abraçava o esfarrapado Gogo, o coelho de pelúcia que ela tinha desde bebê.

Sean era um bom menino. Era o que todos diziam. Mas isso nunca havia ficado tão claro quanto nos últimos dias. A vida vinha exigindo muito dele, e ele estava suportando tudo. Audra o observou pelo retrovisor. Os traços fortes e os cabelos claros do pai, mas os membros longos da mãe. Ele tinha crescido nos últimos meses. Audra lembrou que seu filho, com quase onze anos, já se aproximava da puberdade. Sean havia reclamado pouco desde que eles deixaram Nova York; na verdade, vinha sendo de grande ajuda para cuidar da irmã mais nova. Não fosse ele, a essa altura Audra talvez já tivesse perdido a sanidade.

Perdido a sanidade?

Não havia sanidade nenhuma naquela situação toda.

— Tem uma cidade uns quilômetros à frente — ela anunciou. — Podemos comprar alguma coisa para comer. Talvez até tenha um lugar para a gente passar a noite.

— Espero que sim — Sean falou. — Não quero dormir no carro outra vez.

— Eu também não.

Bem nessa hora, ela sentiu aquela dor entre as omoplatas, como se os músculos ali atrás se descosturassem. Como se Audra estivesse se desfazendo e seu interior logo fosse sair pela costura aberta.

— Como vocês estão de água aí atrás? — perguntou, observando-o pelo retrovisor. Viu Sean olhar para baixo, balançar a garrafa plástica de água.

— Eu ainda tenho um pouquinho. A Louise já bebeu a dela.

— Certo. Vamos pegar mais água na próxima parada.

Sean voltou a atenção ao mundo passando pela janela a seu lado. Colinas, formações rochosas cobertas com arbustos surgindo pela estrada, cactos de sentinela, braços erguidos aos céus como soldados se rendendo. Acima deles, uma camada de azul intenso, com leves manchas brancas, um tom amarelado acompanhando o sol em sua jornada a oeste. Belo país, à sua maneira. Audra teria aproveitado para apreciar a paisagem se a situação fosse outra.

Se ela não precisasse fugir.

A verdade, porém, é que ela não precisava fugir; não, não precisava. Poderia ter esperado os eventos seguirem seu curso, mas esperar era uma tortura, segundos se transformando em minutos, somando-se em horas intermináveis de pura incerteza. Então ela fizera as malas e fugira. Como uma covarde, diria Patrick. Ele sempre a chamava de fraca. Mesmo que o próximo fôlego fosse para dizer que a amava.

Por um momento, Audra lembrou-se dos dois na cama, o peito do marido contra suas costas, a mão dele segurando seu seio. Patrick dizendo que a amava. Que, apesar de tudo, ele a amava. Mesmo que ela não merecesse o amor dele, e uma mulher como ela não merecia. A língua dele sempre era uma lâmina dócil que a perfurava, tão sutil que Audra só descobriria o corte muito tempo depois, quando passava a noite acordada com as palavras dele ainda se debatendo em sua mente. Colidindo como pedras em um pote de vidro, chacoalhando como...

— Mãe!

Ela ergueu bruscamente a cabeça e viu o caminhão vindo na direção de seu carro, faróis piscando. Girou o volante à direita, de volta ao seu lado da estrada, e o caminhão passou, mas o motorista lançou um olhar feroz. Audra balançou a cabeça, piscou para limpar a secura empoeirada dos olhos, inspirou fundo pelo nariz.

Foi por pouco. Por pouco mesmo. Ela praguejou em voz baixa antes de perguntar:

— Vocês estão bem?

— Sim — Sean respondeu, a voz vindo do fundo da garganta, como acontecia quando ele não queria que ela percebesse seu medo. — Talvez seja melhor pararmos logo.

Louise resmungou, a voz pesada de sono:

— O que aconteceu?

— Nada — falou Sean. — Volte a dormir.

— Mas eu não estou com sono — ela retrucou. Em seguida tossiu, com uma rouquidão grave e áspera. Vinha fazendo isso desde o início da manhã, os acessos piorando com o passar do dia.

Pelo retrovisor, Audra observou a filha. Louise adoecer era a última coisa de que ela precisava agora. A menina sempre se mostrara mais inclinada a ter problemas de saúde que o irmão, era pequena para a idade e muito magra. Ela abraçou Gogo, recostou a cabeça no estofado e deixou os olhos se fecharem outra vez.

Após uma subida, o carro chegou a uma área plana, com o deserto se espalhando por toda a volta e montanhas ao norte. Estariam nos picos San Francisco? Ou seriam as montanhas da Superstição? Audra não sabia especificar, teria de ver um mapa para recordar a geografia. Mas pouco importava. Nesse momento, a única coisa relevante era o estabelecimento um pouco adiante, na beira da estrada.

— Mãe, veja.

— Sim, estou vendo.

— Podemos parar?

— Sim.

Talvez tivessem café. Uma boa xícara de um café bem forte a empurraria pelos próximos quilômetros. Audra usou a seta para indicar que entraria à direita, conduziu o carro ao acostamento, depois à esquerda, passando por uma cerca e chegando ao chão arenoso da entrada. A placa anunciava "LOJA DE CONVENIÊNCIA", grandes letras vermelhas em um fundo branco. O prédio baixo era feito de madeira, tinha uma varanda com bancos contornando a extensão, janelas escuras, pontos de luz artificial quase invisíveis do outro lado do vidro empoeirado.

Tarde demais, ela notou que o único carro estacionado na frente da loja era uma viatura. Polícia rodoviária estadual ou xerife do condado. De onde estava, Audra não conseguia especificar.

— Merda — exclamou.

— Você falou palavrão, mãe.

— Eu sei. Desculpa.

Audra diminuiu a velocidade do furgão, os pneus amassando areia e pedras. Seria melhor dar meia-volta e retornar à estrada? Não. A essa altura, o xerife ou policial rodoviário ou quem quer que estivesse naquele carro já havia notado sua presença. Dar meia-volta só serviria para levantar suspeitas. O policial começaria a prestar atenção.

Ela estacionou o furgão na frente da loja, o mais distante possível da viatura, sem passar a impressão de que estava se esforçando para manter distância. O motor crepitou ao parar e Audra levou a chave aos lábios enquanto refletia por um instante. Saia do carro, faça o que tem de fazer. Não tem nada errado nisso. Sou apenas uma pessoa que precisa de um café, talvez alguns refrigerantes e salgadinhos.

Nos últimos dias, Audra analisava cautelosamente cada um dos veículos oficiais que avistava. Estariam à sua procura? O bom senso lhe dizia que não, certamente não estavam. Afinal ela não era uma fugitiva, era? Mesmo assim, aquela partezinha aterrorizada de seu cérebro não a deixava em paz, não parava de lhe dizer que a estavam observando, procurando. Caçando-a, talvez.

Contudo, se estivessem em busca de alguém, seria das crianças.

— Espere aqui com a Louise — Audra pediu.

— Mas eu também quero ir — Sean respondeu.

— Preciso que você cuide da sua irmã. Sem reclamar.

— Mas que droga.

— Bom garoto.

Audra puxou a bolsa do banco do passageiro e os óculos de sol do porta-copos. O calor invadiu o veículo assim que ela saiu. Fechou a porta o mais rápido possível, assim manteria o ar fresco dentro e o ar quente fora do furgão. O sol bateu em cheio no rosto e nos antebraços, sua pele clara e sardenta não estava habituada à ferocidade cruel daquilo. Audra usara nos filhos o pouco protetor solar que tinha; ela ficaria com as queimaduras e economizaria o dinheiro.

Aproveitou para estudar rapidamente a viatura quando colocou os óculos de sol: uma pessoa no banco do motorista, impossível saber se homem ou mulher. A insígnia anunciava: "Departamento do Xerife do Condado de Elder". Ela girou o corpo, alongou braços e pernas, observou as colinas que se elevavam atrás da loja, a estrada vazia, os arbustos do deserto do outro lado. Quando terminou de girar, analisou uma vez mais o carro do xerife. O motorista estava bebendo alguma coisa, aparentemente sem prestar atenção nela.

Audra atravessou a varanda, indo até a porta, e sentiu o sopro do ar fresco quando a abriu. Apesar da temperatura agradável, sentiu o cheiro rançoso trazido pela corrente de ar frio que escapava para o calor de fora. No interior, a luz fraca a forçou a erguer os óculos de sol e ajeitá-los sobre a cabeça, embora preferisse mantê-los onde estavam. Melhor correr o risco de ser lembrada por ter comprado água que por tropeçar em caixas, pensou.

Do outro lado da loja, uma senhora com cabelos tingidos de preto estava sentada atrás do balcão, com uma caneta em uma das mãos e uma revista de palavras cruzadas na outra. Não ergueu o olhar ao perceber a presença de uma cliente, o que, para Audra, estava ótimo.

Uma geladeira cheia de garrafas de água e refrigerante zumbia encostada à parede. Audra pegou três águas e uma Coca-Cola.

— Com licença — falou para a senhora.

Sem erguer a cabeça, a mulher respondeu:

— Ahã?

— Tem máquina de café aqui?

— Não, senhora. — A mulher apontou a caneta para o oeste. — Silver Water, a uns oito quilômetros nesse sentido. Lá tem uma lanchonete e o café é bom.

Audra se aproximou do balcão.

— Entendi. Só isso, então.

Ao colocar as quatro garrafas plásticas no balcão, Audra notou o armário de vidro na parede. Uma dúzia de armas de formas e tamanhos diferentes:

revólveres e semiautomáticas, pelo menos era o que pareciam. Ela havia passado a vida inteira na costa Leste e, embora soubesse que o Arizona era um estado favorável às armas, ainda achava aquela cena assustadora. Um refrigerante e um revólver, por favor, pensou, e a ideia quase a fez dar risada.

A mulher cobrou as bebidas e Audra enfiou a mão na bolsa, por um instante temendo que seu dinheiro pudesse ter acabado. Encontrou uma nota de dez dobrada no meio de um recibo da farmácia e a entregou. Esperou o troco.

— Obrigada — agradeceu, erguendo as garrafas.

— Ahã.

A mulher mal prestou atenção nela, e Audra se sentiu satisfeita com isso. Talvez a atendente se lembrasse de uma mulher alta e ruiva, se alguém perguntasse. Talvez não. Audra saiu pela porta e de volta ao mormaço. Do banco traseiro do furgão, Sean a observava, enquanto Louise continuava dormindo ao lado dele. Audra virou a cabeça na direção da viatura.

Não estava mais ali.

A mancha escura no chão denunciava onde o policial havia derramado sua bebida, e ainda havia marcas de pneu na areia. Ela usou a mão para proteger os olhos do excesso de luminosidade, analisou o que havia à sua volta, não viu nem sinal do carro. O alívio que veio em seguida a surpreendeu. Audra não havia se dado conta de como a presença da viatura a deixara nervosa.

Não importava. Volte para a estrada, vá à cidade que a mulher suge encontre um lugar para passar a noite.

Audra se aproximou da porta traseira do carro, ao lado de Louise, e abriu. Agachou-se, entregou uma garrafa de água para Sean e em seguida balançou com cuidado a filha. Louise resmungou e chutou.

— Acorda, meu amor.

A menina esfregou as mãos nos olhos, piscou sonolenta para a mãe.

— O que foi?

Audra abriu a tampa, levou a garrafa aos lábios da filha.

— Não quero — Louise reclamou.

Audra encostou o gargalo na boca da menina.

— Não quer mas precisa.

Inclinou a garrafa e viu a água escorrer entre os lábios de Louise, que soltou Gogo, segurou a garrafa e tomou uma série de goles.

— Viu só? — Audra falou. Então disse para Sean: — Você, beba também.
Sean fez o que sua mãe mandou e logo ela voltou ao banco do motorista. Engatou marcha a ré para sair da loja, virou, passou outra vez pela cerca e chegou à estrada. Não havia trânsito, então não teve de esperar na interseção. O motor do furgão rugia conforme a loja de conveniência encolhia no espelho retrovisor.

As crianças estavam em silêncio, emitindo somente o som do engolir e as expirações de satisfação. Audra prendeu a garrafa de Coca-Cola entre as coxas e abriu a tampa, em seguida tomou um gole demorado, sentindo o gás gelado queimar sua língua e garganta. Sean e Louise gargalharam quando ela arrotou, e Audra virou para sorrir para eles.

— Mandou bem, mãe — Sean elogiou.

— É, esse foi legal — Louise falou.

— Estou aqui para agradar — ela respondeu, atenta outra vez à estrada.

Por enquanto, nem sinal da cidade. Oito quilômetros, a mulher dissera, e Audra havia contado dois marcadores de quilometragem, então ainda faltava um pouco. Mas não ficava longe. Audra imaginou um motel, limpo e bom, com chuveiro — ah, meu Deus, um chuveiro — ou, melhor ainda, uma banheira. Entregou-se à fantasia de um quarto com TV a cabo, onde pudesse deixar as crianças assistindo a desenhos animados enquanto se afundava em uma banheira cheia de água quente e espuma, deixando a poeira, o suor e o peso de tudo aquilo simplesmente desaparecer.

Mais um marcador de quilometragem e ela falou:

— Agora não falta muito. Talvez mais uns três quilômetros, está bem?

— Legal — Sean respondeu.

Louise ergueu as mãos e deixou escapar baixinho um:

— Viva!

Audra sorriu uma vez mais, já sentindo a água em sua pele.

Então seu olhar deslizou na direção do retrovisor e ela percebeu a viatura do xerife a seguindo.

2

A sensação era de mãos geladas agarrando seus ombros, o coração batendo forte.

— Não entre em pânico — ela disse.

Sean se inclinou para a frente.

— O quê?

— Nada. Sente reto no banco e veja se seu cinto de segurança está apertado.

Não entre em pânico. Talvez ele nem esteja seguindo você. Só tome cuidado com a velocidade. Não dê nenhum motivo para ele pará-la. Audra alternava a atenção entre o velocímetro e a estrada à sua frente, o ponteiro pairando entre oitenta e noventa quilômetros por hora conforme ela passava por mais uma série de curvas.

A viatura mantinha a mesma distância, talvez cinquenta metros, sem se aproximar nem se afastar. Continuava logo atrás. Sim, sem dúvida estava seguindo o carro dela. Audra engoliu em seco, mexeu as mãos no volante, sentiu o suor brotar em suas costas.

Fique calma, dizia a si mesma. Não entre em pânico. Eles não estão atrás de você.

A estrada voltou a ser uma extensão reta, passando por baixo de emaranhados de fios dependurados entre postes em ambos os lados. A pista parecia se tornar mais acidentada conforme ela seguia, o furgão trepidava. As montanhas surgiram outra vez no horizonte. Audra se concentrou nelas, eram um ponto no qual focar a mente.

Ignore o policial. Continue olhando adiante.

Mas a viatura se tornou maior no retrovisor, cada vez mais próxima. Agora Audra conseguia enxergar o motorista, a cabeça larga, os ombros ainda mais largos, os dedos roliços ao volante.

Ele quer ultrapassar, ela pensou. Vá em frente, ultrapasse.

Porém o homem não ultrapassou.

Mais um marcador de quilometragem e uma placa anunciando: "SILVER WATER, PRÓXIMA SAÍDA À DIREITA".

— Vou para o acostamento — Audra sugeriu a si mesma. — Vou para o acostamento e aí ele faz a ultrapassagem.

Sean falou:

— O quê?

— Nada. Beba a sua água.

Lá na frente, a curva.

Ela movimentou a mão para dar seta, mas, antes que seus dedos pudessem tocar a haste, ouviu um UÓM! eletrônico. No retrovisor, viu as luzes azuis e vermelhas piscando.

— Não — disse.

Sean virou o pescoço para olhar para trás.

— Mãe, é a polícia.

— Sim — confirmou Audra.

— Estão mandando a gente parar?

— Acho que sim.

Mais um UÓM! e a viatura acelerou até emparelhar com o furgão. O vidro da janela do passageiro desceu e o motorista apontou para o acostamento.

Audra assentiu, deu seta e encostou, levantando uma nuvem de poeira em seu rastro. A viatura diminuiu a velocidade e estacionou logo atrás. Os dois derraparam, levantando tanta poeira que Audra mal conseguia enxergar além das luzes ainda girando e piscando.

Louise se mexeu outra vez.

— O que está acontecendo?

— A polícia parou a gente — Sean respondeu.

— Estamos encrencados? — perguntou a menina.

— Não — Audra contestou, exagerando para parecer convincente. — Ninguém está encrencado. Certeza que não é nada. Fiquem sentadinhos aí e deixem a mamãe cuidar disso.

Ela olhou pelo retrovisor e ficou esperando a poeira baixar. A porta da viatura abriu e o policial deixou o veículo. Ficou parado ali, ajustou o cinto, o revólver visível no coldre, e então levou a mão dentro da viatura para pegar seu chapéu. Um homem de meia-idade, talvez com seus cinquenta, cinquenta e cinco anos. Cabelos escuros, começando a ficar grisalhos. Corpulento, mas não gordo, com antebraços grossos. O tipo de homem que talvez jogasse futebol americano na juventude. Com os olhos escondidos atrás de lentes espelhadas, ajeitou o chapéu de aba larga na cabeça, o mesmo tom bege do uniforme. Levou a mão à base da pistola e se aproximou do banco do motorista.

— Merda — Audra sussurrou. O caminho todo desde Nova York passando por estradas vicinais sempre que possível, evitando grandes rodovias, e não havia sido parada uma única vez. Estava tão perto da Califórnia, e isso tinha que acontecer justamente agora. Agarrou o volante com força para esconder que tremia.

O policial parou na janela de Louise, baixou a cabeça para dar uma olhadela nas crianças. Em seguida foi à janela de Audra, bateu no vidro, fez movimentos circulares com a mão, pedindo para abrir. Ela levou o dedo ao botão na porta e apertou, fazendo a janela chiar e gemer.

— Boa tarde, senhora — ele falou. — Desligue o motor, por favor.

Aja de modo casual, Audra pensou enquanto girava a chave para desligar o carro. Vai dar tudo certo. Basta ficar calma.

— Boa tarde — ela respondeu. — Algum problema, senhor policial?

A identificação acima do distintivo anunciava: "XERIFE R. WHITESIDE".

— Habilitação e documento do carro, por favor — ele pediu, os olhos ainda escondidos atrás dos óculos de sol.

— No porta-luvas — Audra respondeu, apontando.

O homem assentiu. Ela levou a mão lentamente para o lado, abriu o porta-luvas, viu uma série de mapas e lixo ameaçando cair no chão. Passou alguns momentos escavando até enfim encontrar os documentos. O policial os estudou sem expressão enquanto ela voltava as mãos ao volante.

— Audra Kinney?

— Exato — ela respondeu.

— Senhora ou senhorita? — ele indagou.

— Acho que senhora.

— Acha?

— Estou separada, mas não divorciada ainda.

— Entendi — ele respondeu, devolvendo os documentos. — A senhora está muito longe de casa.

Ela segurou os papéis, ajeitou-os no colo.

— Viajando — respondeu. — Vamos visitar amigos na Califórnia.

— Claro — ele falou. — Está tudo bem, sra. Kinney?

— Sim, estou bem.

O xerife encostou a mão em cima do carro, inclinou-se um pouco e falou em um tom grave e arrastado que vinha do fundo da garganta:

— Só está me parecendo um pouquinho nervosa. Algum motivo para isso?

— Não — ela respondeu, ciente de que a mentira estava clara em seu rosto. — Só fico nervosa toda vez que sou parada pela polícia.

— Acontece com frequência, então?

— Não. Eu só quis dizer que toda vez que *fui* parada fiquei...

— Imagino que queira saber por que pedi à senhora que parasse.

— Sim, quer dizer, acho que eu não...

— O motivo de eu tê-la parado é que o carro está com sobrecarga.

— Sobrecarga?

— Sim, o veículo está pendendo no eixo traseiro. Por que não sai e vem ver com seus próprios olhos?

Antes que Audra pudesse responder, o xerife abriu a porta e se afastou. Ela continuou sentada, ainda com os documentos no colo, olhando para ele.

— Eu pedi para sair do veículo, senhora.

Audra deixou a habilitação e o documento do carro no banco do passageiro e soltou o cinto de segurança.

— Mãe?

Ela se virou para Sean e disse:

— Está tudo bem. Só preciso conversar com o policial. Eu já volto, está bem?

Sean assentiu antes de concentrar sua atenção no xerife outra vez. Audra saiu do carro, sentiu mais uma vez o sol feroz em sua pele.

O xerife apontou enquanto se aproximava da traseira do carro.

— Aí, está vendo? Não tem folga suficiente entre o pneu e a carroceria.

Ele apoiou as mãos sobre o carro e empurrou para baixo, sacudindo o veículo na suspensão.

— Olhe para isso. As estradas por aqui não são muito boas, falta dinheiro para manutenção. Se a senhora passar muito bruscamente em algum buraco, vai ter um problemão. Já vi motoristas perderem o controle com algo assim, o pneu rasga, o eixo quebra ou sabe lá Deus o que mais, e acabam capotando ou batendo em outro carro que venha no sentido oposto. Não é nem um pouco bonito, pode ter certeza. Não posso deixá-la dirigir assim.

Um tremor de alívio se espalhou por Audra: o xerife não sabia quem ela era, não a estava procurando. Contudo, parecia decidido a pará-la. Ela precisava seguir caminho, mas não correria o risco de contrariar aquele homem.

— Eu tenho poucos quilômetros a percorrer — Audra explicou, apontando para a curva mais adiante na estrada. — Vou passar a noite em Silver Water. Posso me livrar de algumas coisas lá.

— Silver Water? — ele perguntou. — Vai ficar na hospedaria da sra. Gerber?

— Eu ainda não tenho nada em mente.

O xerife fez um gesto negativo com a cabeça.

— De todo modo, ainda faltam uns dois quilômetros até Silver Water. A via é estreita e muito acidentada. Muita coisa pode acontecer entre aqui e lá. Proponho que pegue a sua chave e fique aqui, que não volte à estrada.

— Se eu puder seguir viagem só mais um pouquinho, vou...

— Senhora, estou tentando ajudar. Agora pegue a chave, como eu pedi, e venha aqui atrás.

Audra enfiou a mão dentro do carro, contornou o volante e tirou a chave da ignição.

— Mãe, o que está acontecendo? — Sean perguntou. — O que ele quer?

— Está tudo bem — Audra respondeu. — Vamos decidir o que fazer em um instante. Fique quietinho aí e cuide da sua irmã. Pode fazer isso por mim?

Sean cruzou os dedos.

— Sim, mãe.

— Bom garoto — ela o elogiou, piscando com um olho para ele.

Levou a chave ao xerife — chamava-se Whiteside, certo? — e a entregou.

— Fique ali no canto — ele pediu, apontando para a faixa de terra do acostamento. — Não quero que seja atingida por nada.

Ela seguiu a instrução enquanto Sean e Louise se viravam no banco traseiro para observá-los pela janela.

Whiteside abriu o porta-malas.

— Vamos ver o que tem aqui.

Ele podia fazer aquilo? Simplesmente chegar ali, abrir o porta-malas e olhar o que havia dentro? Audra levou a mão à boca, manteve-se em silêncio enquanto aquele homem analisava caixas, sacolas de roupas, dois cestos cheios de brinquedos.

— Vou dizer o que posso fazer pela senhora — ele prosseguiu, afastando-se, mãos na cintura. — Vou colocar algumas dessas coisas no meu carro, só para diminuir um pouco o peso, e em seguida a acompanho até Silver Water... Acho que a sra. Gerber vai ficar feliz com a oportunidade de hospedar alguém. Aí a senhora pensa no que fazer. Vai ter que deixar algumas coisas para trás, já vou avisando. Tem um bazar de uma organização de caridade em Silver Water, certamente eles podem ajudá-la. Esta é a região mais pobre do estado, e o bazar de caridade é o único que sobrou. Mas, enfim, vamos ver o que temos aqui.

Whiteside inclinou-se e puxou uma caixa para perto da abertura do porta-malas. Cobertores dobrados e lençóis por cima. Todas as roupas de cama e banho estavam mais embaixo, Audra logo lembrou. Ela havia trazido os lençóis e fronhas favoritos das crianças: *Star Wars* para Sean, *Doutora Brinquedos* para Louise. Observou os tons pastel enquanto o xerife revirava a caixa.

Audra pensou em perguntar por que ele estava mexendo dentro das caixas, chegou a abrir a boca para fazer justamente isso, mas ele falou primeiro.

— Senhora, o que é isso?

Com a coluna ereta e a mão esquerda ainda dentro da caixa, ele afastou uma pilha de lençóis e cobertores. Audra ficou parada por um instante, sua mente incapaz de ligar a pergunta do homem a uma resposta lógica.

— Cobertores e coisas do tipo — foi o que ela falou.

Com a mão direita, ele apontou para dentro da caixa.

— E isto aqui?

O medo se acendeu como uma luz. Ela pensava já ter sentido medo antes, mas, em todas as outras ocasiões, não passava de preocupação. Contudo, isso agora era medo. Alguma coisa estava terrivelmente errada e Audra não sabia exatamente o quê.

— Não sei do que está falando — ela respondeu, incapaz de evitar o tremor que brotava em sua voz.

— O que acha de a senhora mesma vir checar? — ele propôs.

Audra deu passos lentos na direção do xerife, seu tênis amassando areia e cascalho. Inclinou-se, olhou para baixo, para o fundo da caixa. Viu algo mas não conseguiu identificar o que era.

— Não sei o que é — respondeu.

Whiteside deslizou a mão direita no interior da caixa, puxou o que quer que fosse aquilo e levou contra a luz.

— Quer tentar adivinhar? — falou.

Não restava dúvida do que se tratava. Um saco bem grande repleto de folhas verdes ressecadas.

Ela balançou a cabeça em negação e falou:

— Isso não é meu.

— Eu diria que é bem parecido com maconha, não acha?

O medo no peito de Audra se arrastou para seus braços e coxas, como se alguém jogasse água gelada em suas roupas. Sentiu-se entorpecer. Sim, ela sabia o que era aquilo. Mas não usava havia anos. Estava completamente limpa havia pelo menos dois. Nem sequer uma cerveja.

— Não é meu — alegou.

— Tem certeza?

— Sim, eu tenho certeza — respondeu, mas uma pequena parte dela pensou: No passado houve momentos em que usei, não houve? Será que guardei e esqueci no meio dos lençóis? Eu não faria algo assim. Faria?

— Então poderia me explicar como isso veio parar no porta-malas do seu carro?

— Eu não sei — ela respondeu enquanto se perguntava: Será? Será?

Não. Não, sem dúvida não. Ela não fumava nada desde antes de se casar e tinha se mudado de apartamento três vezes nesse tempo. Era impossível que aquele saco a tivesse seguido até ali, por mais descuidada que fosse.

Lágrimas queimando em seus olhos, mãos começando a tremer. Mas ela precisava se controlar. Pelas crianças, pensou. Não deixe que as crianças a vejam perder o controle. Ela passou a mão nas bochechas, fungou fortemente.

Whiteside levantou o saco contra a luz, sacudiu-o.

— Bem, vamos ter que conversar sobre de quem é isso. Mas já vou avisando: acho que aqui tem um bocado mais do que a quantidade que poderia ser considerada para uso pessoal, então vai ser uma conversa muito séria.

Audra sentiu seus joelhos perderem a força e levou a mão ao porta-malas para se equilibrar.

— Senhor, eu juro por Deus, isso não é meu e não sei de onde veio.

E era verdade, não era?

— Como eu falei, senhora, vamos ter que conversar. — Whiteside colocou o saco sobre os cobertores e puxou as algemas em seu cinto. — Mas, por ora, a senhora está presa.

3

— O quê?

As pernas de Audra ameaçavam ceder. Se não estivesse apoiada no carro, ela teria caído no chão.

— Mãe? — Sean tinha soltado o cinto de segurança e se debruçava sobre o banco traseiro, olhos arregalados. — Mãe, o que está acontecendo?

Louise também observava a cena, o medo estampado em seu rosto. Lágrimas quentes escorriam pelas bochechas de Audra, que fungou outra vez e as secou.

— Não pode ser — disse.

O rosto de Whiteside permanecia inalterado.

— Senhora, preciso que venha comigo ao meu carro.

Audra negou com a cabeça.

— Mas... os meus filhos.

Ele se aproximou, baixou a voz:

— Para poupá-los, vamos manter as coisas civilizadas. Faça o que eu digo e tudo vai ser muito mais fácil para você e para eles. Agora venha.

Whiteside estendeu a mão para segurar o braço de Audra, que lhe permitiu guiá-la da parte traseira do furgão até a frente da viatura.

— Mãe? Mãe!

— Diga a ele que está tudo bem — Whiteside falou.

Audra se virou de novo para o seu carro.

— Está tudo bem, Sean. Cuide da sua irmã. Vamos resolver isso em alguns minutinhos.

Audra e Whiteside foram até a viatura, e ele ordenou:

— Esvazie os bolsos em cima do capô.

Ela enfiou as mãos nos bolsos da calça jeans, empilhou lenços e moedas sobre o capô. Whiteside jogou o saco de maconha em cima da pilha.

— Só isso? Agora vire os bolsos do avesso.

Ela seguiu a instrução e o oficial a segurou pelo braço e a fez girar, de modo que agora estivesse de costas para ele.

— Mãos para trás.

Audra ouviu o barulho do metal, sentiu os dedos fortes do homem em seu punho.

— Você tem o direito de ficar calada. Tudo o que disser será usado contra você no tribunal. Tem o direito de contar com um advogado durante o interrogatório; caso não possa arcar com os custos, um advogado será indicado para defendê-la. Entendido?

Quando o metal frio envolveu os pulsos de Audra, a porta traseira do furgão se abriu. Sean saiu do veículo, caindo com as mãos e os joelhos na terra.

— Mãe, o que está acontecendo? — ele gritou enquanto se levantava.

De dentro do carro, os gritos assustados de Louise ficavam mais altos.

— Está tudo bem — Audra falou, mas Sean continuou se aproximando.

— Entendido? — Whiteside perguntou outra vez.

Agora correndo, Sean falou:

— Ei, solte a minha mãe.

— Sean, volte para dentro do...

Whiteside deu um puxão nas algemas, fazendo os punhos e os ombros de Audra doerem. Ela gritou e Sean parou imediatamente.

— Entendeu quais são os seus direitos? — Whiteside insistiu uma vez mais, com a boca perto da orelha de Audra.

— Sim — ela respondeu entredentes, o metal pinçando sua pele.

— Então diga. Diga "Sim, eu entendo".

— Sim, eu entendo.

— Obrigado. — Ele virou na direção de Sean. — Melhor voltar para dentro do carro agora, filho. Vamos resolver isso em um ou dois minutos.

Sean ficou com a coluna completamente ereta. Era alto para a sua idade, mas parecia tão minúsculo ali, no acostamento da estrada.

— Solte a minha mãe.

— Não posso, filho. Agora volte para dentro do carro. — Ele puxou outra vez as algemas, falou no ouvido de Audra: — Diga a ele.

A dor a fez chiar.

— Diga a ele ou as coisas vão acabar se complicando.

— Sean, volte para dentro do carro — ela ordenou, controlando-se para que o medo não transparecesse em sua voz. — Ouça, sua irmã está chorando. Você precisa cuidar dela. Vá, seja um bom garoto por mim.

Ele apontou para Whiteside.

— Não machuque a minha mãe — disse, depois se virou e voltou ao furgão, olhando por cima do ombro durante todo o trajeto.

— Garoto corajoso — falou Whiteside. — Agora, você tem algum objeto pontiagudo? Alguma coisa que possa me cortar quando eu revistar você?

Audra negou com a cabeça.

— Não, nada. Espere, que história é essa de me revistar?

— Exatamente — respondeu Whiteside, agachando-se atrás dela. Levou suas mãos enormes em volta do tornozelo de Audra e apertou, esfregando a palma das mãos no jeans.

— Você não pode fazer isso — ela falou. — Pode? A revista deveria ser feita por uma mulher.

— Eu posso revistá-la e é isso que estou fazendo. Você não tem direito a nenhum tratamento especial só porque é mulher. Houve um tempo em que eu poderia ter telefonado para o departamento de polícia de Silver Water e chamado uma oficial, só como uma cortesia para você, não que eu fosse obrigado, não sou. Mas esses dias ficaram no passado. O prefeito fechou o departamento de polícia há três anos. A cidade não conseguia mais arcar com os custos.

As mãos de Whiteside subiram pela panturrilha e a coxa de Audra, apertando, explorando. Em seguida, ele levou as costas de uma das mãos entre as coxas dela, na virilha, só por um instante, mas o suficiente para deixá-la de olhos fechados e estômago revirado. Em seguida passou a mão em suas nádegas, nos bolsos da calça, descendo pela outra perna antes de os dedos sondarem os tênis. Então ele se levantou, as mãos se esfregando nas costas ensopadas de suor, passando pela frente, pelo abdome, deslizando pelo contorno dos seios, subindo aos ombros, descendo pelos braços.

Somente depois que ele terminou, Audra se deu conta de que estava prendendo a respiração. Ela então soltou o ar demoradamente, tremendo.

E ouviu o choro vindo de seu furgão, mais alto e mais alto, quase histérico.

— Meus filhos — disse.

— Não se preocupe com eles — Whiteside respondeu, guiando-a até a parte traseira da viatura. Abriu a porta do lado do passageiro. — Cuidado para não bater a cabeça.

Encostou a mão no topo da cabeça de Audra, fez pressão para baixo, guiou-a para que entrasse sem bater em nada.

— Os pés — falou.

Por um momento, Audra se perguntou o que ele queria dizer com aquilo, mas logo entendeu e puxou os pés para dentro da viatura. Ele bateu a porta com força e de repente o mundo pareceu se calar.

— Ah, Deus — ela lamentou, já incapaz de segurar as lágrimas. — Ah, Deus.

O pânico se espalhou por sua mente e pelo seu peito, e ameaçaria sua sanidade caso Audra não se controlasse. Ela se forçou a respirar fundo pelo nariz, segurou o ar, expirou pela boca, a ponta da língua pressionando atrás dos dentes. O exercício de relaxamento que aprendera durante a reabilitação. Mergulhar no agora, encontrar algo em que focar a visão, concentrar-se até o mundo desacelerar.

Do outro lado da grade que separava o banco traseiro da parte da frente, ela notou um rasgo de cinco centímetros no couro do encosto de cabeça. Focou ali sua atenção, respirando: inspirando, segurando, expirando, inspirando, segurando, expirando.

Em sua visão periférica, percebeu Whiteside indo atrás da viatura, então ouviu o porta-malas abrir e fechar outra vez. Depois ele veio até a frente, pegou o saco de maconha no capô, enfiou em um envelope marrom, fez a mesma coisa com os restos de lenço e as moedas que ela havia tirado dos bolsos. Audra fixou o olhar no rasgo no encosto de cabeça, concentrou-se de novo na respiração. A porta do passageiro se abriu e Whiteside jogou os dois envelopes no assento antes de se inclinar para olhar para ela.

— Você tem família aqui perto?

— Não — ela respondeu.

— Alguém que possa buscar as crianças para você?

— Tenho uma amiga. Na Califórnia, em San Diego.

— Bem, não ajuda muito agora, ajuda? E o pai deles? Onde está?

— Nova York. Não estamos mais juntos.

Whiteside expirou por entre os lábios franzidos, absorto em pensamentos por um instante. Em seguida assentiu, já de decisão tomada. Pegou o rádio no painel.

— Collins, está aí? — Aguardou em silêncio, a cabeça inclinada, ouvindo atentamente. — Collins, onde você está?

Um chiado e, em seguida, uma voz feminina.

— Estou em Gisela Road, senhor. Do que precisa?

— Estou na County Road, bem perto da saída para Silver Water — explicou. — Acabo de prender uma pessoa por porte. Tem duas crianças no carro da suspeita e eu preciso que você cuide delas, está bem? E veja se consegue encontrar Emmet. Preciso de um reboque aqui.

Alguns segundos de silêncio antes de Whiteside voltar a falar.

— Collins?

— Sim.

— Acha que consegue encontrar Emmet para mim?

Mais uma pausa e Whiteside umedeceu os lábios.

— Collins? Sim ou não?

— Pode deixar — a mulher disse. — Me dê cinco ou dez minutos.

Whiteside agradeceu e colocou o rádio de volta no suporte. Virou-se de novo para Audra e disse:

— Está bem, agora ficamos sentados aqui, esperando um pouco.

Pela porta aberta, Audra ouviu os lamentos de Louise, que se somaram ao pânico que já fervia em sua mente.

— Ouça. Meus filhos estão chorando. Não posso deixá-los ali.

O oficial suspirou antes de dizer:

— Tudo bem. Vou ali cuidar deles.

— Espere, será que eu posso...

A porta bateu violentamente, fazendo o carro sacudir. Enquanto o via caminhar na direção do furgão, Audra fez uma prece silenciosa.

4

Sean observava pelo porta-malas aberto o homem se aproximar. Agarrada a Gogo, Louise gritava. A trouxinha de pelúcia e trapos rosa que no passado fora um coelho ainda tinha os dois olhos, mas estavam quase caindo.

— Cala a boca — Sean ordenou. — A mamãe falou que vai ficar tudo bem. Então fica quieta, tá?

Em vão. Ela continuou chorando, e fez ainda mais barulho quando o xerife fechou o porta-malas. Em seguida, Whiteside se aproximou da porta de Sean e a abriu, agachando-se para manter o olhar no mesmo nível das crianças.

— Vocês dois estão bem aqui?

— O que está acontecendo? — Sean indagou.

O policial esfregou a mão na boca.

— Bem, não posso mentir pra você, filho. Sua mãe está meio encrencada.

— Mas ela não fez nada.

O xerife Whiteside — Sean leu a identificação — tirou os óculos de lentes espelhadas, expondo suas íris acinzentadas. E alguma coisa ali fez o garoto gelar até os ossos, deixou-o assustado a ponto de sua bexiga doer, desesperada por alívio.

— Bem, então, a questão é a seguinte — falou Whiteside. — Ela tinha uma coisa que não devia ter ali no porta-malas. Uma coisa ilegal. Agora precisamos ir para a cidade para ter uma conversinha. Mas eu garanto que vai dar tudo certo.

— O que ela tinha? — Sean indagou.

O xerife deu um sorriso discreto.

— Uma coisa que não devia ter. Só isso. Mas vai ficar tudo bem.

Whiteside deixou seu olhar deslizar pelo carro, aproximou-se das crianças. Sean quase conseguia sentir os olhos do homem focados nele, um olhar que fazia sua pele formigar. O xerife se levantou um pouquinho para enxergar Louise melhor, estudou-a da cabeça às pernas, aos pés. Assentiu enquanto a língua apareceu entre os lábios, umedeceu-os e voltou para dentro da boca.

— Vai ficar tudo bem — repetiu. — O que vai acontecer agora é o seguinte. Como eu falei, preciso levar sua mãe à cidade e ter uma conversinha com ela, mas não posso deixar vocês dois sozinhos aqui. Então minha colega, a delegada Collins, vai vir aqui e levá-los a algum lugar seguro, onde vai cuidar de vocês.

Louise choramingou bem alto.

— A gente vai para a cadeia?

Whiteside sorriu, mas o olhar que havia apavorado Sean ainda estava estampado em seu rosto.

— Não, minha querida. Vocês não vão para a cadeia. A delegada Collins vai levá-los a um lugar seguro.

— Onde? — Sean quis saber.

— Um lugar seguro. Vocês não precisam se preocupar. Vai ficar tudo bem.

— Posso levar o Gogo? — Louise perguntou.

— É claro que pode, minha querida. A delegada Collins deve chegar em um minuto e aí vai ficar tudo bem.

— Você não para de falar isso.

Com o sorriso desaparecendo, Whiteside virou para Sean.

— O quê?

E então Sean tomou consciência do que o incomodava nos olhos do xerife.

— Você não para de falar que vai ficar tudo bem. Mas parece nervoso.

Whiteside piscou lentamente e seu sorriso endureceu.

— Não estou nervoso, filho. Só quero que vocês saibam que estão seguros. A delegada Collins vai cuidar de vocês. Sua mãe e eu, a gente vai resolver essa situação rapidinho, depois vocês todos podem ir para casa. Ei, vocês não me falaram como se chamam.

Sean fechou a boca.

Whiteside se virou para Louise, cujos gritos haviam se transformado em soluços e fungadas.

— Qual é o seu nome, menininha linda?

— Louise.

— E como o seu irmão se chama?

— Sean.

— Belos nomes — elogiou Whiteside, agora sorrindo o suficiente para deixar os dentes à mostra. — De onde vocês são?

— Nova York — Louise respondeu.

— Nova York — ecoou o xerife. — É mesmo? Vocês estão muito longe de casa.

— Vamos mudar para a Califórnia — Louise contou.

— Fica quieta — Sean a censurou. — Não precisamos explicar nada para ele.

Whiteside deu uma breve risada.

— A menina pode conversar comigo se ela quiser.

Sean virou para ele, encarando-o com firmeza.

— Eu vi na TV. Não precisamos contar nadinha para você.

O xerife se dirigiu outra vez a Louise:

— Seu irmão é um rapazinho muito esperto. Acho que vai ser advogado um dia, o que você acha?

Louise abraçou Gogo com bastante força.

— Não sei.

— Bem, estamos só conversando para passar o tempo, não é? Como as pessoas costumam fazer. E eu só queria ter certeza de que estavam bem. Tem água para vocês aí?

Louise ergueu sua garrafa para ele. Sean permaneceu olhando para a frente.

— Bom, bebam bastante. Está muito quente e não quero que fiquem desidratados.

Louise tomou um gole demorado. Sean, não.

Um ronco de motor soou ao longe, e o xerife olhou para fora.

— Aí vem ela — constatou ele, levantando-se.

Sean espiou pela lateral do encosto de cabeça do banco da frente, pelo para-brisa. Outra viatura se aproximava, então diminuiu a velocidade e virou. Veio de ré pelo acostamento até o para-choque traseiro estar poucos metros à frente do furgão. Uma mulher jovem, usando um uniforme parecido com o de Whiteside, desceu. Tinha cabelos loiros presos, maxilar firme como o de um rapaz, quadril estreito.

A delegada Collins passou pela frente do carro e encontrou Whiteside ao lado da porta.

— Esses são Sean e Louise — ele anunciou. — Estão um pouco agitados, mas já expliquei que você vai cuidar bem deles. Não vai?

— É isso mesmo — ela respondeu enquanto se agachava. — Olá, Sean. Oi, Louise. Sou a delegada Collins e vou cuidar de vocês. Só por um tempinho, até acertarmos essa situação. Não se preocupem, vai ficar tudo bem.

Sean sentiu uma mão gelada agarrar seu coração ao se deparar com os olhos azuis da mulher — apesar do sorriso e da voz leve, ela parecia ainda mais nervosa que o xerife.

— Agora vocês dois podem vir comigo.

— Aonde você vai nos levar? — Sean quis saber.

— A um lugar seguro — Collins respondeu.

— Mas onde?

— Um lugar seguro. Talvez você pudesse ajudar Louise a tirar o cinto de segurança.

Sean estava prestes a responder, a dizer que não, que eles não iriam a lugar nenhum, mas Louise falou:

— Eu mesma tiro. Aquele homem ali falou que eu posso levar o Gogo.

— Claro que pode — Collins confirmou.

Antes que Sean pudesse impedir, Louise já tinha saído de sua cadeirinha, passado por cima dele e segurava a mão de Collins. A delegada ajudou a garota a descer, mas Sean permaneceu onde estava.

Collins estendeu a mão livre para ele.

— Venha.

Ele cruzou os braços.

— Acho melhor não.

— Sean, você não tem escolha — a mulher afirmou. — Precisa vir comigo.

— Não.

Whiteside se inclinou e falou em voz baixa:

— Filho, conforme a delegada deixou bem claro, você não tem escolha. Se precisar, também vai ser preso, vou algemar você e arrastar até o carro da delegada. Ou você pode simplesmente sair e ir andando até lá. O que prefere?

— Você não pode me prender — Sean alegou.

O xerife se aproximou um pouco mais, a tensão em seus olhos se transformando em raiva.

— Tem mesmo certeza disso, filho?

Sean engoliu em seco e disse:

— Tudo bem.

Saiu do veículo e sentiu a mão pesada de Whiteside se apoiar em seu ombro e guiá-lo a caminho da viatura. Collins segurava a mão de Louise enquanto também a levava. Abriu a porta traseira do carro e ajudou a garota a entrar.

— Entre, querida — Collins falou. E estendeu a mão para ajudar Sean.

Ele se virou outra vez para avistar o carro do xerife, tentou ver sua mãe pelo para-brisa. Só conseguiu distinguir vagamente uma silhueta, que podia ou não ser de Audra. Os dedos roliços de Whiteside afundaram em seu ombro para forçá-lo a continuar andando.

— Entre — Collins instruiu, a mão debaixo do braço dele, guiando-o para dentro do carro. — Pode me fazer o favor de colocar o cinto de segurança na sua irmã?

Sean estacou ao ver a forração de plástico transparente preso com fita adesiva cobrindo o assento, o encosto dos bancos, a área de descanso para os pés e a cabeça. Collins levou a mão à lombar do garoto, empurrou-o totalmente para dentro.

A porta foi fechada e Sean observou pelo vidro empoeirado enquanto os dois oficiais conversavam bem próximos dali. Collins assentia ao ouvir o que quer que fosse que Whiteside lhe dizia. Em seguida, o xerife deu meia-volta e retornou ao seu veículo. Collins ficou algum tempo parada, mão sobre a boca, olhando para o nada. Sean teve um instante para refletir sobre quais pensamentos a estavam deixando daquele jeito, antes de ela dar a volta no carro, abrir a porta do motorista e entrar.

Ao virar a chave, Collins encarou Sean e falou:

— Eu pedi para ajudar sua irmã com o cinto de segurança. Pode fazer isso pra mim?

Sem desviar os olhos da mulher, Sean puxou o cinto pela frente do corpo de Louise, fechou-o e fez a mesma coisa em si.

— Obrigada — a mulher agradeceu.

Ela engatou a marcha e deixou o acostamento, acelerando para longe do furgão no qual eles haviam atravessado o país. A saída para Silver Water se aproximava e Sean esperava que ela desacelerasse e virasse o volante.

Collins não fez isso. Simplesmente foi ganhando mais velocidade conforme passava pela saída. O menino virou a cabeça, observou a placa e a curva ficando para trás. O terror que vinha se contorcendo em seu estômago desde que o xerife ordenara que sua mãe parasse o carro agora chegava ao peito e subia até a garganta. As lágrimas vieram, quentes e revoltas, derramando-se por suas bochechas e respingando na camiseta. Ele tentou contê-las, mas foi incapaz. Tampouco conseguiu prender um gemido dentro da boca.

Collins olhou outra vez para ele.

— Não se preocupe — ela falou. — Vai ficar tudo bem.

Por algum motivo, o fato de ela tê-lo visto chorar como um bebê só piorava a situação, colocava uma camada de vergonha sobre o medo e causava ainda mais desespero. Sean chorou por sua mãe e por sua casa e pelo tempo que passaram juntos antes de terem que partir.

Louise estendeu o braço, usando sua mãozinha para segurar a do irmão.

— Não chore — ela falou. — Vai ficar tudo bem. Eles falaram pra gente.

Mas Sean sabia que estavam mentindo.

5

Com a visão embaçada pelas lágrimas, Audra observou a outra viatura se afastar. Tinha visto seus filhos sendo tirados do furgão e levados ao veículo oficial, tinha visto Sean olhar para trás, para ela, e chorou quando eles desapareceram no horizonte. Agora o xerife Whiteside se aproximava outra vez, óculos de sol no rosto, polegar preso ao cinto, como se não existisse nada errado no mundo. Como se os filhos dela não tivessem simplesmente sido levados por uma desconhecida.

Uma desconhecida, talvez, mas uma policial. Independentemente de qual problema Audra pudesse enfrentar, a policial cuidaria de seus filhos. Eles ficariam bem.

— Eles vão ficar bem — Audra falou alto, sua voz ecoando dentro do carro.

Fechou os olhos e repetiu a frase, como se fosse um desejo que ela desesperadamente almejava tornar realidade.

Whiteside abriu a porta do motorista e entrou, seu peso fazendo o carro balançar. Fechou a porta, enfiou a chave na ignição e deu partida. O sistema de ventilação ganhou vida, circulando o ar quente no interior do veículo.

Audra notou o reflexo dos óculos de sol de Whiteside no retrovisor e percebeu que ele a estava observando, como se ela fosse uma abelha presa em um pote de vidro. Ela fungou com força, engoliu em seco, piscou para evitar as lágrimas.

— O reboque não deve demorar — ele anunciou. — Aí seguiremos nosso caminho.

— Aquela policial...

— Delegada Collins — ele falou.

— A delegada, aonde ela está levando meus filhos?

— A um lugar seguro.

Audra se inclinou para a frente.

— Onde?

— Um lugar seguro — ele repetiu. — Você tem outras coisas com as quais se preocupar agora.

Ela inspirou, expirou, sentiu a histeria crescer, esforçou-se para contê-la.

— Eu quero saber onde meus filhos estão — retrucou.

Whiteside ficou sentado em silêncio por alguns segundos antes de dizer:

— Melhor ficar quieta agora.

— Por favor, me diga...

Ele tirou os óculos de sol e virou-se em seu assento para encará-la.

— Eu mandei ficar quieta.

Audra conhecia aquele olhar, e seu coração gelou. Uma mistura de ódio e raiva. A mesma expressão que seu pai exibia quando estava com a cara cheia de álcool e precisava ferir alguém, normalmente ela ou seu irmão mais novo.

— Desculpa — ela pediu com uma voz tão baixa que nem sequer era um sussurro.

Como se fosse outra vez uma menininha de oito anos, esperando que um "desculpa" mantivesse o cinto de seu pai na cintura e não balançando em seu punho fechado. Ela não conseguia olhá-lo nos olhos, então baixou o rosto.

— Está bem, então — ele falou, concentrando-se outra vez no deserto além do para-brisa.

No silêncio, em que havia apenas o barulho do motor ligado, Audra se viu envolta em uma sensação de irrealidade, como se tudo não passasse de um sonho febril, como se estivesse assistindo ao pesadelo de outra pessoa.

Mas, no fundo, os últimos dezoito meses não tinham sido assim?

Desde que ela fugira de Patrick, levando consigo Sean e Louise, a vida passou a ser dia após semana após mês de preocupação. O fantasma de seu marido sempre pairava por perto; saber que ele existia e o que queria tomar dela era como ter um véu anuviando sua mente.

Assim que descobriu que a tinha perdido, que ela não se sujeitaria mais a seus desmandos, Patrick passou a espreitá-la, concentrando-se na única coisa capaz de destruí-la. Ele não amava os filhos, assim como jamais amara Audra. Para ele, Audra e os filhos eram posses, como um carro ou um bom relógio. Um símbolo para ostentar a todos à sua volta, um símbolo anunciando "Ei, olhem para mim, eu conquistei o sucesso e estou vivendo a vida das pessoas de verdade". Audra descobriu tarde demais que ela e os filhos eram apenas peças dessa fachada que ele construíra para criar a ilusão de ser um homem decente.

Quando ela enfim se libertou, o constrangimento provocou nele uma raiva que nunca mais desapareceu. E ele tinha muitas cartas sujas na manga. Álcool, remédios, cocaína, tudo isso. Muito embora tivesse alimentado nela essas fraquezas como uma maneira de mantê-la domada — um facilitador, conforme uma terapeuta o havia chamado —, Patrick agora usava essas armas para afastá-la dos filhos. Havia entregado provas aos advogados, ao juiz, e logo depois o conselho tutelar começou a ligar, a fazer perguntas no pequeno apartamento no Brooklyn para onde havia se mudado. Eram perguntas pesadas, dolorosas.

A última dessas conversas acabou com ela. O homem e a mulher preocupados, com tom de voz gentil, questionaram se era verdade o que tinham ouvido, se as crianças não viveriam melhor com o pai, mesmo que apenas por algumas semanas, até ela ficar limpa?

— Eu estou limpa — foi o que Audra respondeu. — Estou limpa há quase dois anos.

E era verdade. Ela não teria forças para deixar o marido e ficar com as crianças se não tivesse se desintoxicado primeiro. Os dezoito meses desde então haviam sido uma luta, sem dúvida, mas ela em momento algum recaiu nos hábitos que quase a mataram. Criou uma vida para si mesma e para as crianças, conquistou um trabalho estável como garçonete em uma cafeteria. Não ganhava muito, mas sobrava um pouco para devolver o valor que havia pegado de sua conta conjunta com Patrick antes de se separar. Audra até mesmo voltou a pintar.

Mas o homem e a mulher preocupados com as crianças pareceram não se importar com nada disso. Olharam um para o outro com pena estampada no rosto, e Audra pediu que por favor fossem embora.

E o homem e a mulher disseram:

— Seria preferível não levar essa situação para o tribunal. É sempre melhor acertar as coisas entre o pai e a mãe.

Então Audra gritou para eles darem o fora de sua casa imediatamente e nunca mais voltarem.

Ela passou o resto do dia agitada, tremendo, desejando alguma coisa, qualquer coisa que a acalmasse e diminuísse seu medo. No fim, telefonou para Mel, a única amiga que ainda restava dos tempos de faculdade e que sugeriu: dê o fora, venha para San Diego, pelo menos por alguns dias, temos um quarto aqui.

Audra preparou as malas assim que desligou o telefone. Começou apenas com roupas suficientes para ela e os filhos passarem alguns dias, depois pensou nos brinquedos e se eles não iriam querer suas roupas de cama preferidas, aí as sacolas se transformaram em caixas e ela se deu conta de que não poderia viajar de avião, teria de usar o velho furgão que comprara no ano anterior, e que não seriam alguns dias, seria para sempre.

Não parou para pensar no que estava fazendo antes de ter atravessado metade do estado de Nova Jersey. Quatro dias atrás, de manhã, estacionou no acostamento da rodovia, envolta por um pânico que parecia explodir em algum lugar dentro dela. Sean perguntou várias e várias vezes por que ela havia parado, mas Audra simplesmente ficou ali sentada, mãos no volante, peito subindo e descendo no esforço para respirar.

Foi Sean quem a acalmou. Ele soltou o cinto de segurança, deslizou para o banco do passageiro e segurou a mão de Audra enquanto conversava com ela em um tom amoroso e calmo. Alguns minutos depois, ela já tinha se controlado, e Sean permanecia ao seu lado enquanto tentavam descobrir o que fazer, aonde estavam indo e como chegariam lá.

Estradas menores, ela concluiu. Não sabia o que aconteceria quando o conselho tutelar descobrisse que ela tinha sumido e levado as crianças, mas era possível que eles alertassem a polícia e passassem a procurá-los e seu furgão. Por isso, o caminho até ali havia sido por estradas estreitas e incontáveis cidadezinhas ao longo do percurso. E nenhum problema com a polícia. Até agora.

— Está chegando — Whiteside anunciou, despertando Audra de seus pensamentos.

Um pouco à frente, um caminhão de reboque deixava a estrada de Silver Water e vinha na direção deles. Alguns metros antes de chegar, diminuiu a velocidade e o motorista começou a manobrar o veículo até que a traseira estivesse diante do carro de Audra, um bipe de aviso enquanto dava ré. O motorista, um homem magricela com macacão azul manchado, desceu da cabine. Whiteside saiu da viatura e o encontrou atrás do caminhão.

Audra observou os dois homens conversarem, o motorista passando um livro de registros para Whiteside assinar antes de puxar uma das folhas e a entregar. Depois, o recém-chegado esticou o olhar na direção de Audra, que se sentiu como um macaco exposto em um zoológico, e uma raiva irracional com tamanha intromissão a fez querer cuspir naquele homem.

O motorista seguiu com seu trabalho, prendendo uma corda à frente do carro, e Whiteside retornou à viatura. Não falou nada enquanto entrava no carro e engatava a marcha. Acenou para o motorista do reboque ao passar. O recém-chegado aproveitou a oportunidade para dar mais uma olhada em Audra, e aquilo a fez virar o rosto.

Whiteside dirigiu com velocidade enquanto fazia a curva de saída para Silver Water, e Audra apoiou os pés bem separados no assoalho para conseguir manter o equilíbrio. A estrada era sinuosa ao subir as colinas, e logo suas coxas queimavam com o esforço para se equilibrar. A estrada parecia se estender por quilômetros, ladeada por terra, cactos esparsos e arbustos espinhosos.

O xerife permanecia em silêncio enquanto dirigia, ocasionalmente a mirava pelo retrovisor, seus olhos outra vez escondidos pelas lentes espelhadas. Toda vez que ele olhava, Audra abria a boca para falar, para perguntar sobre seus filhos, mas ele sempre desviava o foco antes de ela encontrar sua voz.

Eles vão ficar bem, disse a si mesma várias e várias vezes. A delegada está com eles. Aconteça o que acontecer comigo, eles vão ficar bem. Tudo isso não passa de um terrível mal-entendido e, quando as coisas se acertarem, voltaremos a cair na estrada.

A não ser, é claro, que eles descobrissem que ela havia fugido do conselho tutelar. Aí certamente a mandariam com as crianças de volta a Nova York para enfrentar as consequências. Se isso fosse o pior a acontecer, tudo bem. Pelo menos Sean e Louise estariam seguros até Mel vir buscá-los.

Ah, Deus, Mel. Audra havia ligado para ela da estrada, dito que estavam a caminho, e Mel respondera com silêncio. Naquele momento, Audra percebeu que a oferta para recebê-la com os filhos em San Diego fora feita por educação, sem a expectativa de que seria aceita. Então que assim fosse. Se

Mel não os quisesse, Audra tinha dinheiro para arcar com os custos de uma semana em algum hotel barato. Ela daria um jeito na situação.

Uma última curva e o carro chegou ao topo da colina; a paisagem mostrava uma depressão profunda, uma faixa de terra plana como o fundo de uma frigideira. No centro, um conjunto de construções. Laranjas e vermelhos manchavam o sopé da colina do outro lado, formas nada naturais saltavam da paisagem à base das montanhas. Whiteside foi guiando o carro pela série de zigue-zagues e Audra se apoiou na porta para não ser jogada para o lado. Pelo vidro, viu as primeiras moradias, barracões pré-fabricados e trailers entre as árvores retorcidas. Cercas de telas separavam as propriedades. Em algumas havia antena parabólica no telhado; aqui e ali, picapes estacionadas; em outras havia pneus encostados às paredes, partes de carros empilhadas no quintal.

O asfalto tingido pelo sol já havia se transformado em terra compactada quando a estrada voltou a ser plana, mas ainda assim o carro sacudia. Agora eles passavam pelas casas que Audra tinha visto lá de cima da colina, e a decadência ficava mais clara. Alguns dos proprietários tentavam melhorar a propriedade, embelezando-a com tinta de cor viva e sinos dos ventos, em especial aquelas com placa de "vende-se", mas Audra conseguia sentir o desespero daquela gente.

Ela conhecia a pobreza quando a via porque sua família fora pobre. Seus avós pelo lado materno não tinham vivido sob o sol escaldante do deserto, mas sob os céus cinzentos da Pensilvânia rural, e sua cidade feia e decadente tinha problemas semelhantes. Nas ocasiões em que viajavam de Nova York para lá, Audra brincava no balanço enferrujado do jardim enquanto sua mãe os visitava; o avô não trabalhava fazia anos e os dias de velhice do casal pairavam sombrios diante deles.

Silver Water... Audra se perguntou por que o lugar teria sido batizado com esse nome. Devia haver um rio ou um lago por perto, imaginou. Comunidades no deserto certamente se reuniam em volta de uma fonte de água. E o que os mantinha aqui? Quem escolheria ganhar a vida em um lugar tão duro, onde o sol era capaz de arrancar a pele das costas?

A concentração de moradias margeando a estrada aumentava, mas ainda não o bastante para compor uma área residencial. Entre os trailers surgiam algumas construções mais firmes, feitas de madeira, com a tinta empipocando e descascando nas paredes. Um homem mais velho, usando bermuda e colete, parou enquanto verificava a caixa de correspondências para erguer o indicador e cumprimentar o xerife. Whiteside retribuiu o gesto, também erguendo o indicador por um instante, mão fora do volante. O senhor estreitou os olhos e ficou encarando Audra.

Uma oficina mecânica há muito tempo fechada, com a fachada desbotando. Mais casas na lateral da estrada, algumas mais bem cuidadas que outras. O asfalto se tornava mais liso e mais amplo, e a ele se juntava uma calçada que agora também compunha o caminho rumo à cidade. Uma igreja branca tão brilhante a ponto de fazer os olhos de Audra arderem. Pelo para-brisa, ela viu construções de um e dois andares a cerca de um quilômetro, então se deu conta de que a rua principal ficava do outro lado da ponte de madeira da qual se aproximavam.

Esperando encontrar um rio, Audra olhou para baixo da ponte que atravessaram, mas se deparou com um leito seco, sem nada além de um riacho lamacento. A água da qual a cidade havia tomado seu nome tinha secado a ponto de se transformar em quase nada. Estava morrendo, como a própria cidade. Em meio ao tumulto em sua mente, ela sentiu uma leve tristeza por esse lugar e seu povo.

Pela rua principal, janelas escuras onde antes existiam lojas. Placas anunciando aluguel ou venda descascavam e se apagavam. Uma loja de utilidades, um bazar de caridade e uma lanchonete eram tudo o que ainda funcionava. Algumas poucas ruas se arrastavam pelas laterais da via principal e, a julgar pelos breves vislumbres de Audra, a cidade era um total desolamento. Por fim, do outro lado, Whiteside parou em um estacionamento ao lado de um prédio cinza com as palavras "REPARTIÇÃO DO XERIFE DO CONDADO DE ELDER" escritas em letras escuras em um fundo branco. O estacionamento tinha espaço suficiente para abrigar uma dúzia de veículos, mas o de Whiteside era o único por ali.

Onde estava o carro da delegada Collins?

Whiteside desligou o motor, ficou sentado, parado e em silêncio por um momento, mãos no volante. Depois falou para Audra esperar e saiu do veículo. Foi a uma rampa rasa de concreto acompanhada por corrimãos, a qual levava a uma porta de metal na lateral da construção. Pegou uma chave na corrente em seu cinto e abriu a porta antes de voltar ao carro. Seus dedos agarraram com firmeza o braço de Audra enquanto ele a ajudava a sair e a guiava ao prédio, alguns segundos de calor infernal antes de entrarem no ambiente relativamente fresco da delegacia.

Audra precisou de alguns instantes para se acostumar à luminosidade mais fraca ali dentro, emitida pelas lâmpadas fluorescentes no teto. Um pequeno escritório sem divisórias, quatro mesas, uma com um computador que parecia ter pelo menos uma década. As demais mesas pareciam não ser usadas havia anos. Ficavam separadas da área frontal por uma espécie de bancada de madeira com um portãozinho fechado. O ranço de coisas velhas amontoadas se espalhava pelo ambiente, assim como a sensação de umidade, apesar da aridez do clima lá fora.

Whiteside chutou uma cadeira para longe da mesa e recuou Audra até ela não ter opção a não ser se sentar. Ele tomou seu lugar e ligou o computador, que chiou e estalou, soando como um motor que não gostava de manhãs frias.

— Aonde a delegada levou os meus filhos? — Audra quis saber.

Whiteside digitou a senha para logar.

— Conversaremos sobre isso em um instante.

— Senhor, não quero causar problemas, realmente não quero, mas preciso saber se meus filhos estão bem e em um lugar seguro.

— Como eu disse, senhora, conversaremos sobre isso daqui a pouco. Agora vamos resolver o seu problema. Quanto mais cedo acertarmos as coisas, mais cedo posso liberá-la. Fale seu nome completo.

Audra cooperou ao dar todos os detalhes — nome completo, data de nascimento, local de residência —, e até mesmo quando ele soltou as algemas para colher suas impressões digitais, usando uma almofada para carimbo.

— Aqui fazemos as coisas à moda antiga — Whiteside explicou, seu tom de voz mais amigável. — Nada dessa coisa de tecnologia. Não temos fundos para nos modernizarmos. No passado, eu tinha meia dúzia de delegados e um subxerife para ajudar com esse tipo de coisa. Eles e mais um departamento de polícia. Costumava ser assim. Agora restamos apenas Collins e eu para manter esta cidade em ordem, e Sally Grames, que faz trabalhos administrativos três vezes por semana, durante as manhãs. Não que tenhamos muitos problemas. Você deve ser a primeira a passar por aqui em um ano, se não considerarmos os bêbados e desordeiros.

Whiteside segurou uma caixa cheia de lenços umedecidos e Audra puxou um deles, depois mais um, e foi limpando os dedos sujos de tinta.

— Agora ouça — ele prosseguiu. — Não precisamos criar muitos problemas aqui. Imagino que você continuará agindo com civilidade, mesmo se eu não colocar as algemas de volta. Estou certo?

Audra assentiu.

— Ótimo. Agora tenho que verificar algumas coisas para garantir que não existem outras acusações contra você, mas duvido que existam. Conforme eu disse antes, a quantidade de maconha que você tinha...

— Não é minha — Audra o interrompeu.

— É o que você diz, mas a quantidade que encontrei no seu carro pode parecer, para algumas pessoas, mais do que para uso pessoal. Mesmo assim, se você for civilizada, acho que posso ser um pouco mais flexível. Talvez possa definir como posse, e não tráfico. Então, se tudo acontecer conforme o esperado, imagino que a juíza Miller aplique uma pequena multa e lhe dê um belo sermão. Mas a juíza Miller só costuma julgar seus processos às quartas-feiras de manhã na prefeitura. De todo modo, vou telefonar para saber se ela pode vir e realizar uma sessão especial ao amanhecer para cuidar da acusação. Assim você só vai ter que passar uma noite aqui.

Audra se viu prestes a protestar, mas ele ergueu a mão para silenciá-la.

— Me deixe terminar. Vou ter de colocá-la em uma cela para passar a noite, independentemente de qualquer coisa. Mas, se você cooperar comigo, assim que a deixar lá eu já ligo para a juíza Miller. Porém, se não cooperar, se me causar problemas, ficarei feliz em deixá-la esperando por um ou dois dias a mais. E aí, acha que consegue se comportar? Podemos passar sem escândalos?

— Sim, senhor — Audra concordou.

— Ótimo, então — ele falou, levantando-se. Aproximou-se de uma porta na parte traseira da repartição, onde estava escrito "Custódia", procurando a chave. Parou e virou-se para ela. — Você vem comigo?

Audra se levantou e o seguiu. Whiteside destrancou a porta e estendeu o braço para acender outra fileira de lâmpadas fluorescentes. Segurando a porta, ele se afastou para deixá-la passar. Ali dentro havia uma pequena mesa com a fórmica manchada e descascando, várias canetas dentro de uma caneca. Um pouco adiante, três celas enfileiradas, as paredes de barras de ferro e o piso de concreto, duas camas estreitas em cada uma e banheiros com lavatórios resguardados por paredes baixas de tijolos.

Ela parou, o medo borbulhando cada vez mais. Seus ombros subiam e desciam com a respiração ofegante, uma onda de vertigem a percorreu.

Whiteside passou ao lado dela para destrancar a cela mais à esquerda. Metal contra metal, chiando, enquanto ele arrastava a grade. Virou-se, com ares de preocupação no rosto rechonchudo, e encarou Audra.

— Sinceramente, não é tão ruim assim — comentou. — É fresca, os beliches não são tão desconfortáveis e você terá privacidade quando precisar. Uma noite, só uma. Preciso que tire os sapatos e o cinto e os deixe naquela mesa ali.

Audra olhou para o vazio dentro da cela enquanto tremores se arrastavam por seu corpo, por seus membros, seus pés grudados ao chão de concreto.

Ele estendeu a mão na frente dela.

— Agora vamos. Quanto mais rápido você entrar, mais rápido podemos resolver essa situação.

Audra desabotoou o cinto, tirou-o da calça jeans, arrancou os tênis e colocou tudo sobre a mesa. A sola das meias chiava ao tocar o chão de vinil conforme ela ia andando para a cela. Passou pela porta. Ouviu aquele barulho outra vez e virou-se a tempo de ver a grade deslizando e fechando. Whiteside girou a chave.

Audra se aproximou das barras de ferro, segurou-as. Olhou nos olhos de Whiteside, que continuava a poucos centímetros dela, do outro lado.

— Por favor — ela pediu, incapaz de evitar o tremor em sua voz. — Eu fiz tudo o que você pediu. Estou cooperando. Por favor, me diga onde estão os meus filhos.

Whiteside olhou nos olhos de Audra.

— Que filhos? — perguntou.

6

Sean observou a poeira subir até a altura da janela quando a delegada Collins deixou a rodovia e entrou em uma estrada de terra sem marcação. Sem pensar, ele estendeu o braço e segurou a mão de Louise, sentiu os dedos quentes e suados da irmã. Seu estômago se revirava conforme o carro seguia o caminho pela colina, balançando de um lado a outro na trilha sinuosa.

A sensação era a de que eles estavam naquele carro fazia anos. Sean imaginou que a cidade na qual pretendiam se hospedar com sua mãe ficava a dois ou três quilômetros de onde o xerife os havia parado, a julgar pelas placas na estrada, mas a essa altura eles já tinham percorrido muito mais que isso. Sean tinha certeza.

A preocupação corrosiva não o deixava desde que partiram, muito embora tivesse conseguido parar de chorar como um bebê. Um lugar seguro, a delegada afirmou quando ele perguntou aonde estavam indo. Sean perguntou tantas vezes que ela lhe disse para calar a boca, mas que droga, fique quieto aí atrás. Louise não mencionou nem uma palavra, apenas se agarrou a Gogo e observava a paisagem pela janela, como se eles estivessem passeando.

A estrada de terra ficou para trás, estreitou-se até Sean nem sequer saber se era realmente uma pista. O veículo balançava e sacudia, chacoalhando sua irmã e ele no assento. Por fim o terreno ficou mais uniforme, e eles se aproximaram de um casebre caindo aos pedaços, parte do telhado havia cedido e as paredes estavam escurecidas por um incêndio de muito tempo atrás. Sean avistou, ao lado, uma estrutura simples de madeira e telhas galvanizadas que servia de garagem para uma van.

A delegada Collins estacionou a viatura ao lado da van e o interior do veículo de repente escureceu. Abriu a porta, saiu e se aproximou da porta de Louise. Uma onda de calor invadiu o carro quando ela a abriu.

— Venha — falou, baixando o corpo para soltar o cinto de segurança de Louise.

Antes que Sean pudesse impedir, a menina largou a mão dele e deixou Collins levantá-la. A delegada se abaixou uma vez mais.

— Você também — falou.

— Eu não quero — Sean retrucou.

Collins segurou mais firmemente a mão de Louise.

— Eu estou com a sua irmã — anunciou.

Sean sentiu o suor em suas costas gelar. Estendeu a mão para soltar o cinto de segurança, deixou-o se recolher. Hesitou antes de se arrastar pelo banco e para fora do carro.

— Aqui — Collins ordenou enquanto fazia Louise segurar a mão de Sean. — Fiquem exatamente aqui.

Ela fechou a porta da viatura e foi até a parte de trás da van. Procurou uma chave no bolso. A van parecia em situação quase tão precária quanto o casebre, a tinta bege coberta por pontos de ferrugem. A porta traseira rangeu quando Collins a abriu. Ela deu um passo para trás e apontou o interior escuro do veículo.

— Entrem — ordenou.

Louise deu um passo à frente, mas Sean a puxou de volta.

— Não — ele retrucou.

Collins apontou outra vez para dentro do veículo, sem janelas no compartimento de carga.

— Vamos, entrem logo.

Sean negou com a cabeça.

— Não.

— Não se façam de difíceis — ela os censurou, seu rosto endurecendo.

— A gente não vai entrar — Sean insistiu.

Collins deu um passo na direção dos irmãos, depois se agachou, levando o peito perto dos joelhos, equilibrando-se na ponta dos pés. Dirigiu-se a Louise:

— Meu amorzinho, seu irmão está sendo um bobo. Agora você precisa entrar para se proteger desse calor. Se não fizer isso, sua mamãe vai ficar ainda mais encrencada do que já está. Pode ser que ela tenha que passar um bom tempo na cadeia.

— É mentira — Sean a contrariou.

— Louise, meu amorzinho, você não quer que a sua mamãe fique ainda mais encrencada, quer? Não quer que ela vá parar na cadeia, quer?

A menina negou com a cabeça.

— Bem, então vamos...

Enquanto tentava alcançar a menina, Collins perdeu o equilíbrio. Sean escolheu esse momento para levantar a mão na direção dela e empurrar seu ombro. Não muito forte, mas com impulso suficiente. Surpresa, Collins arregalou os olhos e ergueu os braços enquanto tentava parar o que certamente estava por vir.

Sean não esperou a mulher cair de costas. Simplesmente se virou e saiu correndo, puxando Louise consigo. Ela gritou e tropeçou, quase caiu, mas a força de seu irmão a manteve em movimento. Ele seguiu o caminho deixado pelos pneus, pensando: volte para a estrada, faça sinal para um carro. Aconteça o que acontecer, corra, corra o mais rápido possível.

— Gogo!

Ele lançou um olhar para trás, viu os restos do coelho rosa quicando pela estrada. Um pouco atrás do coelho, Collins se levantava, a fúria estampada no rosto.

— A gente volta para buscá-lo — afirmou, puxando a mão de Louise. — A gente volta, eu prometo.

Sean continuou correndo, impulsionando as pernas com mais energia, sua irmã agitada atrás dele. Ouviu Collins lá atrás, ordenando aos berros que parassem, inferno, parem onde estão. Os sapatos derrapavam em terra e cascalho conforme ele descia a ladeira, saltando em direção aos pontos mais planos, suas costas ardendo com o impacto toda vez que ele pousava. O mais impressionante era que Louise conseguia acompanhá-lo, conseguia se manter em pé.

— Parem! — a voz de Collins ecoou entre as ladeiras íngremes ao redor. — Por Deus, parem imediatamente!

Sean a ignorou, manteve-se concentrado na estrada, em algum ponto lá embaixo, do outro lado das colinas. Continue correndo, só isso.

Adiante, uma curva, talvez um esconderijo. Ele baixou a cabeça, deu um impulso forte na terra, sentiu seu ombro distender quando os pés de Louise deixaram o chão.

Aí veio o estalo da arma, a pressão em seus ouvidos. Por instinto, totalmente sem pensar, ele se jogou no chão, puxando a irmã consigo. Ela gritou, rolando para longe. Sean espiou para trás, viu Collins lá em cima na ladeira, o revólver apontado para o céu, um rastro de fumaça sendo levado pela brisa. Ela baixou a arma, segurou-a com as duas mãos, mirou na direção deles. Respirou fundo, suas botas amassando o chão enquanto ela descia a ladeira a caminho de onde os irmãos estavam.

Sean ficou de joelhos, sentiu a terra queimar a palma de suas mãos e viu a arma apontada para sua cabeça, a poucos metros dali.

— Não se mexam — Collins ordenou.

Ele ficou paralisado, viu a mulher se abaixar para segurar Louise pela parte de trás da camiseta, erguê-la, encostar o revólver na cabeça dela. Louise o encarou, olhos e boca arregalados. A calça dela rasgada na altura do joelho, a pele ralada e ensanguentada.

— Você quer que eu mate a sua irmã? — Collins perguntou, seus olhos brilhando com lágrimas e raiva. — É isso que você quer?

Sean ergueu as mãos, como se estivesse se rendendo. Fez um gesto negativo com a cabeça.

Collins soltou Louise, apontou a arma para o chão. Seus ombros subiam e desciam conforme ela se esforçava para respirar. Fungou e secou o rosto com as costas da mão livre, deixando marcas de terra na pele.

— Está bem, então — prosseguiu com a voz trêmula. — Vamos.

Ao ajudar Louise a se levantar, Sean sentiu a queimação no cotovelo, os rasgos na calça jeans. Collins apontou para o topo da ladeira e ele segurou a mão da irmã, começou a subir de volta para a van. Collins marchava atrás dos dois. No caminho, ele se abaixou para pegar Gogo e entregá-lo a Louise, que agarrou o coelho rosa junto ao peito enquanto fungava e fazia beicinho.

Todos permaneceram em silêncio enquanto Sean erguia Louise e a colocava na van, tomando cuidado com as farpas no assoalho de madeira compensada do compartimento de carga. Uma vez dentro do veículo, ele abraçou a irmã. Ela se curvou em seu colo, e ele começou a embalá-la, como sua mãe fazia quando ele sentia medo. Virou a cabeça, viu a delegada Collins observando-o, percebeu o temor no rosto dela.

Collins ergueu o celular e Sean ouviu o ruído e o breve clique quando ela tirou uma foto.

Depois, a mulher fechou violentamente a porta e uma escuridão terrível os engoliu.

7

Audra andou até um lado da cela, virou-se, andou até o outro. Virou-se outra vez. E outra vez. Uma hora se passou, talvez mais, e sua garganta queimava, inchada pelos gritos. Ela havia bradado e berrado até a garganta doer, até os olhos lacrimejarem.

Faltavam-lhe lágrimas, mas o medo e a raiva ainda a torturavam, ameaçando dominá-la, acabar com o que restava de sua sanidade. Tentava se controlar, mas a exaustão estava prestes a convencê-la a se curvar em um dos beliches e desaparecer dentro de si mesma. De alguma forma ela se manteve de pé e continuou andando.

Quando Whiteside pronunciou aquelas duas palavras, ela permaneceu parada e em silêncio antes de indagar:

— O que quer dizer com isso?

Whiteside não falou mais nada. Simplesmente se virou, voltou para a porta da saída e a trancou atrás de si ao ir embora. Os gritos de Audra reverberaram entre as paredes até ela ser incapaz de gritar mais. Agora tudo o que lhe restava era se manter em movimento, um pé depois do outro. Ou fazia isso, ou ficaria louca ali. Então continuava andando.

O chacoalhar das chaves a deixou paralisada, de costas para a porta. Audra a ouviu abrir, ouviu os passos pesados do xerife no concreto, depois a porta se fechou outra vez.

— Acabou a gritaria? — ele perguntou.

Ela se virou e ele se aproximou das barras de ferro.

— O que quis dizer? — ela indagou com a voz rouca.

— Com o quê? — foi a resposta, acompanhada por um rosto inexpressivo. Entediado, até.

— Com o que falou sobre os meus filhos. Onde eles estão?

O xerife apoiou o antebraço nas barras de ferro e a encarou.

— Você e eu precisamos ter uma conversinha.

Audra bateu a palma da mão nas barras, sentiu a dor forte em seus ossos.

— Onde estão os meus filhos?

— Mas primeiro precisa se acalmar.

— Vá se foder. Onde estão os meus filhos?

— Se você se acalmar, podemos conversar.

Ela tentou gritar, mas sua voz falhou.

— Onde estão os meus filhos?

Whiteside se afastou das barras e disse:

— Tudo bem, se prefere assim. Podemos conversar em outra hora.

E deu meia-volta, voltando para a porta.

Audra agarrou as barras e pediu:

— Não, por favor, volte.

Ele se virou.

— Agora vai ficar calma?

— Sim — ela respondeu, assentindo intensamente. — Eu estou calma.

— Tudo bem. — Pegou as chaves em seu cinto e foi até a cela. Apontou para o beliche do outro lado. — Sente-se ali para mim.

Audra hesitou, e ele insistiu:

— Vamos, sente ali, ou então teremos que conversar em outro momento.

Audra foi para o beliche. Quando Whiteside enfiou a chave na fechadura, instruiu que ela se sentasse sobre as mãos, e ela obedeceu. Ele abriu a porta de correr, entrou e a fechou outra vez. Apoiou o ombro numa barra de ferro, puxou a chave.

— Está calma?

— Sim, senhor.

— Certo. Então, vou expor a situação para você da melhor maneira possível e quero que fique onde está e se mantenha tranquila. Acha que é capaz de fazer isso?

— Sim, senhor.

— Muito bem. Agora vou falar o que sei sobre seus filhos e você não vai gostar nada, nada de saber. Mesmo assim, quero que se mantenha calma. Vai se esforçar bastante para ficar calma?

— Sim, senhor — Audra respondeu, sua voz tão baixa que ela própria quase não ouviu.

Whiteside examinou suas unhas por um instante, franziu o cenho. Em seguida, respirou fundo e a olhou nos olhos.

— Veja, pelo que me lembro, não tinha criança nenhuma no seu carro.

Audra acenou uma negação com a cabeça.

— Do que está falando? Sean e Louise, eles estavam no carro quando você me parou. A delegada, não lembro o nome dela, ela veio e levou meus filhos.

— Não é assim que me recordo — Whiteside retrucou. — Lembro de ter pedido para você parar, mas você estava sozinha. Usei o rádio para chamar a delegada Collins para que viesse me ajudar a revistá-la e pedi para ela chamar Emmet para rebocar o seu carro. Nós esperamos, ele chegou, eu a trouxe para cá e a prendi. Nenhum filho na história.

— Por que está dizendo isso? Sabe que não é verdade. Eles estavam lá. Você viu os dois. Conversou com eles. Pelo amor de Deus, por favor, diga que...

Whiteside se afastou das barras, levou as mãos ao quadril.

— Bem, o que você está dizendo indica que há um problema.

— Por favor, diga que...

— Silêncio! — Ele ergueu uma das mãos. — Eu estou falando. Você me disse que seus filhos estavam no carro quando você deixou Nova York. Agora está aqui, em Silver Water, sem seus filhos. Partindo do pressuposto de que você realmente deixou sua cidade com as crianças, devo perguntar: onde elas estão?

— Sua delegada, ela...

— Sra. Kinney, o que a senhora fez com os seus filhos?

Audra escutou um barulho ao longe, uma debandada ou um furacão ou mil animais rugindo. Sentiu uma frieza que vinha do fundo da alma, como se tivesse caído em um rio congelante. Encarou-o de volta, o barulho de seus próprios batimentos crescendo dentro dela, abafando todo o resto, até o clamor selvagem distante.

Whiteside falou alguma coisa. Ela não sabia o quê. Não conseguiu ouvir.

Depois, a distância entre eles se transformou em um borrão e Audra estava em cima do xerife, seu punho batendo no rosto daquele homem, e ele ia caindo, e ela estava em cima do peito dele, ferindo-o com suas unhas, e aí os punhos se fecharam outra vez e a cabeça dele virou primeiro para um lado, depois para o outro, os golpes por ela desferidos atingindo as bochechas.

Audra não saberia dizer quanto tempo ficou ali, montada sobre Whiteside, golpeando repetidas e repetidas vezes, mas não parou até sentir a mão carnuda do homem no centro de seu peito, entre os seios, e aí se deu conta de que não poderia fazer mal àquele homem, não de verdade, ele era forte demais. Então ele empurrou e ela foi arremessada, sem peso por um momento antes de atingir o chão e bater os cotovelos, a parte de trás da cabeça atingindo o concreto.

Em meio aos pontos escuros que se espalhavam por sua visão, Audra viu Whiteside se levantar, depois se abaixar, um de seus punhos enormes segurando um cassetete. Por instinto, ela ergueu os braços e os joelhos, e ele lhe atingiu as canelas com o bastão. A dor se espalhou, forte e feroz, e Audra teria gritado se tivesse voz para isso. Em seguida, aquelas mãos enormes agarraram seus ombros, fizeram-na virar como se ela não fosse nada, e o xerife apoiou o joelho em sua lombar.

Audra tentou encontrar fôlego para implorar por misericórdia, mas mal conseguia manter a respiração rasa. Whiteside agarrou o punho esquerdo dela, puxou-o atrás do corpo, torcendo o ombro. Forçou o punho costas acima e, antes de sentir o círculo de metal em seus pulsos, ela teve certeza de que aquele homem arrancaria seu braço. Mantendo a mão esquerda de Audra paralisada, ele pegou o punho direito e fez o mesmo movimento, a dor tão intensa a ponto de quase deixá-la inconsciente.

Quando os dois punhos estavam imobilizados, ele os manteve ali e se abaixou até ela sentir a respiração dele em seu ouvido.

— Seus filhos já eram — sussurrou. — Se aceitar esse fato, pode ser que você sobreviva. Se não? Bem...

E aí saiu de cima dela, abriu e fechou a porta, chaves tilintando.

Sozinha no chão, Audra chorou.

8

Danny Lee subiu as escadas dois degraus de cada vez, três lances. Parou no topo, esperou a frequência cardíaca diminuir. Depois atravessou o corredor, contando as portas do ambiente mal iluminado até chegar à de número 406. O número que os pais do garoto haviam lhe passado.

Um bom menino, a sra. Woo dissera. Mas estava diferente nos últimos tempos. Parou de conversar, foi ficando amargurado e quieto. Perdeu o respeito pelos pais.

Danny conhecia essa história. Já a tinha ouvido muitas vezes.

A porta tremia com as notas do contrabaixo lá dentro, uma batida de hip-hop ecoando. Aquilo devia enlouquecer os vizinhos, ele pensou. Não que os vizinhos se atrevessem a reclamar.

Fechou a mão, golpeou a porta e esperou. Ninguém atendeu. Bateu outra vez. Ninguém atendeu de novo. Mais uma vez, agora com os punhos e alguns chutes para transmitir a mensagem.

Dessa vez a porta foi entreaberta, revelando o rosto de um garoto que Danny reconheceu vagamente. Um dos garotos de Harry Chin.

— Que porra é essa? — o jovem foi logo resmungando. — Se quer perder a mão, bate mais uma vez, seu filho da p...

A sola do sapato de Danny atingiu a porta com força, fazendo o garoto de Chin se desequilibrar. Por pouco não caiu, praguejando enquanto tentava se escorar na parede.

Danny entrou, analisou o ambiente. Meia dúzia de rapazes, contando o garoto de Chin, todos o encarando. Os outros cinco estavam largados no sofá e nas poltronas, ao redor de uma mesinha coberta de maconha e baseados enrolados, um papelote de cocaína, algumas carreiras já preparadas sobre o tampo de vidro. Um papelote de metanfetamina, embora parecesse que nenhum deles havia usado ainda.

O garoto de Chin estava com as pupilas e as narinas dilatadas, gotas de suor na testa, certamente havia cheirado pelo menos uma ou duas carreiras de pó. Mas Danny não se importava com ele. Sua única preocupação era Johnny Woo, o mais novo dos garotos, sentado no meio do sofá. Uma discreta penugem pouco acima da boca, espinhas no nariz e na testa. Uma criança, na verdade.

— Johnny, venha comigo — Danny falou.

Johnny não respondeu.

Danny ouviu o clique em seu ouvido esquerdo. Virou a cabeça, viu o garoto de Chin e o .38 em sua mão, engatilhado e pronto.

— Dá o fora daqui — ordenou o garoto de Chin. — Antes que eu exploda a sua cabeça.

Danny não falou nada.

— Ei, cara — um dos outros jovens disse. — Esse é o Danny Doe Jai.

O garoto de Chin se virou para o amigo.

— Danny o quê?

Uma criança, Danny lembrou a si mesmo, e nada mais. Tão fácil. Simplesmente estendeu o braço e agarrou o punho do garoto, puxando-o para longe, retorcendo-o, apertando. A arma foi ao chão com um baque seco, o garoto caiu de joelhos. Ele chiou e Danny apertou com mais força. Sentiu os ossos debaixo da pele.

Danny disse para o jovem no sofá:

— Não me chame assim.

O garoto abaixou o olhar e sussurrou:

— Foi mal, Lee-*sook*.

Os rapazes assentiram e o chamaram de tio, mostrando o devido respeito. Danny voltou a atenção ao garoto de Chin.

— Será que eu teria algum motivo para não quebrar o seu maldito braço? — indagou.

O garoto choramingou. Danny torceu um pouco mais, apertou com mais força.

— Eu fiz uma pergunta — insistiu.

O menino abriu e fechou a boca. Falou:

— Desculpa... Lee... *sook*.

Danny soltou o garoto, que caiu no chão, pressionando o punho no peito. Johnny Woo ficou olhando para as unhas, não ergueu o rosto.

— Vamos — Danny ordenou. — Seus pais estão esperando.

Johnny acendeu um baseado, tragou demoradamente e disse:

— Vá se foder.

Os outros rapazes tremeram. Um deles cutucou o cotovelo de Johnny e disse:

— Vai, cara. Faz o que Lee-*sook* mandou.

— Vá se foder. Eu não vou a lugar nenhum. Você pode ficar aí se rebaixando e chamando ele de tio quanto quiser. Vá em frente, seja um covarde. Ele não me assusta.

— Escute os seus amigos — Danny aconselhou. — Vamos.

Johnny deu mais uma tragada, expirou a fumaça demoradamente e encarou Danny.

— Vá. Se. Foder.

Danny se abaixou, agarrou uma perna da mesinha para em seguida arremessá-la, espalhando flocos verdes e pó branco pelo chão. A mesa bateu na parede, estilhaçando o tampo de vidro. Os outros garotos saíram do caminho quando Danny se aproximou para arrancar, com um tapa, o baseado da boca de Johnny. Ele agarrou a garganta do garoto com as duas mãos, içando-o pelo pescoço. Johnny emitiu um chiado estrangulado enquanto Danny o arrastava pela sala, antes de lançá-lo contra a parede. Deu outro tapa no garoto, fazendo-o pender a cabeça para o lado e lágrimas brotarem em seus olhos.

— E agora, quem é o durão aqui? — Danny desafiou.

Deu-lhe outro tapa, a mão mais pesada dessa vez, mesmo enquanto Johnny tentava se proteger.

— É membro de uma gangue?

Tapa.

— Está pronto para acabar comigo?

Tapa.

— Vamos lá.

Tapa.

— Vamos lá, tente, garoto, já que você é tão durão assim.

Johnny deslizou pela parede, as mãos acima da cabeça.

— Para, para! Me desculpa. Para!

Danny se abaixou e ergueu Johnny pela gola da blusa.

— Dê o fora desta merda de lugar.

Enquanto Johnny saía cambaleando pela porta, Danny deu-lhe um chute no traseiro, quase o derrubando. Deu uma longa olhada para os garotos. Nenhum deles retribuiu o olhar. De repente pareciam mais interessados em seus sapatos ou unhas das mãos. Ele acompanhou Johnny, fechou a porta ao passar. Johnny, agora uma criança, olhou para trás em busca de instruções.

Danny apontou para as escadas e disse:

— Vá.

O ar estava úmido e frio em Jackson Street, uma brisa soprava direto da baía de San Francisco. Danny apertou a jaqueta em volta do corpo. Empurrou Johnny entre as omoplatas, ordenou que continuasse andando. O garoto não usava nada além de uma camiseta cavada do San Francisco 49ers, e Danny quase conseguia ver os arrepios percorrendo a pele.

Eles passaram por um salão de beleza bem iluminado em meio à escuridão, ouviram as mulheres conversando lá dentro. Passaram por uma peixaria e sentiram o cheiro de peixe misturado com sal. Estava relativamente vazio ali se comparado ao tumulto e barulho da Grant Avenue, onde as calçadas viviam tomadas por turistas visitando Chinatown. Menor era a chance de o garoto correr e se perder na multidão.

Johnny olhou outra vez para trás.

— Ei, por que te chamam de Danny Doe Jai?

— Cale a boca e continue andando — Danny ordenou.

O garoto olhou outra vez para trás.

— Doe Jai. Garoto da Faca. Ninguém recebe um nome desses à toa.

— Sua mãe me falou que você era um menino esperto. Prove que ela estava certa e cale essa sua boca.

— Qual é, cara? Só me fala...

Danny agarrou o braço de Johnny e o fez girar. Jogou-o contra a porta fechada de um atacadista de alimentos. O metal chacoalhou bem alto. Com a mão direita, Danny segurou a garganta do menino e apertou a traqueia.

Dois casais jovens, turistas visitando Chinatown, desviaram de seu caminho, compreendendo que aquilo não era problema deles.

Danny encostou o nariz no do garoto, mantendo os olhos a três centímetros de distância.

— Pergunte outra vez — falou. — Pergunte outra vez e aí vou mostrar para você por que me chamam de Garoto da Faca.

Johnny piscou, assustado, e Danny diminuiu a pressão em sua garganta.

— O que foi? — Danny perguntou. — Não está mais interessado?

— Não, Lee-*sook* — o menino chiou.

— Ótimo. — Danny o soltou, deu-lhe outro chute nas pernas. — Agora continue andando.

Uma caminhada de trinta minutos depois — com Johnny de cara fechada e arrastando os pés e Danny cutucando-o nas costas —, os dois chegaram à casa dos Woo em Richmond. A sra. Woo atendeu a porta, arfou e gritou algo em cantonês para o marido, ainda lá dentro.

— É Lee-*gor*! Ele trouxe Johnny para casa.

O sr. Woo veio à porta, assentiu respeitosamente para Danny, lançou um olhar desanimado para o filho. O menino não falou nada enquanto passava pelo pai no corredor onde a mãe esperava. A sra. Woo tentou abraçá-lo, mas ele se afastou e entrou logo na casa.

— Obrigada, Lee-*gor* — falou a mulher, assentindo, com os olhos úmidos. — Muito obrigada.

Ela cutucou o flanco do sr. Woo, que puxou a carteira. Duas notas de cem dólares. Ele segurou o punho de Danny com a mão esquerda, assentiu outra vez, usou a mão direita para depositar o dinheiro na mão dele. O orgulho de Danny poderia ter lhe dito para devolver os duzentos dólares, mas sua mente racional o lembrou de que tinha um aluguel a pagar. Enfiou o dinheiro no bolso e assentiu para agradecer.

— Fiquem de olho nele — aconselhou. — Provavelmente está constrangido demais para voltar àquele apartamento, mas nunca se sabe. Não sejam duros demais com o menino. Não deem mais motivos para ele fugir.

— Pode deixar — respondeu a sra. Woo. Ela se virou para o marido, lançando um olhar firme. — Não é?

O sr. Woo mirou o chão.

— Não queremos problemas — ele respondeu. — Os Tong, eles...?

Não conseguiu terminar sua fala. Nem precisou.

— Vou ver o que consigo fazer — foi a resposta de Danny.

Menos de uma hora depois, ele encontrou Pork Belly sentado em um banco no canto do bar Golden Sun, uma espelunca que servia drinques no andar superior de uma construção em um beco da Stockton Street. O tipo de beco pelo qual os turistas passavam correndo, tentando nem reparar nos homens ali parados.

A pança de Pork Belly pendia sobre as coxas, alguns botões da camisa abertos, deixando à mostra a camiseta branca por baixo. Uma camada de suor brilhava permanentemente em sua testa, e ele sempre levava consigo um lenço para quando tivesse que limpar aquilo. Circulavam rumores de que a avó de Pork Belly, impressionada com seu apetite e sua circunferência, começou a chamá-lo assim ainda na infância — "Kow Yook", em sua língua — e o apelido pegou. Ele estava com uma dose de rum escuro e tomava goles de cerveja enquanto assistia a um jogo de basquete amador na TV do bar. Danny sabia que o rum era só para impressionar, que Pork Belly faria o copo durar a noite toda, contentando-se com uma cerveja leve.

No passado era diferente. Houve um tempo em que Freddie "Pork Belly" Chang engoliria uma garrafa inteira de rum e não sentiria praticamente nada. Não mais. Não desde o dia, há três anos, em que atropelou um jovem morador de rua com seu carro, entre os armazéns e terrenos baldios de Hunter's Point. Ficou no carro por meia hora, ainda embriagado, antes de telefonar para Danny, que o ajudou a lidar com a situação, embora tivesse se sentido profundamente nauseado com aquilo. Porque Pork Belly era um irmão dos Tong, e não se diz não a um irmão.

A única condição imposta por Danny antes de prestar assistência era a de que Pork Belly largasse a bebida. E assim ele fez, mais ou menos, com a ajuda de Danny. Desde aquela época, pelo que Danny sabia, Pork Belly permanecia quase sóbrio para honrar a promessa feita. E, de tempos em tempos, Danny o procurava em busca de um ou outro favor.

Como agora.

— E aí, Danny Doe Jai? — Pork Belly cumprimentou quando Danny entrou no bar quase vazio. — O que vai tomar?

— Café, descafeinado.

Danny tampouco tocava em álcool fazia anos, nem mesmo cerveja, e era tarde demais para ingerir cafeína. Dormir sem ela já era difícil o bastante.

Ajeitou-se no banco ao lado de Pork Belly e assentiu para agradecer ao barman, que colocou a xícara à sua frente e serviu uma dose de café da garrafa.

— Como você está? — Pork Belly perguntou.

— Bem. E você?

— Indo. — Pork Belly acenou com a mão e deu de ombros. — Meus joelhos não vão nada bem. Doem pra caralho às vezes. Uma maldita de uma artrite, segundo o médico. Ele disse que preciso perder peso para diminuir a pressão nas articulações.

— Também vai fazer bem ao seu coração — Danny comentou.

— Veja só quem está falando, o doutor Danny.

— Natação.

Pork Belly virou a cabeça na direção do amigo.

— Qual é?

— Natação é bom para artrite. É um bom exercício, que pega leve com as juntas.

A pança de Pork Belly tremeu.

— Fala sério, porra. Natação? Você consegue me imaginar usando sunga e uma daquelas toucas de borracha na cabeça?

— Por que não? Arrume uma boia para colocar na cintura. Ou aquelas de braço.

— Claro. Assim que eu entrar na água, algum filho da puta vai me atacar com um maldito arpão.

Danny sorriu antes de engolir uma golada de café frio. Na TV, passava a abertura do jornal das dez horas, a música pomposa e as chamadas do dia.

— Acho que você sabe por que estou aqui — Danny supôs.

Pork Belly assentiu.

— Sim, me ligaram. Estava esperando você chegar.

— Os Woo são boa gente — Danny disse. — A sra. Woo era conhecida da minha mãe, coisa de muitos anos atrás. Johnny, o filho dela, não é nenhum membro de gangue. É um bom menino. Ou pelo menos era. Estava indo bem na escola. Estava para se formar no ano que vem, talvez ainda consiga, se recuperar as notas. Talvez até tenha chance de entrar na faculdade.

A alegria sumiu do rosto de Pork Belly, seus olhos perderam a vivacidade.

— Você devia ter me procurado antes.

— E o que você teria feito?

— Talvez nada — respondeu Pork Belly. — Talvez alguma coisa. Mas essa era uma escolha minha, não sua. Você passou por cima de mim, me fez parecer uma cadelinha na frente dos meus rapazes. Ainda não procurei Dragon Head. Quando conversarmos, ele vai me pedir para arrebentar os seus joelhos, quem sabe arrancar alguns dedos da sua mão. O que devo dizer a ele?

Quando Danny abriu a boca para responder, uma movimentação na TV o distraiu. Cenas chuviscadas de um circuito interno: uma cela na cadeia, um policial parado em um lado, uma mulher sentada em um beliche de outro. Em seguida, a mulher avança na direção do policial, derruba-o no chão e passa a agarrá-lo e socá-lo.

— Diga para ele deixar pra lá — Danny respondeu, voltando a atenção a Pork Belly. — Diga que Johnny Woo é mole demais para essa vida, que ia dar mais problema que servir para alguma coisa, que eu fiz um favor...

Duas palavras na tela da TV o calaram. Crianças desaparecidas, anunciou o repórter. Ele olhou outra vez para a tela.

— Vou tentar — afirmou Pork Belly. — Não sei se ele vai aceitar, mas vou tentar só porque te amo como um irmão. Mas se aprontar outra dessas...

Na parte inferior da tela, a chamada anunciava: "Mulher deixou Nova York dias atrás com os filhos, mas o xerife não encontrou as crianças no carro quando a parou por uma infração leve".

A mesma imagem outra vez: a mulher avançando no policial.

De volta à âncora, semblante sério.

— A polícia estadual e agentes do FBI estão a caminho da cidadezinha de Silver Water, no Arizona, para interrogar a mulher, cujo nome não foi revelado, sobre o paradeiro de seus dois filhos. Voltaremos com mais informações assim que possível.

Pork Belly falou alguma coisa, mas Danny nem ouviu. Sua atenção continuava concentrada na TV, apesar de a âncora já estar dando outra notícia. Uma mulher viajando sozinha com os filhos, ela é parada por um policial e as crianças somem.

Danny sentiu arrepios percorrendo a pele. Seu coração acelerou, a respiração ficou difícil.

Não, pensou, fazendo uma negativa com a cabeça. Você já se enganou antes. Provavelmente está errado também dessa vez.

Pork Belly apertou a mão no braço de Danny.

— O que foi, cara?

Danny virou a cabeça, os olhos vidrados enquanto sua mente desabava.

— Porra, cara, você está me deixando assustado — falou Pork Belly.

Ele se levantou do banco.

— Tenho que ir. Tudo certo, então?

Pork Belly deu de ombros.

— Tudo certo.

— Valeu, *dailo* — Danny respondeu, levando a mão ao ombro de Pork Belly e apertando.

Depois saiu do bar, chegou à rua e não olhou para trás. Já estava com o celular na mão antes mesmo de seus pés tocarem a calçada, o polegar digitando as palavras no campo de buscas, atrás de mais informações sobre a tal mulher no Arizona e seus filhos desaparecidos.

Quando a tela foi preenchida por uma lista de resultados, ele se perguntou se aquela mulher teria um marido. Um marido cujo mundo estava desabando agora, como acontecera com Danny cinco anos antes.

9

Sean se sentou no chão, de costas para a parede, o queixo tocando os joelhos. Um cobertor bem apertado em volta dos ombros. Louise estava deitada no colchão no centro do cômodo, as pálpebras subindo e descendo em um ritmo sonolento, um papel de doce ainda na mão. A delegada havia deixado para eles um saco de doces, alguns de salgadinhos e um fardo de garrafas de água. Disse que voltaria mais tarde com sanduíches. Sean imaginou que a mulher simplesmente não voltaria mais.

Frio no porão, ar úmido nos pulmões. Cheiro de mofo e musgo e folhas apodrecendo. Chão e paredes cobertos por placas de madeira, a terra batida visível entre elas. Sean se perguntava como tudo aquilo não desabava, enterrando-o vivo com sua irmã.

O chalé parecia velho, pelo pouco que ele vira enquanto se aproximavam da clareira. Collins chamara Sean e Louise para fora da van e eles entraram em uma trilha nas profundezas da floresta, então ela os fez marchar em meio às árvores. O garoto se sentiu melhor por poder andar depois de passar tanto tempo sentado no assoalho da van, mas Louise foi resmungando por todo o trajeto, chorando enquanto caminhava. Ela havia feito xixi na calça e agora reclamava que o jeans estava frio e úmido. Sean quase não aguentava mais ficar em pé quando se sentou na penumbra do porão.

Conforme eles seguiam viagem na van, o clima parecia ficar mais fresco. A sombra tinha evitado que o veículo se transformasse em um forno quando esteve estacionado no casebre, mas começou a esquentar conforme o grupo viajava. O ar ia ficando saturado e pesado. Sean conseguia notar o subir e descer da estrada, mais subir que descer, e, depois de algum tempo, passou a sentir a pressão crescer em seus ouvidos, como se estivesse em um avião. Estavam a caminho de algum lugar alto, talvez naquelas montanhas que pareciam povoar o horizonte durante quase todo o tempo que sua mãe passara dirigindo no Arizona. O garoto não era muito bom em geografia, mas se lembrava vagamente de ter ouvido que o deserto do Arizona abria caminho para florestas ao norte, erguendo-se milhares de metros acima do nível do mar. Isso explicaria por que a temperatura tinha caído tão rápido, por que ele e a irmã uma hora estavam suando e, de repente, tremendo.

Louise havia chorado muito ao molhar a calça, lágrimas de vergonha e desespero pontuadas por tosse e chiado no peito, mesmo com Sean insistindo que não tinha problema, que ele jamais contaria a ninguém. Agora ele se sentia mal por ter se afastado da poça no assoalho do veículo quando devia ter abraçado a irmã. Por mais envergonhada que Louise pudesse ter ficado por não conseguir se segurar, ele estava mais ainda por não ter sido capaz de reconfortá-la.

Lembrava-se muito distintamente da sensação de quando a van deixara o asfalto, do chacoalhar e sacudir ao entrarem na estrada de terra. Não demorou a ouvir o barulho de galhos raspando e riscando a lataria do veículo. Que tipo de árvores existiam no Arizona? Terras altas, clima mais fresco. Sean imaginou que fossem pinheiros. E teve a prova de que estava certo quando a van parou e a delegada Collins abriu a porta traseira.

Os dois irmãos protegeram os olhos, embora àquela altura o sol já estivesse se pondo atrás das árvores, lançando sua luz de um tom azul leitoso atrás das copas.

— Para fora — Collins ordenou.

Sean e Louise ficaram onde estavam.

A delegada estendeu a mão.

— Venham logo. Vocês vão ficar bem. Não precisam ter medo de nada.

Sean queria dizer que ela era uma mentirosa, mas ficou de boca fechada.

— Eu tive um acidente — Louise revelou. — Estou toda molhada.

Por um instante, Collins pareceu confusa, mas logo assentiu, compreendendo o que a garota queria dizer.

— Tudo bem, meu amorzinho, tenho roupas limpas para você. Venha.

A menina se arrastou até a porta da van, permitiu que Collins a ajudasse a descer. A delegada virou de costas para Sean, continuou segurando a mão de Louise.

— Sean, está tudo bem, de verdade. Vai ficar tudo bem. Vocês só precisam vir comigo.

Ele pesou as alternativas e logo percebeu que não tinha nenhuma. Não podia ficar para sempre na van. Se saísse correndo, não tinha dúvida de que a mulher atiraria nele e em sua irmã. Então foi para a porta do veículo. Ignorou a mão de Collins, sua oferta de ajuda, e saltou para fora da van. O chão era macio ao toque de seus tênis, coberto por um tapete de anos de agulhas de pinheiros caídas, cones aqui e acolá. Um pouco de ar fresco depois daquele abafamento dentro da van.

Ele girou o corpo para analisar o que havia em volta. Viu apenas uma trilha estreita atravessando a floresta e nada além de árvores em todas as direções, por mais que esticasse o pescoço para enxergar mais adiante.

— Onde estamos? — Louise quis saber.

Collins chegou a abrir a boca para responder, mas Sean indagou:

— Em um lugar seguro?

A delegada lançou um olhar para ele, um olhar duro como pedra, enquanto levava a mão livre ao cabo do revólver.

— Exatamente — confirmou. — Em um lugar seguro. Vamos andar um pouquinho.

Collins foi andando de mãos dadas com Louise, e Sean não viu opção senão segui-las.

Um bom tempo depois, chegaram ao chalé de madeira. Ele notou que as janelas e portas estavam fechadas e partes do telhado já começavam a ceder com o peso do abandono. Collins foi à varanda, desviou das tábuas rachadas e abriu a porta destrancada. Lá dentro, escuridão. Louise parou na passagem da porta.

— Não quero entrar — declarou.

— Está tudo bem, não precisa ficar com medo de nada. — Collins encarou Sean, sua expressão severa novamente, a mão voltando a tocar o cabo do revólver. — Diga a ela que não há o que temer.

Sean foi até a varanda, segurou a mão de sua irmã.

— Verdade, não tem nada assustador aqui. Só é escuro. Eu vou com você.

Collins assentiu para ele antes de voltar a falar com a menina:

— Ouviu? Seu irmão não está com medo. Venha.

A luz fraca se arrastou para dentro do chalé, mas foi o bastante para revelar os móveis velhos empilhados de um lado do cômodo e o alçapão instalado no chão. Bem pequeno, com um trinco e um cadeado aparentando ser novo. Collins soltou a mão de Louise, agachou-se e abriu o cadeado. Apoiou a mão no trinco e olhou para Sean.

— Você vai ser um bom garoto, não vai? Vai me ajudar. Porque se não ajudar, se as coisas derem errado...

Ela deixou a ameaça pairando no ar frio entre eles.

— Sim, senhora — Sean respondeu.

— Ótimo — ela replicou antes de deslizar outra vez o trinco, bufando ao abrir o alçapão.

A portinhola foi aberta até ficar na vertical, esticando ao máximo as hastes laterais que serviam como suporte. Louise parou, apoiou os pés com firmeza nas placas de madeira.

— É muito escuro — apontou.

Collins puxou-a um passo mais para perto.

— Tem luz lá embaixo. Vou acender. Temos uma grande bateria para a iluminação. Podem deixar sempre acesa, se quiserem.

— Não, eu quero a mamãe.

Louise tentou soltar sua mão, mas Collins a segurou com firmeza.

— Sean, explique para ela.

Ele viu os dedos de Collins se curvarem no punho da arma, notou a dureza em seus traços e o pânico em seus olhos. Como se tudo pudesse terminar terrivelmente mal. Embora as coisas já estivessem péssimas, mesmo se a mulher não quisesse complicar a situação, tudo poderia piorar muito.

— Vamos encontrar a mamãe logo — Sean falou, guiando Louise na direção da portinhola. — Eu prometo.

A menina começou a chorar outra vez e seu irmão teve que segurar as próprias lágrimas. Collins puxou a lanterna presa ao cinto e apontou o feixe de luz para o alçapão, revelando uma escada de madeira que descia íngreme ao espaço escuro. De mãos dadas com Louise, Sean sentia os tremores dela em seus dedos. Ele passou o braço em volta do ombro da irmã, e Collins soltou a outra mão, permitindo que ele ajudasse Louise a descer os degraus. Um degrau de cada vez, vagarosa e calmamente, com os passos mais pesados da delegada vindo logo atrás.

O chão do porão era forrado com uma madeira que rangia e vergava a cada passo. Collins foi à parede do outro lado, à antiga estante de livros que havia ali. Sobre a estante havia uma lâmpada elétrica ligada a uma enorme bateria, exatamente como ela dissera. A delegada apertou o botão no interruptor e uma luz amarela e fraca se espalhou pelo cômodo. Sean viu os itens que haviam sido deixados ali — um colchão, dois baldes e papel higiênico, água, doces, alguns livros e revistas em quadrinhos — e sentiu uma nova onda de medo, mais gelada e opressiva que as anteriores.

Tudo havia sido planejado. Aquelas coisas estavam ali fazia semanas, talvez meses, esperando crianças como eles.

— Comam alguma coisa — Collins ordenou, puxando alguns doces da sacola e jogando-os no colchão. Também pegou duas garrafas de água do fardo e as deixou no chão. — E bebam.

Encontrou outra sacola e fuçou no interior. Tirou algumas peças de roupa, calças, roupas íntimas, verificou as etiquetas antes de devolvê-las. Por fim encontrou uma calça jeans desbotada e uma calcinha que pareciam caber em Louise. Ela acenou para a menina.

— Vamos tirar essas coisas molhadas.

— Não — Louise retrucou. — A mamãe disse que não é para eu deixar ninguém além dela ou da minha professora tirar as minhas roupas.

— Sua mãe está certa ao dizer isso, mas entenda, eu sou policial, então tudo bem. Você não pode ficar com essas roupas molhadas.

Collins olhou mais uma vez para Sean em busca de ajuda, e ele cutucou Louise, dizendo:

— Tudo bem. Pode fazer o que ela pediu.

Ele viu a delegada despir sua irmã, limpá-la com um lenço umedecido e ajudá-la a vestir as roupas limpas. Por que Sean observava? Não sabia ao certo. Sabia que existiam adultos ruins e capazes de fazer coisas erradas com crianças, tocá-las de maneiras impróprias. Mas se ele visse algo errado, algum toque estranho, o que faria? Não tinha ideia. Mesmo assim, ficou atento até a cena terminar.

Collins se levantou e disse:

— Agora comam. E bebam um pouco de água. Eu volto mais tarde para trazer sanduíches.

Ela não falou mais nada ao subir as escadas até o alçapão. Fechou a porta com uma pancada, e Sean sentiu a pressão nos ouvidos e um frio como jamais tivera antes. Sentiu uma vontade desesperadora de chorar, tão intensa que seus olhos doíam por dentro. Mas sabia que, se chorasse, se deixasse seu medo transparecer, a mente frágil de Louise se estilhaçaria. Então, em vez disso, eles se sentaram um ao lado do outro no colchão e comeram doces e salgadinhos até Louise anunciar que estava cansada e se deitar. Sean ajeitou o cobertor sobre a irmã e tentou lembrar uma das histórias preferidas dela, a história de um rato e uma floresta densa e escura e um monstro que, no fim das contas, realmente existia.

Horas se passaram. Sean queria estar de relógio para poder precisar quantas. Seu pai havia lhe dado um relógio no último aniversário, dissera que todo homem devia ter um bom relógio, mas o garoto nunca se acostumou à sensação da peça em seu pulso. O couro esfregando, o fecho incômodo, o metal frio. Sempre apertado demais ou solto demais. Parou de usar depois de algumas semanas e sua mãe não disse nada, embora fosse um presente caro. Custava mais que os relógios que a maioria dos adultos usava, dissera seu pai, que se importava muito com essas coisas.

Sean levou a mão direita ao punho esquerdo, ainda sentia ali a sensação do relógio. Às vezes sonhava com seu pai. Sonhos raivosos e assustadores, que o faziam acordar sem fôlego e confuso. Imaginava que deveria odiar Patrick Kinney, mesmo que essa fosse uma emoção pesada demais para sentir por um homem que vira tão poucas vezes na vida. Em geral, dividiam a mesa durante o café da manhã, às vezes durante o jantar, mas não havia muita conversa. De tempos em tempos, o pai queria saber sobre suas notas, seus amigos, seus professores. Uma ou duas perguntas rebatidas com as respostas vagas de Sean, e isso era tudo.

Na maioria das vezes que pensava no pai, sentia um vazio por dentro, como se jamais tivesse tido um pai. Não um de verdade.

Agora não importava. O relógio estava em uma das caixas no porta-malas do carro de sua mãe.

Louise gemeu e se mexeu, nem totalmente acordada, nem totalmente dormindo, e deixou escapar uma tosse carregada. Sean resistiu à necessidade de deitar ao lado dela, fechar os olhos e...

O que era aquilo? Um zumbido se espalhando pelas paredes do porão, cada vez mais alto.

Aí parou lá em cima e Sean ouviu o estalo do metal. Imaginou se seria Collins voltando, como ela disse que faria.

Parte dele foi tomada pela esperança de que ela os tiraria dali, de que os devolveria à sua mãe. Mas o lado adulto da mente de Sean — aquela parte que sua mãe chamava de "velho sábio" — dizia que não, que eles não iriam a lugar nenhum. Pelo menos nenhum lugar bom.

Passos nas placas de madeira lá em cima fizeram Louise arfar e se sentar no colchão, os olhos ferozes observando a tranca fechada.

— Está tudo bem — Sean falou.

Ele não conseguiu evitar o tremor ao ouvir a tranca se abrir como um rifle disparando lá em cima. Pouco depois vieram o ranger do alçapão e Collins bufando outra vez ao abri-lo. Ela espiou para dentro e, uma vez satisfeita, desceu as escadas com um saco de papel marrom na mão direita. Não usava mais seu uniforme. Estava de calça jeans, jaqueta e botas de motociclista. Sean entendeu o que era aquele chiado lá em cima.

Collins o encarou e apontou para o lugar vazio no colchão ao lado de Louise. Sean se levantou, mantendo o cobertor enrolado no corpo, atravessou o cômodo e se abaixou no colchão ao lado da irmã. Sentiu calor onde seus ombros a tocaram. Collins soltou o saco de papel no chão, ajoelhou-se e abriu. Seu hálito estava impregnado de cheiro de cigarro. Ela enfiou a mão na sacola e puxou dois sanduíches.

— Pasta de amendoim e geleia — revelou. — Gostam?

A pontada de fome foi maior que a cautela, e Sean estendeu a mão para pegar um dos lanches. Deu uma mordida. Seu estômago rugiu quando ele sentiu a mistura de doce e salgado. Suspirou, mesmo contra sua vontade.

Depois de engolir, falou:

— Você parece cansada. Que horas são?

— Estou cansada, sim — Collins confirmou, entregando um sanduíche a Louise. — Acho que é quase meia-noite.

Louise fez um sinal de reprovação com a cabeça.

— Eu não gosto da casca.

Collins empurrou o sanduíche na direção da garota.

— Coma logo.

— A mamãe sempre tira a casca — Louise respondeu.

Collins lançou um olhar fulminante para a menina, depois suspirou, abriu o saco de papel no chão e ajeitou o lanche ali em cima. Levou a mão ao bolso traseiro e pegou o que parecia ser uma pequena barra de metal. Com a mão livre, puxou dali uma lâmina de aparência perigosa que arqueou até travar. Sean nunca tinha visto um canivete, mas já ouvira falar deles, e imaginou que aquilo seria um. Collins cortou as beiradas do sanduíche até as cascas sumirem. Ergueu o pão e o entregou outra vez a Louise.

— Agora coma — ordenou.

Louise pegou o sanduíche e mordeu antes de enfiar mais e mais na boca, engolindo quase sem mastigar. A expressão de Collins se suavizou e ela guardou o canivete.

— Sei que vocês dois estão com medo — falou. — Mas não precisa disso. Vocês vão ficar bem e a sua mãe também. Tudo logo vai se ajeitar, talvez não amanhã, mas no dia seguinte, ou no máximo um dia depois. Eis o que vai acontecer: vocês vão viajar.

— Igual nas férias? — Louise perguntou.

Collins sorriu.

— Isso, igual nas férias.

— Para onde? — Sean quis saber.

— Vocês vão ficar com um cara bem legal.

— Nosso pai?

Collins hesitou antes de responder:

— Um cara legal.

— Onde? — o menino insistiu.

— Na casa dele. É uma casa legal, bem grandona.

— E quem é ele? Onde fica essa casa?

O sorriso de Collins vacilou.

— É um cara legal e é uma casa legal. Ele vai cuidar bem de vocês. — Ela se inclinou para a frente e olhou nos olhos de Louise. — E quer saber?

— O quê? — Louise piscou.

— Sua mãe também vai estar lá.

— Acho que é mentira — Sean respondeu.

Collins o fulminou com o olhar, e Sean teve vontade de se encolher.

— Não me chame de mentirosa, Sean.

Ele olhou para as próprias mãos.

— Eu volto amanhã de manhã — a delegada anunciou, levantando-se.
— Vão dormir, vocês dois. E tentem não se preocupar.

Enquanto a mulher subia a escada barulhenta, Sean segurou a mão de Louise. O alçapão fechou, madeira esfregando em madeira, depois foram fechados o trinco e o cadeado. Sean deitou no colchão, puxou Louise para perto e ajeitou o cobertor em volta deles, tentando não pensar no homem legal e sua casa legal.

10

Fórum privado 447356/34
Admin: RR; Membros: DG, AD, FC, MR, JS
Título do tópico: Este fim de semana; Tópico iniciado por: RR

De: RR, quarta-feira, 20h23

Senhores, imagino que todos tenham recebido a minha mensagem. Um vendedor em potencial entrou em contato. Os bens são excelentes, a julgar pela fotografia. Pequenas avarias, mas nada digno de preocupação. Verificações iniciais satisfatórias, o vendedor parece confiável. É claro que farei outras averiguações, mas, por enquanto, sinto-me satisfeito.

Como os bens são um par em boas condições, sugiro oferecermos $3M (três milhões), o que significa uma contribuição de $500k de cada um de nós. Espero receber suas contribuições por transferência bancária até meio-dia de sexta-feira, partindo do pressuposto de que todos ainda somos solventes. Haha. Oferecerei um bônus de $250k se os bens forem recebidos sem outros danos, mas cobrirei com dinheiro do meu próprio bolso.

Vocês vão perceber uma modificação na lista de membros. Após o comportamento dele em nosso último encontro, CY não mais se juntará a nós. Ele me assegurou de que manterá a discrição e eu deixei claras quais serão as consequências se não cumprir com sua palavra. Agora uma notícia mais agradável: permitam-me apresentar JS, corroborado por DG. Verifiquei pessoalmente o histórico de JS e não encontrei nenhum motivo que possa nos causar preocupação, portanto, por favor, recebam-no em nosso grupinho. Se tudo correr bem, vocês terão a oportunidade de conhecê-lo pessoalmente no sábado à noite.

Por falar nisso, a próxima reunião será no local de costume. Meu motorista vai buscá-los no aeroporto. Como sempre, por favor, não tragam nenhum membro de sua equipe. Sei que confiam neles, mas, quanto menos pessoas souberem, mais seguros todos nós estaremos. Por favor, confirmem presença e me comuniquem a hora de sua chegada, mas tentem estar no aeroporto entre quatro e seis da tarde.

Até lá, cuidem-se e, se tiverem perguntas, postem aqui.

De: DG, quarta-feira, 20h36

Obrigado, RR. Sem dúvida estarei presente. Comunicarei meu horário de chegada assim que possível. E por favor, todos vocês, deem as boas-vindas a JS, que passa a integrar o grupo. É um antigo colega de faculdade e um cara muito gente boa.

De: JS, quarta-feira, 20h41

Mensagem excluída pelo administrador do fórum.

De: RR, quarta-feira, 20h47

JS — entendo que seja novo no grupo, mas, por favor, tenha mais tato. Sim, este é um fórum privado, mas discrição ainda é fundamental. Nossos encontros são agradáveis, obviamente, mas mesmo assim tratamos de assuntos sérios, com consequências igualmente sérias para todos nós caso algo dê errado.

De: JS, quarta-feira, 20h54

Senhores, minhas mais sinceras desculpas por ter saído da linha — não é uma boa maneira de me apresentar ao grupo! O que eu queria era simplesmente agradecer a todos por me aceitarem como membro, em especial a DG, que intercedeu por mim. Vejo vocês no sábado — meu voo já está marcado, chego às 16h55.

De: AD, quarta-feira, 21h06

Estou dentro. Em breve confirmo o horário de chegada.

De: MR, quarta-feira, 21h15

Eu também — e obrigado, RR, por se oferecer para cobrir os custos do bônus. É muita generosidade da sua parte. Desembarco às 17h40. Sábado. Alguém a fim de uma partida rápida de nine holes no domingo de manhã?

De: FC, quarta-feira, 21h47

Desculpem por deixá-los esperando uma resposta. Tenho um compromisso agendado anteriormente na tarde de sábado e estou tentando ver se consigo sair a tempo de participar do nosso encontro. Espero que seja possível, mas terei uma posição definitiva amanhã de manhã.

De: RR, quarta-feira, 22h12

Obrigado pelas respostas rápidas, senhores. FC, olhei com mais atenção a fotografia agora — você realmente não vai querer perder essa chance. Desmarque seu compromisso e venha, meu amigo, você não vai se arrepender. Eles são lindos. Realmente lindos.

11

Audra adormecia e acordava, como se arrastada por ondas lentas e mórbidas. Toda vez que a escuridão a tomava, um sonho incômodo a despertava. Várias e várias vezes, acordou tremendo no colchão fino do beliche, aterrorizada, desorientada, a dor pulsando em seus ombros e punhos. As horas da noite se arrastaram até ela perder a noção do tempo. Quando a luz do amanhecer apareceu pela claraboia do lado de fora da cela, o silêncio daquele lugar havia se tornado tão pesado que Audra chegou a pensar que seria esmagada por ele.

A certa altura da noite, acordou de seu sono leve e se deparou com Whiteside observando-a do outro lado das barras de ferro. Ficou ali deitada, congelada, com medo de se mexer para evitar que ele entrasse de novo. Depois de um ou dois minutos em silêncio, ele deu meia-volta e saiu da área da custódia.

Inicialmente Whiteside fez Audra se lembrar de seu pai, mas agora ele a fazia pensar no marido. Ela recordou as noites em que acordava na cama deles e encontrava Patrick sentado do outro lado do quarto, observando-a. Somente uma vez cometeu o erro de perguntar o que ele estava fazendo — Patrick atravessou o quarto no tempo que ela demorou para inspirar, agarrou-a pelos cabelos e a arrastou para fora da cama. Enquanto Audra estava caída no chão, Patrick, pairando logo acima, disse que o apartamento era dele, o quarto era dele e, portanto, ele não tinha de dar explicações a ela.

Os dois tinham se conhecido doze anos antes. Audra Ronan trabalhava na galeria da East 19th Street — batizada de Block Beautiful, em virtude do conjunto de casinhas ao seu redor — fazia seis meses e aproveitava as noites para pintar. Gostava do trabalho, todos os dias ia à Union Square para almoçar o que seu dinheiro lhe permitia comprar. O salário era péssimo, mas as comissões ocasionais lhe rendiam o suficiente para sobreviver. Às vezes o suficiente para visitar a grande Barnes & Noble na parte norte da praça ou, mais para o sul ao longo da Broadway, a Strand Book Store, e se presentear com algum livro da seção de artes. Durante todo esse tempo, fez contato com os agentes dos artistas cujos trabalhos passavam por suas mãos. Alguns deles chegaram a ver suas pinturas e a aconselharam a continuar se dedicando até sentir que estava pronta para começar a vender.

Contudo, por algum motivo, Audra nunca parecia estar pronta. Cada obra começava com a esperança de que, daquela vez, a imagem em sua cabeça seria traduzida com perfeição na tela — o que nunca acontecia. Mel, sua amiga, alertou Audra de que ela era perfeccionista demais, que era um caso clássico do efeito Dunning-Kruger: aqueles com mais talento não conseguem reconhecê-lo, ao passo que aqueles com menos não conseguem enxergar como têm pouco. Audra passou horas e mais horas lendo artigos sobre o efeito Dunning-Kruger e a síndrome do impostor, tentando se convencer de que era capaz de vender suas telas. Em um dos estudos, encontrou uma citação da peça *Do jeito que você gosta*, de Shakespeare:

O tolo acha que é sábio, mas o sábio reconhece que é um tolo.

Imprimiu as palavras em letras garrafais e as grudou na parede de seu minúsculo apartamento.

Audra experimentou cocaína porque ouviu dizer que aumentaria sua confiança. Havia fumado maconha na faculdade, como todo mundo, e imaginou que a cocaína não seria muito diferente. Porém logo descobriu que a droga a deixava com náusea, com um excesso insuportável de barulho no cérebro, então parou de usar tão rápido quanto começou. Ainda fumava um baseado de vez em quando, mas não com frequência. Às vezes a maconha a relaxava, mas em outros momentos a deixava agitada e nervosa.

Então, passou a beber.

A relação com a bebida havia começado na faculdade, em todas aquelas festas, e ela sempre parecia ser a última a cair. Audra aguenta bem, diziam. Depois da faculdade, diminuiu um pouco, passou a beber só nos fins de semana. Mas, conforme o tempo passava e as telas simbolizando seus fracassos se empilhavam no canto do apartamento, começou a beber mais. Logo passou a ser todas as noites.

Mas ela mantinha a situação sob controle. Pelo menos era o que dizia a si mesma.

— Entregue logo algumas de suas telas a um agente — Mel repetiu várias vezes. — Veja o que acontece. O que é o pior que pode acontecer?

Rejeição podia acontecer. O agente podia dizer a Audra que o trabalho era bom, mas não o suficiente. E ela sabia que, se alguma coisa desse tipo acontecesse, sua pouca confiança lhe seria arrancada. Então continuou tentando criar a obra perfeita, que nunca veio.

Patrick Kinney foi à abertura de uma nova exposição. Audra estava grudando um adesivo vermelho em uma tela enorme, que acabava de ser vendida por vinte e cinco mil dólares, quando uma voz suave falou por sobre seu ombro:

— Com licença, senhorita, essa já foi vendida?

Ela girou na direção da voz e se deparou com um homem alto e esguio, talvez dez anos mais velho que ela, usando um terno tão bem cortado que parecia ser parte de seu corpo. Quando ele sorriu e disse "senhorita?", Audra percebeu que estava congelada ali, encarando, já fazia algum tempo.

— Perdão — ela enfim respondeu, sentindo o calor no pescoço e nas bochechas. — Sim, foi vendida há alguns minutos.

— Uma pena. Gostei dela.

Depois de um breve momento, Audra decidiu arriscar:

— Talvez eu possa mostrar outras obras para você?

— Talvez — ele ecoou, e Audra ficou impressionada com a maneira como aquele homem a olhava nos olhos, com sua extrema confiança. E, tivesse Audra percebido naquela ocasião ou não, daquele momento em diante ela passou a ser dele. Teve de se forçar a desviar o olhar.

— Está pensando em investir ou só quer algo para pendurar na parede?

— As duas coisas — ele respondeu. — Mudei para o meu apartamento há seis meses e ainda não tenho nada para olhar além da TV ou da janela.

Ele tinha um imóvel em East Village repleto de paredes vazias, explicou enquanto ela o acompanhava pela galeria. Patrick comprou duas obras naquela noite, totalizando quarenta e dois mil dólares. Partiu com a nota fiscal e o número de telefone de Audra.

Ela ficou bêbada no primeiro encontro. Meia garrafa de sauvignon blanc antes de deixar o apartamento para encontrá-lo. Para acalmar os nervos, justificou a si mesma. Em algum momento daquela noite, teve de pedir licença para ir vomitar no banheiro do restaurante. Na manhã seguinte, acordou em sua própria cama com uma ressaca aniquiladora e uma vergonha doentia e pegajosa.

Acabou, ela pensou. Eu estraguei tudo. Porém surpreendeu-se naquela tarde, quando Patrick telefonou e perguntou se poderia voltar a vê-la.

Quatro meses depois, ele pediu Audra em casamento e ela aceitou, ciente, enquanto os dois se abraçavam, de que aquilo era loucura. Vislumbrou pela primeira vez a verdadeira natureza de Patrick uma semana depois, quando ele promoveu um encontro para apresentá-la a seus pais no apartamento deles em Upper West Side.

Naquela noite, Patrick chegou ao loft de Audra no Brooklyn e entrou usando a chave que ela havia lhe dado. Audra permaneceu atrás do biombo que separava a cama do restante do espaço, as roupas penduradas em araras ou dobradas em cestos de ferro. Não tinha dinheiro para móveis de verdade. Passara a tarde toda com os nervos à flor da pele, na expectativa pelo jantar. Os pais dele a aprovariam? Afinal eram de família tradicional e rica, ao passo que a mãe de Audra vinha da Pensilvânia rural e seu pai de Ohio, nenhum dos dois tinha diploma superior. Os pais de Patrick sentiriam o cheiro de sua pobreza e puxariam o filho de lado para dizer que ele conseguiria encontrar alguém melhor.

Audra escolhera suas roupas cuidadosamente. Contando somente com quatro vestidos em boa situação, quatro pares de sapatos decentes e um punhado de bijuterias, não tinha muito para escolher. Ainda assim, havia pensado bastante no que usar.

Ela tremia ao sair de trás do biombo, fazendo seu melhor para se movimentar com a elegância que sempre pensou não ter.

Patrick ficou paralisado no centro do quarto, observando com o rosto apático.

Quando ela não aguentou mais, perguntou:

— E então? Será que eu passo?

Mais um instante de silêncio antes de Patrick responder:

— Não.

Audra sentiu alguma coisa estalar em seu interior.

— Você tem outras opções? — ele questionou, punhos fechando, rosto endurecendo.

— Eu gostei — ela comentou. — Gosto da cor e do caimento e...

— Audra, você sabe como esta noite é importante para mim — ele a interrompeu, pressionando a ponta dos dedos nas têmporas. — Então, quais outras opções você tem?

Ela estava prestes a dar início a uma discussão, mas alguma coisa na voz dele a alertou para não fazer isso.

— Venha ver — respondeu.

Patrick a acompanhou até a área onde ela dormia, do outro lado do biombo, onde dois vestidos ainda descansavam na arara. Audra os ergueu, levando um de cada vez à frente do corpo.

— Já vi essas roupas antes — Patrick afirmou. — Você usa sempre.

— Desculpa, eu não tenho dinheiro para gastar com roupas. Faço o melhor que posso com o que tenho.

Patrick checou o relógio, esta noite um robusto Breitling, e retrucou:

— Não temos tempo para comprar nada. Jesus, Audra, você sabia que eu queria impressioná-los. E agora tenho que levar você com essa aparência.

— Desculpa — ela respondeu, segurando as lágrimas. — Podemos cancelar, dizer que não estou me sentindo bem.

— Não seja idiota — ele a censurou. Os dentes de Audra bateram quando ela fechou a boca. — Vamos logo ou chegaremos atrasados.

Na rua, Patrick fez sinal para um táxi e os dois não conversaram durante todo o caminho até Manhattan. Ela esperou na calçada enquanto ele pagava o motorista, olhando para o fim do quarteirão, observando as árvores do Central Park dançarem com a brisa. Patrick segurou seu braço e a guiou pela escada de pedra até o prédio de seus pais.

No elevador, a caminho da cobertura, ele se aproximou e sussurrou:

— Não beba demais. Não me faça passar vergonha.

No fim das contas, a noite não foi totalmente desagradável. Patrick usou seu charme, como sempre fazia, e a mãe dele elogiou Audra, como ela era bonita e não é que se vestia bem? E a aliança. Que linda. De onde era? Quanto custara? Ah, e você também é irlandesa? De onde vem a sua família?

Audra fez uma única taça de vinho durar a noite inteira, mal molhou os lábios, ao passo que Patrick e sua mãe juntos entornaram duas garrafas.

O pai dele — Patrick Senior — só tomou água e pouco falou durante a noite, oferecendo apenas alguns comentários desarticulados de tempos em tempos. Já sua mãe, Margaret, conduziu a conversa, intercalando-a com alguns gritos lançados aos funcionários. E o jeito que Patrick olhava para a mãe. Por um momento, Audra desejou que ele a olhasse daquele jeito, mas julgou essa ideia incômoda demais para permitir que povoasse sua mente por muito tempo.

Depois, Patrick levou Audra ao apartamento dele — ele nunca passava a noite na casa dela —, guiando-a direto para o quarto. Tomou-a com tanta força que ela teve de morder as articulações dos dedos para segurar um grito. Quando ele terminou, suado e sem fôlego, rolou para o lado e segurou a mão dela.

— Você se saiu bem esta noite — elogiou. — Obrigado.

Enquanto Patrick dormia, Audra decidiu que tinha de terminar o noivado. Simplesmente ir embora. Odiava o fato de ele fazer, com tamanha destreza, ela duvidar tanto de si mesma. Enfrentar uma vida inteira assim? Não, obrigada.

Passou as próximas duas semanas tentando encontrar um jeito de terminar, tentando encontrar o jeito certo, o lugar certo. Mas Patrick foi tão sedutor e amável nessas duas semanas que os pensamentos de terminar acabaram empurrados para um canto da mente de Audra. E aí ela percebeu que sua menstruação estava atrasada e não restou nenhum espaço para pensar em terminar.

Quase doze anos entre lá e cá, sua cama no apartamento do Brooklyn havia ficado no passado e sido substituída por um beliche em uma cela no Arizona.

Audra pensou: Será que Patrick fez isso? Ele seria capaz?

Ela suspeitou de que o xerife Whiteside tivesse passado a noite toda ali, vigiando-a. A câmera no canto lá em cima havia permanecido o tempo inteiro focada nela, a luzinha vermelha encarando-a. Audra chegou a dar as costas para ela, mas sentiu o olhar queimá-la por trás. Agora, enquanto as sombras se tornavam mais pronunciadas dentro da cela, ela permanecia deitada de costas, vigiando a câmera que a vigiava.

Então a luz apagou.

Audra permaneceu totalmente imóvel por alguns segundos, esperando a câmera se virar outra vez para ela. Ao perceber que isso não aconteceria, sentou-se, ignorando os golpes de dor enquanto levava os pés ao chão. Um alarme soou em algum lugar dentro dela, dizendo-lhe que aquilo era errado, que não devia ser assim. A câmera não devia ser desligada. Por que seria...?

Antes que ela conseguisse concluir a pergunta em sua mente, a porta da área de custódia se abriu e Whiteside entrou, acompanhado por Collins. As mãos de Audra agarraram a estrutura do beliche enquanto seu coração acelerava. Whiteside marchou até a porta da cela, destrancou-a, deslizou-a para o lado.

— O que foi? — Audra perguntou, sua voz crescendo com o medo.

Whiteside ficou de lado para deixar Collins entrar, depois a acompanhou.

— O que vocês querem?

Nenhum dos policiais falou nada enquanto se aproximavam do beliche. Audra ergueu as mãos, um reflexo, um ato de rendição.

— Por favor, o que vocês...?

Com um único movimento, Collins segurou o braço de Audra, levantou-a e a jogou no chão da cela. Audra ficou ali, espalhada, a palma das mãos e os cotovelos doendo. Levou as mãos sobre a cabeça, pronta para ser golpeada por um daqueles dois.

— O que vocês...?

Collins segurou a gola da camiseta de Audra, puxou-a até que ela ficasse de joelhos. Audra ergueu o olhar na direção do rosto apático de Whiteside, abriu a boca para falar outra vez, para implorar, mas Collins agarrou sua nuca, forçou-a a se abaixar, de modo que ela só conseguisse enxergar o xerife da cintura para baixo.

O suficiente para vê-lo puxar um revólver em suas costas.

— Ah, Deus, não.

Ele encostou o cano da arma na cabeça de Audra.

— Ah, meu Deus, por favor, não. — Ela sentiu sua bexiga doer. — Por favor, não, por favor, não. Por favor...

Whiteside inclinou o revólver, o barulho metálico ricocheteando nas paredes e barras de ferro. Collins apertou ainda mais a nuca de Audra.

Ela ergueu as mãos em posição de prece.

— Ah, Jesus, por favor, não, por favor, não...

E um estalo forte quando Whiteside apertou o gatilho, mas o tambor estava vazio.

Audra gritou, um lamento demorado e gutural. Collins soltou seu pescoço. Whiteside guardou a arma outra vez no cinto.

Audra caiu no chão enquanto eles saíam. Curvou-se, joelhos encostados no peito, mãos unidas sobre a cabeça. Sob a luz fraca do amanhecer, apesar de não ter fé, ela fez uma prece.

12

O xerife Ronald Whiteside seguiu a delegada Collins pela porta lateral, passando pela rampa de acesso para deficientes. O sol pairava baixo no céu, prometendo o calor que estava por vir, refletindo sua luz na superfície de metal das viaturas estacionadas. Collins puxou um maço de cigarros e um isqueiro do bolso da camisa. Acendeu um, deu um longo trago, guardou o maço e exalou a fumaça azul que permaneceu estática no ar, sem nenhuma brisa para levá-la embora.

— Quer que eu fique aqui? — ela perguntou.

— Não — respondeu Whiteside. — Vá ver os dois para ter certeza de que está tudo bem. Vou dizer que você está patrulhando.

Collins tragou outra vez.

— Aquele menino pode causar problemas.

— Não se você cuidar direitinho dele. Me dê um desses aí.

Collins olhou para a mão estendida do xerife.

— Você não fuma.

— Estou pensando em começar. — Estalou os dedos. — Vamos, me passe um.

Ela puxou outra vez o maço do bolso e entregou também o isqueiro. Whiteside ajeitou o cigarro entre os lábios e acendeu. A fumaça encheu seus pulmões e ele não conseguiu evitar uma onda de tosse. Devolveu o maço enquanto seus olhos lacrimejavam. Vinte anos já haviam se passado desde a última vez que fumara, mas Whiteside apreciou o efeito da nicotina em seu cérebro. Mais um trago, e dessa vez segurou a fumaça nos pulmões.

— Não é tarde demais — Collins falou.

Whiteside negou com a cabeça.

— Nem pense nisso.

— Podemos devolver as crianças para ela, fazê-la prometer que não vai contar o que fizemos, e aí podemos esquecer tudo...

— Porra, cala a boca — ele ordenou, arrependendo-se imediatamente de ter se expressado com tanta raiva. — Agora que começamos, vamos até o fim. Você teve a chance de desistir ontem, quando te chamei pelo rádio. Lembre-se do nosso acordo.

O chamado pedindo o reboque, convocando Emmet. Eles haviam conversado sobre aquilo durante meses. Se e quando Whiteside encontrasse as crianças certas na situação ideal, chamaria Collins pelo rádio para pedir o reboque de Emmet. Ela só precisava dizer que Emmet não estava disponível caso quisesse desistir.

— Eu sei, mas...

— Mas o quê?

Ela negou com a cabeça.

— É que nunca pensei que fôssemos realmente fazer isso. Uma coisa era falar sobre o assunto. Mesmo ontem, quando você me chamou pelo rádio, não parecia real. Mas à noite, quando fui levar comida para eles, pensei: Jesus Cristo, está mesmo acontecendo. E não sei se sou forte o bastante para isso.

— Está feito — disse Whiteside. — Desistir agora significa nos entregar aos federais.

A delegada ficou em silêncio, observando as colinas. Bateu a cinza do cigarro, que já havia queimado até a metade. Enfim voltou a falar:

— Você devia ter matado a mulher.

— *Eu* devia? Você não?

— Tudo bem, *nós* devíamos ter matado. Lá na estrada. Enterrado o corpo em algum lugar e nos livrado do carro.

— O comprador não quer que seja feito assim — Whiteside lembrou. — Quer que o rastro termine na mãe. Se não for assim, vão sair à caça do corpo. Do jeito que estamos fazendo as coisas, temos alguém para culpar. Só precisamos continuar deixando-a assustada, ver se conseguimos forçá-la a ter um ataque de nervos. Com um pouco de sorte, ela fará o trabalho por nós.

— Mesmo assim, seria mais simples se ela estivesse morta — retrucou Collins.

Whiteside pegou o revólver em sua cintura, empurrou-o na direção da delegada.

— Tudo bem, então. Tem uma caixa de balas na gaveta da minha mesa. Vá lá e carregue esta arma, volte à cela e enfie uma na cabeça dela. Melhor ainda: leve-a ao deserto para fazer isso.

Collins lhe lançou um olhar fulminante.

Ele empurrou o revólver na mão dela.

— Vá lá. Faça o que acha que tem que fazer.

Collins jogou o cigarro no chão, amassou-o com o calcanhar. Lançou mais um olhar afiado a Whiteside antes de descer a rampa e ir até o carro. O motor rugiu quando ela acelerou para fora do estacionamento. Ele guardou outra vez a arma na cintura, ajeitou-a na lombar. Mais um trago no cigarro, a fumaça quente tornando-se mais prazerosa a cada tragada.

Collins estava certa, obviamente. O jeito mais simples teria sido levar a tal Kinney para o meio do deserto, enfiar uma bala em sua cabeça e deixar os corvos e os coiotes se divertirem com sua carne. Porém essa não era a música que o comprador dançava. E havia um detalhe que Whiteside não contara a Collins. Tinha chegado a seus ouvidos que o comprador — o Ricaço, como alguns o chamavam — gostava de ver os acontecimentos no noticiário. Gostava de assistir à angústia de outras pessoas.

O xerife se perguntou se alguém havia dito alguma coisa recentemente.

Terminou o cigarro, apagou-o com o coturno e foi na direção da porta do passageiro de sua viatura. Lá dentro, abriu o porta-luvas, tateou e encontrou a bolsa fechada. Puxou o celular barato e o ligou. Quando o aparelho estava pronto, Whiteside abriu o navegador em uma janela privada para que nem cookies, nem histórico ficassem guardados. Foi a um servidor proxy e, de memória, digitou o endereço do fórum, uma sequência obscura de números e letras. A tela de login apareceu, e ele inseriu suas informações.

Uma nova mensagem direta. Clicou no link.

De: RedHelper
Assunto: Re: Itens à venda
Prezado senhor,
Obrigado pela oferta. Fizemos as averiguações e acreditamos que seus bens sejam verdadeiros e garantidos. Nossa oferta é de três milhões

de dólares ($3.000.000,00). Percebemos que os dois itens têm pequenas avarias. Uma quantidade adicional de duzentos e cinquenta mil dólares ($250.000,00) será paga caso não ocorram outros danos. Esses são os termos finais e não negociáveis. Acreditamos que ficará satisfeito com eles.

A entrega deve acontecer entre três e quatro da tarde de sábado; nenhum outro horário será admitido. Por favor, confirme a aceitação desses termos e entraremos em contato dentro de vinte e quatro horas para definirmos os arranjos da transferência.

Desnecessário lembrar que qualquer tentativa de atrapalhar nossa operação será respondida com retaliação dura e imediata.

Atenciosamente,

RedHelper

— Jesus Cristo — Whiteside exclamou.

Gotículas de suor brotaram em todo seu corpo. Três milhões. Não, três milhões e duzentos e cinquenta mil. Os membros do fórum tinham comentado que haveria pagamento extra por dois, mas Whiteside não esperava tanto.

Um ano antes, o xerife Ronald Whiteside havia matado um homem por quinze mil dólares, e pareceu uma fortuna até gastar todo o dinheiro. O mesmo fórum havia lhe passado aquele trabalho. Um canto escuro da internet, no submundo, onde pervertidos, pedófilos, cães assassinos, toda a escória da humanidade se encontrava para negociar prazeres sórdidos. A dark web, como chamavam. Um nome refinado para um lugar onde, independentemente de quão ruim você fosse, sempre existia alguém pior.

Dentro desse espaço, em um canto protegido, existia um fórum, um lugar para troca de mensagens. Um espaço para policiais e militares oferecerem certos serviços. Se você precisasse que algo fosse feito, algo que só uma pessoa com contatos pudesse fazer, bastava encomendar nesse fórum. Whiteside havia sido apresentado por um velho amigo do Exército. Após semanas de verificações, eles o deixaram navegar pelos subfóruns mais superficiais. Depois de outros seis meses, passou a ter acesso às entranhas. Era um lugar onde se podia ganhar uma grana alta.

O assassinato fora de um traficante de baixo nível de Phoenix. Whiteside nunca soube o motivo do pedido, provavelmente alguma dívida, ou talvez o homem estivesse ameaçando se transformar em informante. Na verdade, Ronald Whiteside não estava nem aí. Simplesmente aceitou e realizou o trabalho. Depois de alguns dias observando e seguindo o traficante, estourou-lhe os miolos em frente a um bar sórdido em Tolleson, no Arizona. Saiu acelerando em uma moto que havia encontrado em um ferro-velho, escondendo o rosto sob o capacete — não que alguém naquele bar fosse dizer algo aos policiais. O dinheiro apareceu na manhã seguinte em sua conta no exterior.

Simples.

Depois disso, outro nível do fórum foi aberto para ele, um que ele nem sabia que existia. Uma entranha dentro da entranha. E ali todo mundo falava de grana alta. Centenas, não dezenas de milhares. E havia um tópico com um pedido simples. Um comprador para um tipo muito específico de item, disposto a pagar sete dígitos. Uma sequência de instruções, métodos, exigências. E um endereço de e-mail para o caso de alguém estar disposto a atender o pedido.

Agora com as mãos trêmulas, Whiteside leu outra vez a mensagem. E apertou "responder".

Para: RedHelper
Assunto: Re: Itens à venda
Prezado RedHelper,
Obrigado pela resposta rápida. Confirmo que sua oferta é aceitável e espero suas instruções.
Atenciosamente,
AZMan

Apertou "enviar", esperou a confirmação de que a mensagem havia sido entregue.

Feito.

Desligou o celular e o devolveu à bolsa sob o painel.

13

Audra estava sentada em silêncio. Algemas nos punhos, presas a uma corrente ligada a um gancho de metal na mesa. As paredes de bloco de concreto da sala eram pintadas de cinza, o chão de linóleo estava descascando, a janela suja era reforçada com tela metálica. A camada de vinil do topo da mesa também descascava, deixando exposto o compensado de madeira. A delegacia toda era assim, beirava a ruína, como se as pessoas tivessem simplesmente desistido daquele lugar.

Passou pela cabeça de Audra que um bom puxão provavelmente arrancaria aquele gancho de metal da mesa. E o que aconteceria depois? O guarda estadual perto da porta a imobilizaria de cara no chão em segundos, isso é o que aconteceria.

O policial olhava direto para a frente, não havia movimentado um único músculo durante a uma hora em que Audra passara na sala de interrogatório, nem uma tossida sequer. Ela chegou a tentar puxar conversa com ele, perguntou sobre seus filhos, tentou pedir um advogado. Nada. Era um homem grande, todo bíceps e abdome e punhos carnudos. Seu uniforme era de um bege quase idêntico ao do xerife; Audra não teria desconfiado de que aquele era um policial estadual se não tivessem lhe contado.

Alguém bateu à porta e o olhar de Audra saltou na direção do barulho. O policial se virou e abriu alguns centímetros. Uma série de sussurros depois, ele se afastou ligeiramente para deixar um homem bem vestido entrar. Terno tradicional, gravata lisa. O policial comentara que o FBI estava a caminho, e esse recém-chegado devia ser um deles.

Trazia consigo um tripé fechado e uma pequena câmera. Depois de um minuto de agitação e ajuste, havia ajeitado a câmera no canto e apontado a lente para Audra. Apertou um botão, depois outro, virou o display para conseguir ver. Enfim satisfeito, assentiu e saiu.

— Com licença — Audra falou.

O homem do FBI a ignorou, segurou a maçaneta.

— Senhor, por favor.

Ele parou, virou-se outra vez para ela.

— Por favor, senhor, me explique o que está acontecendo.

Ele se permitiu lançar um sorriso pesaroso para ela.

— Já viremos tratar com a senhora.

Quando o homem abriu e passou pela porta, Audra gritou para ele:

— Vocês encontraram os meus filhos? Estão procurando?

A porta fechou. Audra baixou a cabeça, levou as mãos à boca, sussurrou diante de sua palma:

— Malditos.

O policial agora lançou um olhar na direção dela.

— Perdão?

Audra manteve o olhar fixo.

— Eles estão procurando os meus filhos?

— Não sei nada sobre isso, senhora.

Ele então voltou a concentrar seu foco na parede do outro lado da sala.

— Quando vou poder falar com um advogado? — ela questionou.

O policial permaneceu em silêncio.

Audra expirou, abriu as mãos sobre a mesa, forçou sua mente a se controlar, a se acalmar. Encontrou uma rachadura que mais parecia um raio negro no vinil. Absorta, acompanhou os arcos e ramificações, concentrou-se nos detalhes, sentiu a ordem se restabelecer em seu interior.

Outra batida à porta, dessa vez mais forte, e o policial teve de se afastar quando ela se abriu violentamente. Entraram um homem e uma mulher, os dois formalmente vestidos, as roupas dela mais bem cuidadas que as dele. Era alta, tinha membros longos, pele escura, cabelos bem curtos, olhos luminosos que sugeriam grande inteligência. O homem andava desajeitado atrás dela, os cabelos eram um ninho de passarinho loiro-acinzentado, e tinha o rosto marcado de um fumante. Tossiu um pouco de muco, puxou uma cadeira e ali soltou o peso do corpo. A mulher permaneceu em pé, com um iPad, um bloco de anotações e uma caneta debaixo do braço.

— Sra. Kinney, sou a agente especial Jennifer Mitchell, da Divisão de Operações Especiais contra o Rapto de Menores do FBI, sediada em Los Angeles. Posso me sentar?

Audra assentiu.

Mitchell sorriu, agradeceu e tomou seu lugar. O homem se remexeu e tossiu outra vez. Audra sentiu o fedor do cigarro atravessar a mesa.

— Este é o detetive Lyle Showalter, do Departamento de Segurança Pública do Arizona, Divisão de Investigações Criminais, sediado em Phoenix. Está aqui estritamente para observar. Permita-me ser clara: eu estou no controle da investigação do paradeiro de seus filhos.

Enquanto Showalter revirava os olhos e dividia um sorriso afetado com o policial, Audra abriu a boca para falar. Erguendo a mão, Mitchell logo a calou.

— Antes de começarmos, a senhora precisa tomar ciência de algumas coisas — alertou. — Em primeiro lugar, embora esteja presa por posse de maconha, esta entrevista não diz respeito a esse assunto. Ademais, o motivo da sua prisão não tem a ver com o desaparecimento dos seus filhos e a senhora não tem direito à presença de um advogado durante esta entrevista. Portanto, pode encerrá-la a qualquer momento. Devo avisá-la, todavia, que não cooperar nessa questão não vai ajudá-la. Por fim, está vendo aquela câmera?

Audra assentiu. Mitchell continuou:

— Aquela câmera está gravando esta entrevista e eu vou compartilhar as filmagens com todos os investigadores e agências que considerar necessários para o avanço das investigações. Sra. Kinney, entendeu tudo o que eu disse?

— Sim, senhora — Audra respondeu com voz baixa, sussurrada.

Mitchell apontou para as algemas nos punhos de Audra.

— Oficial, acho que não são necessárias, certo?

O policial olhou para Showalter, que assentiu. O homem deixou sua posição ao lado da porta, pegou uma chave no bolso e se aproximou da mesa. Tirou as algemas, deixou-as cair sonoramente sobre a mesa.

— Estava usando essas roupas quando foi presa ontem? — Mitchell indagou, apontando com a caneta.

— Sim — Audra respondeu.

Mitchell fechou os olhos e suspirou. Abriu-os outra vez e falou:

— Essas peças deveriam ter sido levadas como evidência. Quando terminarmos aqui, vamos arrumar outra coisa para a senhora vestir. Podemos começar?

— Tudo bem — Audra concordou.

Mitchell sorriu.

— Está à vontade? Quer um copo de água?

Audra negou com a cabeça.

— Sra. Kinney... Audra... Posso chamá-la de Audra?

Ela assentiu.

Mitchell respirou, sorriu e perguntou:

— Audra, o que você fez com seus filhos?

A cabeça de Audra ficou leve e cheia de faíscas. Ela se apoiou na beirada da mesa para se equilibrar. Abriu e fechou a boca, mas não tinha palavras para se expressar.

— Audra, onde eles estão?

Fique calma, ela pensou. Argumente com ela. Explique.

Ainda agarrada à mesa, Audra respirou fundo, encheu os pulmões.

— Eles levaram os meus filhos.

— Quem levou?

— O xerife — Audra respondeu, a voz cada vez mais alta. Apontou para a parede, como se Whiteside estivesse do outro lado, com a orelha encostada ao bloco de concreto. — E a delegada, aquela mulher, não lembro o nome.

— Está falando do xerife Whiteside e da delegada Collins?

— Sim, Collins, é ela. — Audra notou que sua voz soava estridente, respirou outra vez, tentou transmitir tranquilidade. — A delegada Collins levou o Sean e a Louise enquanto eu estava no carro do xerife, esperando o reboque.

— É mesmo?

— Sim. Eles os levaram.

— Entendi. — Mitchell ofereceu um sorriso suave, doce. — O problema, Audra, é que o xerife Whiteside não lembra de as coisas terem acontecido desse jeito. Ele me contou hoje de manhã que não tinha criança nenhuma no carro quando ele ordenou que você encostasse.

— É mentira dele — Audra retrucou, as unhas afundando na palma da mão.

— E a delegada Collins disse que nem estava perto da County Road quando você foi parada. Ela foi lá para ajudar o xerife Whiteside a fazer uma revista em você.

— É outra mentirosa. Será que você não vê?

— Também conversei muito brevemente com um senhor chamado Emmet Calhoun há mais ou menos meia hora e ele me falou que não tinha nenhuma criança por perto quando rebocou o carro. Comentou que achou estranho por causa da cadeirinha e de algumas outras coisinhas que viu por lá. Falou que você estava no banco traseiro da viatura do xerife Whiteside.

— Mas ele chegou depois — Audra falou tão alto a ponto de fazer Showalter se sobressaltar. — É claro que ele não viu, só chegou lá depois que meus filhos já tinham sido levados.

Mitchell apoiou as mãos na mesa, abriu os dedos como se alisasse um lençol.

— Audra, eu preciso que se acalme. Preciso que tente se acalmar para me ajudar, está bem? Não consigo ser útil se você não estiver calma.

— Eu estou calma — Audra respondeu, baixando a voz. — Estou calma, mas quero meus filhos de volta. Eles os levaram. Por que vocês não estão procurando os meus filhos?

Showalter falou pela primeira vez:

— Temos um helicóptero no ar desde que amanheceu fazendo buscas daqui até Scottsdale. Meus colegas estão formando alianças com departamentos de polícia em condados vizinhos, reunindo equipes de busca. Não se preocupe, sra. Kinney, independentemente do que a senhora tenha feito àquelas crianças, vamos encontrá-las.

Audra deu um tapa na mesa.

— Eu não fiz nada com eles. Whiteside e Collins estão com meus filhos, pelo amor de Deus, por que vocês não me escutam?

Mitchell manteve o olhar fixo por um instante antes de se concentrar no iPad à sua frente.

— Audra, eu preciso mostrar uma coisa a você.

Audra se ajeitou na cadeira, sentiu o medo apertar seu peito.

Mitchell falou:

— Agentes do escritório de Phoenix fizeram uma busca preliminar no seu carro antes de entregá-lo à Divisão de Investigações Criminais para uma análise mais detalhada. Eles tiraram algumas fotos. Você reconhece isso?

Abriu uma imagem e virou o iPad para Audra conseguir ver. Uma camiseta listrada. De Sean. Uma mancha vermelha na parte da frente.

— Espere, não...

Mitchell passou o dedo na tela, substituindo a imagem pela próxima.

— E isso?

O interior do carro de Audra, o apoio para os pés na parte traseira, o banco do passageiro, a porta traseira do lado do passageiro. Com sua caneta, Mitchell apontou vários pontos na imagem.

— Eu diria que parecem manchas de sangue. O que você acha?

Audra negou com a cabeça.

— Não, é que o nariz do Sean às vezes sangra. Sangrou anteontem. Tive que encostar o carro e ajudá-lo a se limpar. Ali, no carro, não consegui limpar direito, tínhamos pouco tempo, já estava escurecendo.

Mitchell passou para a próxima foto.

— Ah, Deus — Audra disse.

— Audra, diga para mim o que você vê nesta imagem.

— A calça jeans de Louise. — Lágrimas correram quando ela começou a tremer. — Ai, Deus. E a calcinha dela.

— Largadas no banco traseiro, perto do apoio para os pés — apontou Mitchell. — Estavam enfiadas debaixo do banco do passageiro.

— Como... Como...?

— Audra, consegue explicar isso? — Mitchell levou a ponta da caneta a uma área da imagem. — A calça parece rasgada, suja de sangue. Não dá para ver direito na imagem, mas também estava úmida com o que parece ser urina. Tem algo a dizer sobre isso?

Audra estudou a fotografia, a calça jeans, as tulipas bordadas nos bolsos.

— Ela estava usando isso — Audra afirmou.

— Sua filha estava usando essa calça — Mitchell ecoou. — Quando ela estava usando?

— Quando ela a levou.

— Quando quem a levou?

— A delegada Collins. Quando ela levou meus filhos, a Louise estava usando essas roupas. Mas não estavam rasgadas nem tinham sangue.

— Então como essa calça foi parar outra vez no seu carro? Depois que ele foi rebocado, como a calça foi parar lá?

Audra balançou a cabeça, lágrimas escorreram livremente por suas maçãs do rosto, caindo pesadas sobre a mesa.

— Não sei, mas o xerife e a delegada, eles levaram meus filhos, eles sabem onde meus filhos estão. Por favor, faça-os contar.

Uma ideia brotou tão viva em sua mente a ponto de deixá-la boquiaberta. Audra levou a mão à boca.

Mitchell se afastou.

— O que foi?

— As câmeras — Audra respondeu, sentindo uma tontura atrás dos olhos. — As viaturas, todas elas têm câmeras, não têm? Como a gente vê na TV, quando eles param alguém no trânsito, tudo é filmado, não é? Não é?

Mitchell abriu um sorriso desanimado para ela.

— Não, Audra, não no condado de Elder. A viatura da delegada Collins tem quase quinze anos e o painel nunca foi adaptado, já a câmera que existia no carro do xerife Whiteside parou de funcionar há três anos. Nunca tiveram orçamento para consertar.

— E GPS? Algo assim?

— Nada do tipo.

O peso da situação recaiu outra vez sobre os ombros de Audra — o temor, a raiva, a impotência. Ela cobriu os olhos com as mãos enquanto Mitchell dizia:

— Eu ouvi tudo o que você me falou sobre o xerife Whiteside e a delegada Collins e, acredite, conversarei sobre esse assunto com eles. Mas, por enquanto, mesmo se eu ignorar os indícios que encontramos no seu carro, seria a sua palavra contra a deles. E eu conversei com algumas pessoas hoje, inclusive na lanchonete onde você comeu no começo da manhã de ontem. A gerente confirmou que Sean e Louise estavam com você na ocasião. Pelo que eu saiba, ela foi a última pessoa que a viu acompanhada de seus filhos. E falou que você parecia nervosa.

— É claro que eu estava nervosa — Audra respondeu, ainda com a mão na boca. — Eu estava tentando fugir do meu marido.

— Também conversei com ele.

Agora Audra deixou as mãos caírem longe do rosto.

— Não, não com ele. Não ouça o que ele diz. É um mentiroso.

— Você nem sabe ainda o que ele me falou.

— É um mentiroso, aquele maldito. — A voz de Audra se alterou outra vez. — Pouco me importa o que ele falou. Ele provocou tudo isso. Pagou Whiteside e Collins para arrancarem meus filhos de mim.

Mitchell ficou em silêncio por um instante, deixou esse silêncio acalmar a raiva de Audra.

— Eu conversei com Patrick Kinney no início desta manhã, enquanto esperava para embarcar no voo de Los Angeles a Phoenix. Ele me contou sobre os problemas que você enfrentou no passado. Álcool. Cocaína.

— Cocaína foi há muito tempo, antes de eu ter filhos, antes mesmo de conhecer Patrick.

— Talvez, mas o mesmo não vale para o álcool. Ou os remédios de uso controlado. Ele me contou que você ia a três médicos diferentes, que prescreviam comprimidos como se fossem balas. E me contou que houve uma época em que você quase nem reconhecia seus filhos.

Audra fechou os olhos e sussurrou:

— Maldito! Ele fez isso. Sei que fez.

— O sr. Kinney me contou que, desde que você partiu com as crianças, ele vem tentando recuperá-las.

— Está vendo? — Audra exclamou, ignorando a expressão irritada de Mitchell. — Ele está tentando tirar as crianças de mim. Pagou o xerife...

— Me deixe terminar, Audra. Em Nova York, o conselho tutelar andou atrás de você, ameaçando entregar as crianças para o pai. Foi por isso que você fez as malas e partiu há quatro dias. Não foi?

— Eu não estava disposta a deixá-lo levar meus...

— O que aconteceu, Audra? — Mitchell se inclinou para a frente, apoiou os cotovelos na mesa, falando com uma voz doce, baixa e suave. — Eu tenho três filhos e um ex-marido. Tenho sorte de poder contar com a ajuda da minha mãe, mas, mesmo assim, as crianças dão um trabalhão. Criar filhos é uma tarefa difícil. Muito difícil. É estressante, não é? Mesmo com todo o amor que tenho dentro de mim, quando eles me desgastam demais, eu tenho meu limite. Acho que toda mãe deveria receber uma medalha apenas por passar o dia com as crianças.

Ela então se aproximou ainda mais, sua voz ficou mais grave, mais doce, os olhos castanhos fixos nos de Audra.

— Então, me conte o que aconteceu. Você estava dirigindo há quatro dias sem parar, estava cansada, com medo, irritada pelo calor. Pode ser que Sean e Louise estivessem brigando no banco traseiro, como crianças costumam fazer. Quem sabe estivessem pedindo coisas impossíveis, apesar de você já ter dito não um milhão de vezes. Talvez estivessem gritando e berrando e não parassem, cada vez mais estridentes, simplesmente não parassem. Você fez alguma coisa, Audra? Parou em algum lugar no deserto e voltou lá para buscá-los? Talvez só quisesse dar uma lição. Talvez um tapinha em uma perna ou um braço. Um chacoalhão, só isso. Eu sei que você só queria isso, eu já tive vontade de fazer isso com os meus filhos muitas vezes, mas aí você acabou perdendo o controle por um momento. Só por um segundinho, só isso, e aí fez alguma coisa. Foi isso que aconteceu, Audra? Sei que se arrepende amargamente. Só precisa me contar e podemos trazê-los de volta e acabar logo com isso. Me conte, Audra, o que você fez?

Audra encarou Mitchell, sentiu seu peito queimar.

— Você acha que eu fiz mal aos meus filhos?

Mitchell piscou e falou:

— Não sei. Fez?

— Meu filho, minha filha, eles estão em algum lugar por aí e vocês não estão procurando porque acham que eu fiz mal a eles.

O mesmo sorriso doce, a mesma voz de mel:

— Você fez?

Sem pensar, a mão direita de Audra se ergueu, atravessou a mesa e a palma acertou dura e diretamente o rosto de Mitchell, que se afastou com raiva nos olhos. Audra sentiu sua mão queimar.

Levantou-se e falou:

— Sua maldita, vá achar os meus filhos.

Não viu o policial se aproximando, só sentiu o peso contra seu corpo, o chão cada vez mais próximo. Seu peito acertou o linóleo com uma pancada que arrancou o ar de seus pulmões. Sentiu o joelho do policial em suas costas, as mãos enormes segurando seus punhos, forçando-os para trás.

Audra se manteve olhando fixamente para Mitchell, que permanecia na parede do outro lado, respirando com dificuldade.

— Encontre os meus filhos — Audra falou.

14

— **Jesus!** — **exclamou Whiteside**, depois de ver o vídeo apresentado na tela do laptop do jovem agente federal. E lançou todo o seu sarcasmo: — Foi bem, hein?

O agente especial federal Abrahms, se a memória de Whiteside não falhava, não respondeu. Em vez disso, apertou algumas teclas, fazendo janelas aparecerem e sumirem da tela.

O laptop havia sido deixado na mesa mais ao fundo do escritório. Um grupo de policiais estaduais olhavam a tela, outros falavam ao telefone, faziam ligações, organizavam uma operação de busca. Um mapa de Elder e condados próximos já estava pendurado na parede, com um alfinete vermelho marcando o lugar onde Audra Kinney havia sido parada e outros marcando as últimas localizações conhecidas dela, um percurso que criava uma aproximação da rota feita ao longo dos últimos dias. Mais agentes federais e policiais estaduais chegariam ao condado entre aquela noite e o amanhecer; o motel de Gutteridge estava prestes a explodir, tamanho o número de hóspedes. Rumores davam conta de que eles levariam a operação para a prefeitura da cidade em breve.

Collins andava sem parar pelos espaços entre as mesas de trabalho, de um lado a outro, às vezes olhando nos olhos de Whiteside, às vezes não. Alguns policiais estaduais tentaram flertar com ela, mas receberam negativas bastante enfáticas.

A porta da sala de interrogatório se abriu e o policial saiu, uma das mãos enormes no braço de Audra Kinney, o outro braço dela segurado pelo detetive. Whiteside se levantou e foi à parede do outro lado, onde apoiou as costas. Collins se posicionou ao lado dele.

Audra viu os dois e deixou os dentes à mostra. Quando foi levada de volta à área de custódia, ela esticou o pescoço para conseguir continuar os vendo.

— Onde estão os meus filhos? O que vocês fizeram com eles? Quanto meu marido pagou por isso? Seus filhos da puta, digam a verdade. Digam aonde levaram os meus filhos. Estão me ouvindo? Contem a eles. Eu juro que vou...

Sua voz se transformou em um grito abafado quando a porta se fechou.

— Controle seus nervos — Whiteside falou bem baixinho, para que só Collins conseguisse ouvir.

— Estou tentando — ela respondeu com a voz trêmula.

— Tentar não resolve. Mantenha o controle ou matam a gente.

— Acha que eu não sei disso?

— Concentre-se no que vem depois — ele aconselhou. — No bem que aquele dinheiro vai trazer à sua vida.

— Não vai me trazer bem nenhum se...

— Cale a boca.

Mitchell se aproximou com o iPad em uma das mãos, o caderno e a caneta na outra. Sua atenção passou de Collins para Whiteside e outra vez para Collins enquanto seu rosto se mantinha indecifrável. Em seguida, sorriu e disse:

— Xerife Whiteside, posso tomar um minutinho do seu tempo?

— Claro que sim — ele respondeu.

Whiteside deixou Collins onde estava e foi à porta lateral da delegacia, Mitchell o seguia. O calor entrou violentamente quando ele empurrou a porta e a manteve aberta para ela passar. Enfim fechou-a. Uma pequena sombra nesta lateral do prédio os protegia do pior do sol, mas o ar árido ainda incomodava Whiteside, o brilho refletido pela frota de viaturas de polícia e SUVs pretos dos federais fazendo-o estreitar os olhos para protegê-los.

— O que é aquilo ali? — Mitchell perguntou, apontando. — Aquelas faixas alaranjadas nas colinas, que parecem degraus.

— São minas de cobre — Whiteside respondeu. — Ou pelo menos foram, no passado. Mineração a céu aberto, trabalho na superfície. O vermelho é do barro que eles colocaram por cima da terra que deixaram exposta. Fizeram isso quando a mina fechou, supostamente para impedir que a água da chuva espalhe ácido e outras coisas tóxicas no ambiente. Não que por aqui chova o suficiente para molhar mais que um lenço. Eles chamam de "reabilitação". Não é incrível? Eles reabilitaram a mina como se ela fosse algum traficante recém-saído da penitenciária.

Mitchell protegeu a vista da luminosidade enquanto estudava a colina.

— O que aconteceu? Por que fecharam?

— Deixou de ser lucrativa. Não estavam recebendo o suficiente pelo trabalho que faziam, então, pfft. Acabou. Essa cidade inteira ganhava a vida nessa mina. Aliás, todo o maldito condado. Aqui já foi um lugar de riqueza, acredite ou não. Mais ou menos o tipo de lugar onde um jovem podia criar a família e saber que teria como sustentá-la. Ainda tem cobre lá em cima, mas os engravatados chegaram à conclusão de que financeiramente valia mais a pena deixar o cobre lá no chão. O mundo ainda precisa de cobre, precisa mais do que nunca para fazer todos os nossos notebooks e celulares e tudo isso, mas o mundo quer cobre mais barato. Espere e mais cedo ou mais tarde os engravatados vão concluir que é mais barato comprar todo o cobre que precisamos da China, como já fizeram com o aço, e aí o país inteiro vai ficar bem ferrado. Começa em lugares como aqui, mas não termina aqui. Cidades inteiras vivendo ou morrendo com base na análise que algum universitariozinho da Ivy League faz numa tabela ou calculadora... Eles fecharam aquela mina, foi uma sentença de morte para nós. Qualquer um que estivesse em condições de trabalhar já deu o fora daqui há muito tempo. Quem ficou faz o dinheiro da seguridade social esticar até o mês seguinte enquanto espera a morte, assim como Silver Water.

— Imagino que por isso você não tenha dinheiro para consertar a câmera no painel do seu carro — Mitchell arriscou.

Whiteside deixou o ar sair dos pulmões em uma longa expiração antes de se virar e encará-la.

— Agente especial Mitchell, qual é o seu salário?

Ela balançou a cabeça.

— Eu não vou responder a essa pergunta.

— Bem, eu tive que aceitar cortes no meu salário por cinco anos seguidos. Ou isso, ou perder o emprego, foi a proposta que o prefeito me fez. Eu apostaria que você paga mais em impostos do que eu levo para casa em um ano. Sabe, entreguei voluntariamente meu salário de três meses no ano passado, só para terem dinheiro para pagar a delegada Collins. Por mais que o meu seja um salário de merda, o dela é ainda pior, e ela precisa mais. Neste exato momento, é possível que você esteja parada na extensão de terra mais pobre dos Estados Unidos, e eu conto com um orçamento de mais ou menos sessenta e cinco centavos e um chiclete para manter este lugar seguro.

Mitchell observou as montanhas mais ao longe por um bom tempo, seus lábios bem apertados, antes de dizer:

— Você sabe que eu vou ter que fazer aquela pergunta.

Whiteside assentiu.

— Sim, imagino que sim. Vá em frente, então.

— Existe alguma verdade no que ela falou? Você ou a delegada Collins tiveram algum papel no desaparecimento dos filhos de Audra Kinney?

Ela virou o rosto para Whiteside, que permaneceu olhando-a nos olhos, por mais difícil que fosse aquilo.

— Você sabe que não — respondeu. — Essa história é uma fantasia. Talvez ela acredite. Talvez, para ela, seja mais fácil inventar uma fantasia em vez de enfrentar a verdade.

— Pode ser — Mitchell respondeu. — Mas eu preciso investigar todas as possibilidades, goste você ou não.

— Não tenho nada a esconder — Whiteside retrucou.

— Certamente. Vou pedir ao agente especial Abrahms para enviar aquele vídeo ao analista comportamental no escritório de Phoenix. Em breve descobriremos se ela está mentindo. E vou pedir para a minha equipe fazer uma busca na viatura de Collins. Se não existe nenhuma verdade nas alegações de Audra Kinney, bem, então vocês não têm nada com que se preocupar. Ou têm?

— Não — Whiteside respondeu. — Eu não tenho.

Mitchell sorriu, assentiu e abriu a porta. Entrou na delegacia, deixou a porta se fechar sozinha.

Whiteside teve que apoiar a mão na parede para não cair.

15

Audra teria berrado se ainda tivesse voz. Toda vez que tentava gritar, sua voz se transformava em um gemido, em um chiado no fundo da garganta. Andou de um lado a outro da cela, resistindo à tentação de bater a cabeça nas barras de ferro. Uma mola se esticava ao limite dentro do peito. O pânico estava à espreita, ameaçando atacá-la e tirar seu controle. Então Audra se concentrou na raiva. A raiva era mais útil que o medo.

Ninguém ouvia. Ninguém. Como se o que ela falava não significasse nada para eles. Quando Mitchell entrou na sala de interrogatório, Audra teve certeza de que aquela mulher pelo menos cogitaria a possibilidade de ela estar falando a verdade. Mas não, Mitchell era só mais uma policial de terninho, sem disposição ou capacidade de considerar nada além das informações que Whiteside havia entregado.

Segundo o relógio na parede, quarenta e cinco minutos tinham se passado antes de Mitchell entrar, trazendo uma embalagem de isopor em uma das mãos, uma sacola plástica na outra e um grande saco de papel debaixo do braço. Audra continuou andando de um lado a outro enquanto Mitchell se aproximava da cela.

— Comeu alguma coisa desde ontem? — a agente quis saber.

Como se acordado pelas palavras, o estômago de Audra roncou intensamente. Ela parou de andar, levou as mãos ao abdome.

— Parece que não — continuou Mitchell. — Trouxe isto aqui da lanchonete no fim da rua. O cheiro está ótimo.

Ela deixou a embalagem sobre a mesa perto da porta, um guardanapo e um garfo de plástico ao lado, além do saco de papel.

— Mas primeiro eu quero essas roupas. Fui ao bazar de caridade e trouxe algumas peças. Tive que adivinhar o seu tamanho, mas acho que vão servir por ora. Não tinha roupas íntimas, então coloquei algumas das minhas.

Mitchell destrancou e empurrou a porta da cela, depois jogou a sacola de roupas no chão, de modo que fosse parar aos pés de Audra, que permaneceu estática, sem estender a mão para pegar nada.

— Preciso das suas roupas — insistiu Mitchell. — Não quero ter que fazer algum dos policiais vir aqui para despi-la à força. A câmera está desligada e eu vou ficar de costas.

Mitchell se virou e Audra abriu a sacola, puxou uma blusa e uma calça jeans. Encontrou um top que parecia servir bem, duas calcinhas e um único par de meias. Tirou as roupas e se vestiu outra vez o mais rapidamente que conseguiu.

Entregou as roupas à agente, que as ajeitou em uma sacola transparente e deixou sobre a mesa. Mitchell pegou a embalagem de isopor, o garfo e o guardanapo e esperou na porta da cela. Audra mantinha as mãos nas laterais do corpo.

— Vamos — falou a gente especial. — Você precisa comer.

Audra se aproximou e pegou a embalagem das mãos da mulher. Abriu-o e sentiu o cheiro de carne e tomate e arroz que abalou seus sentidos. Seu estômago roncou outra vez e a boca se encheu de saliva.

— Chili — Mitchell apontou. — Estranho, não? Quanto mais quente o lugar, mais picante a comida. O lógico seria que quisessem algo para se resfriar.

Audra voltou ao beliche, sentou-se, cutucou a comida com o garfo. Não conseguiu segurar o gemido de prazer ao mastigar.

— Trouxe isso para você também — Mitchell falou, puxando a garrafa plástica de Coca-Cola do bolso da jaqueta. — Posso entrar?

Audra assentiu ao engolir, como se tivesse algum controle sobre quem entrava e saía da cela. Mitchell apontou para a câmera no canto.

— Não estamos sendo filmadas — alertou. — Mas sei que você não vai tentar fazer nenhuma burrice.

— Eles desligaram ontem à noite — Audra contou.

Mitchell atravessou a cela, deixou a garrafa de Coca-Cola sobre o beliche, sentou-se ao lado de Audra.

— Desligaram?

— Whiteside e Collins. Eles vieram aqui durante a noite e apontaram uma arma para a minha cabeça. Whiteside apertou o gatilho. Eu pensei que fosse morrer.

— Essa é uma acusação séria — afirmou Mitchell.

— Uma acusação séria — Audra ecoou. — Mais séria do que terem levado meus filhos? Ou menos?

Mitchell se aproximou.

— Audra, você tem que saber a posição na qual se encontra. O xerife Whiteside e a delegada Collins têm anos de serviço público e um histórico impecável. Whiteside é um herói de guerra, por Deus. Serviu na Guerra do Golfo, ganhou medalhas e tudo o mais. Você é uma ex-viciada fugindo do conselho tutelar. Quanto acha que vale a sua palavra contra a deles?

O arroz e a carne na boca de Audra perderam o sabor, transformaram-se em cinzas em sua língua. Ela soltou o garfo dentro da embalagem, limpou a boca com o guardanapo.

— Tome — falou, empurrando a comida de volta para Mitchell.

A agente segurou a embalagem.

— Audra, eu quero ajudar você. Não se afaste de mim.

— Posso dar um telefonema?

— Não sei o que você viu na TV, mas não tem automaticamente o direito de...

— Posso dar um telefonema?

Mitchell fechou os olhos, abriu-os outra vez e se levantou.

— Pode.

Levou a mão no bolso da jaqueta e puxou um smartphone. Digitou a senha para desbloquear o aparelho.

— Você sabe que tem pelo menos uma dúzia de policiais do outro lado daquela porta que querem te fazer em pedacinhos, certo?

— Sim — respondeu Audra.

— Muito bem. Então se comporte.

Audra se levantou, foi ao outro lado da cela e digitou o único número que lhe veio à mente. Alguns momentos de silêncio, depois chamou e uma mulher atendeu.

— Alô?

Audra abriu a boca, mas não encontrou palavras. Ouviu o chiado e o resmungar do sinal viajando desde a Califórnia até ali. Era para eu estar lá agora, pensou. Eu e o Sean e a Louise, lá, perto do mar. Não presa aqui, nesta situação.

— Alô? Quem é? Se for outro repórter, eu não quero...

— Mel?

Um instante de silêncio, e aí:

— Audra? É você?

— Sim, sou eu. Que bom ouvir a sua voz.

— Audra, o que está acontecendo?

— Eu preciso de ajuda.

— A polícia sabe que você está me ligando? Está telefonando da cadeia?

— Sim. — Forçou um sorriso a permear sua voz. — Eu sei, é surreal, não é? Eu, na cadeia. Mel, pode me ajudar?

— Jesus, a imprensa não para de me ligar desde hoje cedo para perguntar de você. Eu só atendi porque estava esperando uma ligação da escola da Suzie. O que você quer?

— Eu quero ajuda, Mel. Estou com problemas. Não sei o que você viu na TV, mas eu não fiz nada do que estão me acusando. O xerife, ele está tentando me culpar. Ele e a delegada, eles estão com os meus filhos. Acho que se eu conseguisse alguém, talvez um detetive particular, um detetive talvez pudesse fazer alguma coisa. Se tivesse dinheiro para pagar, eu contrataria um. Mas não tenho. Não tenho ninguém com quem contar. Mel, você pode me ajudar?

Audra ouviu sua amiga respirar, inspirar e expirar, inspirar e expirar. Mitchell a observava, o rosto inexpressivo.

— Você quer dinheiro — Mel deduziu.

— Sim — Audra confirmou. — Pode me ajudar?

— Eu me arrependo do dia em que te conheci — foi a resposta de Mel. — Não volte a me ligar.

Um clique e uma série de bipes.

Audra ficou olhando para o telefone. Queria jogá-lo contra a parede. Queria golpear seu próprio rosto com o celular. Em vez disso, engoliu a raiva, não deixou essa energia destrutiva escapar para o mundo. Tinha expressado sua raiva muitas vezes antes, e isso nunca solucionou nada. Segurou o telefone firmemente e se forçou a pensar.

Quem mais?

Os pais de Audra tinham morrido fazia tempo. Seu único irmão tentava sobreviver como músico em algum lugar de Seattle. Mesmo se os dois tivessem alguma relação, ele nunca guardava dinheiro por mais tempo que o necessário para chegar ao bar mais próximo.

Quem, então?

— Terminou? — Mitchell perguntou.

— Espere — Audra respondeu.

Ela fechou os olhos com bastante força, tentou pensar em alguém. Qualquer um. Só um nome brotou em sua mente, e ela não digitaria aquele número. Nem se sua vida dependesse disso.

— Não quer ligar para o seu marido? — Mitchell perguntou, como se estivesse lendo seus pensamentos.

— De que forma isso ajudaria?

— Ele é o pai dos seus filhos.

— Verdade — Audra respondeu. — É o meu marido. E o pai dos meus filhos. É o tipo de homem que pagaria alguém para tomar meus filhos de mim, só para tentar acabar comigo. Está tentando acabar comigo há um ano e meio. Não vou deixar que ele vença agora.

Sentindo-se derrotada, ela voltou ao beliche e devolveu o celular a Mitchell.

— Coloque seus pensamentos em ordem — falou a agente, levantando-se.

Audra não respondeu. Sentou-se na cama e afundou as mãos na cabeça enquanto a agente especial saía da cela e trancava a porta.

Memórias a espancaram como ondas batendo em uma rocha, desgastando.

Os primeiros meses de seu casamento com Patrick foram bons. Eles se casaram na prefeitura com apenas alguns poucos convidados. Num primeiro momento, a mãe de Patrick ficou bastante contrariada, chegando a usar a expressão "casamento forçado", mas a ideia de ter um neto acabou dobrando-a. E, quando Margaret estava feliz, Patrick estava feliz. Ou o mais próximo disso que conseguia chegar. A essa altura, Audra havia se acostumado com as críticas constantes, daquele jeito que as pessoas se acostumam a uma dor de dente ou artrite em uma articulação. No entanto, as críticas dele haviam se transformado em uma preocupação obsessiva pela vida crescendo no ventre de Audra. De repente, o apartamento de dois quartos e dois banheiros no Village deixou de ser bom o suficiente. A mãe de Patrick insistiu que eles se mudassem para mais perto de sua casa, no Upper West Side.

103

Mas nós não temos como arcar com os custos, Audra protestara.

Vocês talvez não, mas eu sim, foi a resposta de Margaret.

Foi então que Audra descobriu que o estilo de vida de Patrick era sustentado menos por seu trabalho em Wall Street e mais pela indulgência da mãe. Não que ele tivesse pouco dinheiro — ele era, sim, um homem rico. Mas não rico para o padrão de Upper West Side. Então, quando Audra estava grávida de cinco meses, eles se mudaram para um apartamento de três quartos e dois banheiros no West Eighties. Diferentemente do apartamento de sua sogra, esse não tinha vista para o parque, mas ainda era muito mais luxuoso do que Audra jamais esperaria ter na vida.

Mesmo com todo aquele espaço, não sobrava no imóvel nenhum canto para servir como seu ateliê de pintura. Enquanto a mãe de Patrick escolhia todos os papéis de parede e tapetes e contratava os melhores empreiteiros para realizarem o trabalho, Audra tinha de empurrar seu cavalete de um lugar a outro, sempre com cuidado para não respingar amarelo-ocre ou vermelho, nem deixar um pincel perto demais de alguma cortina nem derrubar um pote cheio de solvente ou óleo de linhaça.

Havia dias nos quais simplesmente não pintava. O cheiro a deixava com náusea e o bebê a impossibilitava de ficar sentada em sua posição de trabalho. Dias assim se tornaram a maioria e, quando Sean nasceu, ela não tocava em um pincel fazia semanas.

Olhando para trás, Audra conseguia lembrar com perfeita clareza a primeira semana com o bebê. Ela queria amamentar, muito embora a mãe de Patrick dissesse que aquilo era besteira, que as mamadeiras produziram um excelente resultado para seu filho, então certamente seriam boas o suficiente para seu neto. Mas Audra insistiu, afinal isso não era problema daquela morcegona velha. Ela havia passado dias, semanas lendo sobre o assunto, assistindo a vídeos em um site novo chamado YouTube, apaixonada pela beleza simples do ato. Pode ser difícil no começo, todos os livros e sites alertavam, mas não se preocupe, o bebê logo pega o jeito.

Contudo, Sean não pegava o peito. E, quando pegava, a dor era tanta que fazia Audra chorar. E como ele chorava... Sua fome o fazia soar como uma motosserra. Sem mamadeira, todas as fontes diziam. Mesmo que Audra extraísse seu leite, a mamadeira arruinaria as chances de alcançar o sucesso com a amamentação no peito. Então ela tinha de apoiar Sean erguido no joelho e usar um copinho para colocar o leite na boca dele. Mal continha as lágrimas ao ver escorrer pelo queixo e o peito do bebê a maior parte do alimento que ela havia obtido a duras penas. E, enquanto o menino chorava, Patrick e Margaret a observavam com uma expressão dura e impiedosa estampada no rosto.

E assim foi por quase uma semana. O médico pesou Sean, afirmou não estar tão preocupado com a falta de ganho de peso, que logo a criança se adaptaria à alimentação. Mas a mãe de Patrick se recusou a acatar o conselho.

— Você está fazendo meu neto passar fome — Margaret se queixou na sexta noite, enquanto Audra pegava na geladeira um potinho com o leite que extraíra de seu peito.

— Não, não estou — foi a resposta.

O cansaço deixava sua mente confusa, pesada. Ela ainda sentia queimação e coceira entre as pernas, embora o corte não tivesse sido tão ruim e o sangramento tivesse diminuído nas últimas vinte e quatro horas. O abdome parecia ter sido usado como saco de pancadas, como se ela tivesse sido virada do avesso, seus seios estavam rijos e doloridos, os mamilos ardendo.

— Pelo amor de Deus, ouça o seu filho. — Margaret apontou para a porta enquanto Sean berrava do outro lado. — Dê a mamadeira para ele e acabe logo com isso.

— Não — Audra insistiu. — Eu quero continuar tentando. O médico falou que ele está...

— Não estou nem aí para o que o médico falou. Eu sei reconhecer quando uma criança está sofrendo.

Audra fechou a porta da geladeira com uma pancada.

— Você acha que eu não escuto o meu filho? — Tentou manter a voz baixa, mas não conseguiu. — Acha que esse barulho não perfura a minha cabeça noite e dia?

Margaret lançou um olhar fulminante para ela antes de dizer:

— Por favor, não levante a voz para falar comigo.

— Então não diga como eu devo alimentar o meu filho — Audra retrucou.

Margaret ficou de olhos arregalados. Marchou para fora da cozinha, fechou a porta ao passar. Audra xingou e colocou um pouquinho do leite no copinho que usava para alimentar o filho. Alguns segundos no micro-ondas depois, levou-o à sala de estar, onde Patrick esperava com as mãos nos bolsos e Sean gritava no berço.

— Pensei que você tivesse pegado o Sean no colo — Audra falou. — Ele precisa ser reconfortado.

— O que você falou para a minha mãe? — Patrick quis saber.

— Falei a ela para parar de se intrometer. Não com essas palavras, mas basicamente isso.

Audra deixou o copinho de leite morno sobre a mesa de centro e pegou um paninho de musselina da pilha. Abriu-o, cobriu o braço.

— Ela ficou muito chateada — Patrick disse.

— Estou pouco me...

As costas da mão de Patrick fizeram a cabeça de Audra balançar sobre os ombros, e ela sentiu a dor e o inchaço na parte interna da bochecha. Ela cambaleou dois passos para a esquerda, a visão embaçando, levou a ponta dos dedos ao braço do sofá para se equilibrar.

Patrick ficou parado, piscando, a boca apertada.

— Desculpe — ele falou, quase sem mexer os lábios. — Eu não tive a intenção. Quer dizer, eu não queria fazer isso. Por favor, não fique brava.

Audra esperou a onda de vertigem passar e falou:

— Eu tenho que alimentar o meu filho.

— Claro — respondeu Patrick.

Ele mexeu os pés, enfiou outra vez as mãos nos bolsos. Manteve o olhar na direção do tapete e saiu da sala.

Audra fungou fortemente, usou a mão para secar as lágrimas. Depois foi ao berço, pegou Sean. Tão pequeno, tão delicado quanto uma rosa cujas pétalas cairiam se você respirasse forte demais perto dela. O choro diminuiu quando ele se aninhou na pele da garganta da mãe.

Tente mais uma vez, ela pensou.

Levou-o ao sofá e deitou-se de lado. Abriu o roupão e levou a boca do filho ao seio. Ele apertou ali, os pezinhos chutando o abdome da mãe. Audra levou o mamilo ao lábio superior de Sean, que prontamente abriu a boca.

Por favor, Deus, ela pensou. Dessa vez, por favor.

Sean fechou a boca, sugando.

— Ah, Deus — ela falou. — Por favor.

Nada de dor. Pressão, sim, mas não a dor aguda que ela sentira antes. Ela viu o maxilar de Sean mexendo, para cima e para baixo, as bochechas enchendo. Aí uma pausa. E ele engoliu.

— Isso — Audra sussurrou. — É isso aí, meu rapazinho. É assim que se faz.

Ela sentiu as lágrimas escorrerem pelo rosto, umedecendo alguns fios dos cabelos.

— Bom menino — elogiou.

Ao longo da próxima hora, Sean mamou quanto quis. Mesmo quando Audra se virou para o outro lado e o levou ao outro seio, ele pegou o peito outra vez, continuou sugando, e ela ria de alegria, esquecendo o calor deixado pela mão de seu marido.

Quando Sean terminou, quase desmaiado de tanto se alimentar, Audra jogou o leite do copinho na pia e levou o filho ao quarto. Embrulhou-o em um paninho de musselina limpo e ele quase nem se mexeu quando ela o colocou no berço ao lado de sua cama. As roupas de cama a engoliram, o travesseiro puxando sua cabeça em um abraço caloroso. Audra fechou os olhos e não viu mais nada até a luz do sol entrar pela janela do quarto e tocar seu rosto.

Forçou-se a se levantar, a se desemaranhar dos lençóis. Checou o relógio ao lado da cama: pouco mais de seis da manhã. Quantas horas havia passado dormindo? Sete no mínimo. Estendeu a mão na direção do berço, olhou ali dentro e percebeu que estava vazio.

— Sean?

Audra já sentira medo antes na vida. Nas vezes que se escondeu de seu pai, ao ouvir os passos pesados nas escadas enquanto ele a procurava com o cinto na mão. Ou quando ficou presa em um trepa-trepa sem saber como descer e sem ninguém por perto para ajudá-la. Mas dessa vez... dessa vez era diferente. Era uma adaga gelada no peito, torcendo-se em seu coração.

Audra jogou as cobertas para longe e saiu correndo, seus pés descalços batendo no assoalho envernizado. Abriu violentamente a porta do quarto e saiu no corredor, chamando o nome do filho.

Margaret e Patrick ergueram o olhar em sua direção quando ela chegou à sala de estar. Eles sorriam. Por que estavam sorrindo?

Aí ela viu Sean nos braços de Margaret. O bico da mamadeira na boca dele. As bochechas enchendo conforme ele sugava, a expiração pelo nariz depois de engolir.

— O que é isso? — Audra perguntou, apontando.

— Fórmula — Margaret respondeu, seu sorriso cada vez maior. — Olhe para ele, que menino mais faminto.

— Minha mãe comprou ontem à noite — Patrick contou como se aquilo fosse um enorme ato de gentileza. — É a segunda vez que ele toma. Está se fartando!

— Eu não conseguia mais ouvi-lo chorar daquele jeito — Margaret falou. — Não quando temos uma farmácia virando a esquina. Você sabia que hoje em dia já dá para comprar pronto? Engarrafado. Igual suco de laranja.

A mão de Audra foi ao peito. Ela ainda sentia o filho ali, o calor dele.

— Por que você fez isso? — perguntou.

— Não foi incômodo nenhum — Margaret respondeu. — Como eu disse, a farmácia fica bem ali e é muito fácil preparar. É só colocar no micro--ondas e...

— Por que você fez isso?

Sean estremeceu ao ouvi-la gritar. O sorriso no rosto de Patrick e Margaret se desfez. Eles a encararam.

— Eu quero alimentar o meu filho — Audra enfatizou.

— Se isso significa tanto assim para você — falou Margaret, tirando a mamadeira da boca de Sean e estendendo a mão para entregá-la a Audra. — Aqui está, fique à vontade.

— Não! — Audra apertou os seios. — *Eu* quero alimentá-lo. *Eu*.

Tomada por desgosto, os cantos dos lábios de Margaret se repuxaram para baixo.

— De verdade, não sei o que há de errado com...

— Me devolva o meu filho — Audra ordenou enquanto atravessava a sala, as mãos estendidas.

Margaret se levantou e respondeu:

— Tudo bem. Mas lembre-se de que a saúde dele é mais importante que o seu orgulho.

Audra tomou Sean dos braços de Margaret, puxando-o para perto enquanto ele fungava e choramingava.

— Quero que saiam daqui agora mesmo — falou.

Patrick deu um salto do sofá, com a boca já aberta, mas Margaret acenou para que ele não dissesse nada.

— Tudo bem, filho, ela deve estar emotiva. As primeiras semanas são as mais complicadas.

Enquanto Margaret passava pela porta e chegava ao corredor, Audra falou:

— Acho que você precisa saber de uma coisa.

Margaret parou, virou-se na direção dela, uma sobrancelha arqueada.

— Ontem à noite, seu filho me agrediu.

Margaret encarou Patrick, que ficou cabisbaixo.

— Também é difícil para o pai, mas ele não devia ter feito isso. De todo modo, imagino que você tenha merecido.

Ela saiu da sala, deixando para trás o silêncio até Patrick decidir falar, agora com a voz trêmula:

— Nunca mais faça algo desse tipo — ordenou.

— Se eu fizer, o que acontece?

— O que acontece entre nós dois fica entre nós dois.

— Vou colocar o Sean para fazer uma soneca. Vou tomar um banho e em seguida fazer as minhas malas.

— Você não tem para onde ir — Patrick retrucou.

— Eu tenho amigos.

— Que amigos? Quando foi a última vez que você viu aqueles artistazinhos de merda?

— Não fale assim deles.

Sean se mexeu, agitado pela raiva crescente de sua mãe.

— Como queira. Quando foi a última vez que viu algum dos seus amigos?

Audra não conseguiu pensar em uma resposta. Virou-se e saiu, foi ao quarto e fechou a porta. Ajeitou o filho no berço e foi ao banheiro da suíte. Com a porta aberta, tomou banho, sentindo as lágrimas escorrerem com a água quente, direto para o ralo. Sentiu um frio no estômago ao aceitar que Patrick estava certo: ela não tinha mesmo para onde ir. Ele jamais quis estar perto dos amigos de Audra quando os dois namoravam e ela acabou deixando-os de lado, pouco a pouco abandonando a órbita deles para entrar na de Patrick.

Depois de se secar, ela vestiu o roupão e deitou na cama, observando Sean pela grade do berço. Ouviu a respiração do filho, permitiu-se ser embalada por aqueles barulhinhos.

Horas depois ele acordou, outra vez faminto. Audra o pegou no berço, trouxe-o de volta à cama e ofereceu mais uma vez o peito.

Ele recusou, e ela secou as lágrimas amargas da derrota.

Mesmo assim, voltou a tentar ao longo do dia. E ele continuou recusando e, agitado, afastando os lábios do peito. Os gritos voltaram e, com eles, a sensação de ter uma britadeira dentro da cabeça. Os copinhos de leite extraído do peito não o satisfaziam, a maior parte acabava derramada e desperdiçada. Ela percebeu que Patrick assistia da porta. Embora ele não dissesse nada, ela sabia o que estava esperando.

Às dez horas daquela noite, vinte e quatro horas depois da primeira e última vez que Sean mamaria em seu peito, Audra foi ao armário ao lado da geladeira e pegou uma das garrafas de fórmula. Tão simples quanto Margaret dissera. Bastava colocar na mamadeira e esquentar no micro-ondas. Fácil assim.

Ela se sentou no sofá, Sean engolindo a fórmula, e nada além de um vazio árido se espalhava em seu interior. Patrick então se aproximou, sentou-se ao lado de Audra. Passou o braço por sobre seus ombros, beijou-lhe os cabelos.

— É para o bem de todos — falou. — O seu e o dele.

Audra não tinha mais forças para discutir.

16

Danny Lee acompanhava o noticiário enquanto se exercitava em sua sala de estar. Ergueu um par de alteres de dez quilos das coxas até os ombros e baixou-os outra vez, mantendo a respiração estável, sem se apressar na subida ou na descida, deixando os bíceps fazerem seu trabalho. Dez repetições em cada série, trinta segundos de descanso entre elas.

Aquela imagem da mulher se lançando na direção do xerife era reprisada várias vezes. Nada de novo havia surgido durante a tarde ou o começo da noite, mas, mesmo assim, ele continuava assistindo.

Passou a fazer elevações laterais, agora com pesos de cinco quilos. Cabelos ensopados de suor caíam sobre seus olhos, e ele os afastava. Na televisão, um detetive do Departamento de Segurança Pública do Arizona, Divisão de Investigações Criminais, falava sobre grupos de buscas e varreduras aéreas. A imagem mudou, agora a tela mostrava um helicóptero da polícia circulando sobre uma estrada deserta, depois grupos de homens uniformizados fazendo buscas em meio a arbustos e rochas e cactos, dois policiais rodoviários curvados sobre um mapa aberto no capô de uma viatura.

E aí a fotografia da mulher, tirada quando ela foi fichada, o rosto tomado por medo e perplexidade. A mulher tinha um histórico de vícios, explicava o âncora. Álcool e medicamentos de uso controlado, uma overdose há dois anos. Destruiu o próprio casamento. E o conselho tutelar recentemente estava atrás dela, tentando entregar as crianças ao pai. Então ela colocou os filhos no carro e partiu. Quatro dias depois, tinha chegado ao Arizona.

Mas nem sinal das crianças.

Agora uma foto delas, com alguns anos a menos do que tinham hoje. Os dois sorrindo em meio a pilhas de papel de presente rasgado e brinquedos de Natal. Em seguida, o âncora falando com a câmera, dizendo que as autoridades continuavam as buscas para encontrar Sean e Louise Kinney antes que fosse tarde demais. Porém ele não conseguia disfarçar o tom em sua voz, aquele tom que deixava claro que já era tarde demais, que aquelas crianças eram coisa do passado.

Danny baixou os pesos ao chão, rolou os ombros para trás, usou os nós dos dedos para massagear os músculos. Fechou os olhos por um instante, aproveitou o formigar de cansaço no braço e nas costas, o golpe de oxigênio ao inspirar pelo nariz, expirar pela boca.

O rosto de Mya brotou iluminado em sua mente.

Cinco anos desde que ela se fora. Sara, seis semanas antes. Mya não conseguiu suportar. Danny tinha tentado ser forte por ela. Não podia ter feito mais nada. No fim, Mya perguntou várias e várias vezes se ele acreditava nela.

Se acreditava que os policiais tinham levado Sara.

É claro que ele acreditava. É claro.

Mas Mya deve ter enxergado alguma coisa nos olhos dele, algum sinal de dúvida. E ele próprio não tinha se feito aquela pergunta poucas noites antes? E se os policiais estivessem certos? E se Mya estivesse mentindo? E se ela realmente tivesse feito as coisas horríveis que os oficiais e os federais sugeriam?

Quando Mya tirou a própria vida, os policiais pararam de procurar Sara. Mas Danny não parou. Muito embora sua mente racional lhe dissesse que ela quase certamente estava morta, ele tinha de continuar buscando, até não restar mais nenhuma dúvida. Por mais que não fizesse sentido, ainda restava um lampejo de esperança para ele, até agora, como uma vela que não se apagava. Talvez Sara ainda estivesse em algum lugar por aí.

Quase certamente não. Mas talvez.

E agora essa mulher no meio do Arizona. Ela parecia Mya, um pouquinho. As duas eram brancas, mas obviamente havia algo mais. As maçãs do rosto eram parecidas. A linha forte do maxilar. A curva dos lábios.

— Tiraram seus filhos de você? — Danny perguntou para a sala de estar vazia.

Censurou a si mesmo por falar sozinho como um louco, bebeu a garrafa de água até então na mesinha de canto e desligou a TV. Dez minutos depois, estava se ajeitando em sua cama gelada e vazia.

Mya nunca tinha dormido naquela cama — ele havia substituído a de casal depois que ela morrera, incapaz de se deitar sem ela no antigo colchão

—, mas, mesmo assim, sentia saudade do corpo de sua esposa curvado debaixo das cobertas, a bochecha descansando sobre a mão, o leve ronronar da respiração.

Mya o havia salvado. Não restava dúvida. Não fosse por ela, Danny teria acabado preso, talvez um grande homem na prisão, mas mesmo assim na prisão. Ela sabia que o chamavam de Danny Doe Jai, Garoto da Faca, mas jamais questionou o motivo. E ele nunca contou.

Danny fora atraído para os Tong aos quinze anos. Pork Belly o indicara, colocara-o sob sua asa. Aos dezesseis, ele morava em um apartamento numa travessa da Stockton Street com cinco outros rapazes que tinham mais raiva que cérebro. Colecionavam algumas dívidas aqui, vendiam alguns papelotes ali. Aos dezenove, Danny trabalhava na porta de um bordel que ficava sobre um restaurante, onde buscava garantir que os bêbados permanecessem do lado de fora, que os clientes tivessem dinheiro para pagar por seu prazer. Para ter certeza de que as garotas não seriam agredidas por ninguém além dos homens que as possuíssem.

Foi ali que ele chamou a atenção de Dragon Head. Um marinheiro bêbado, com seu uniforme da marinha, entrou no bordel enquanto Danny saiu para urinar, e quem quer que estivesse na portaria não teve a coragem necessária para barrar o homem. O marinheiro tinha quebrado o nariz de uma garota e se recusava a ir embora. Danny saiu do banheiro, agarrou o recém-chegado e o jogou escada abaixo. Na base, tirou seu canivete e cortou o homem com tanta ferocidade que Pork Belly teve de vir pegar o marinheiro e jogá-lo em um dos píeres. Danny nunca veio a saber se o homem saiu vivo ou morto. De todo modo, não seria o último homem que ele mataria.

Danny nunca subiu muito na carreira. Por mais que fosse inteligente, era útil demais nas ruas. Bom demais com facas. Feria muitas pessoas.

Até conhecer Mya.

Ela estava na mesa ao lado enquanto Danny comia e bebia com Pork Belly e seus amigos no restaurante sob o bordel. Os rapazes riam e caçoavam quando ela se levantou de sua mesa e foi à deles.

No cantonês mais musical que ele já ouvira, a moça de pele branca falou:

— Vocês, rapazes, precisam tomar cuidado com o linguajar em público. O que a mãe de vocês diria se ouvisse isso?

Os rapazes explodiram em risos e Mya, aparentemente se sentindo derrotada, voltou a conversar com sua amiga. Entrelaçou seu braço ao da outra jovem e a levou ao balcão, onde elas conversaram com o caixa antes de irem embora.

Quando a conta chegou à mesa de Danny, Pork Belly a estendeu para que todos vissem.

— Não está certo — falou. — De quem é isso?

Eles passaram a conta pela mesa, mas ninguém tinha uma resposta.

Contudo, Danny sabia. Quando Pork Belly chamou o garçom, Danny já estava prestes a explodir em risos.

— A moça — falou o garçom. — Ela falou que você se prontificou a pagar o jantar delas.

Pork Belly ficou em silêncio, parado por alguns momentos, os olhos queimando. Depois soltou a cabeça para trás e sua pança balançou com uma gargalhada.

Foi necessária uma semana para encontrá-la. Outra semana para convencê-la a aceitar sair com Danny em algum momento. Duas outras semanas para se apaixonarem a ponto de ele saber que jamais conseguiria respirar sem a aprovação dela.

Ela trabalhava meio período como professora no Departamento de Estudos Asiáticos da Universidade de San Francisco enquanto concluía o doutorado. O pai fora um banqueiro que passara a maior parte dos anos de infância da filha em Hong Kong, só retornando aos Estados Unidos ao ser diagnosticado com o câncer que levou seu dinheiro e sua vida. Ela era fluente em cantonês, entendia mandarim e tinha noções de coreano e japonês. Os amigos de Danny inicialmente o alertaram de que ela era uma turista atraída pelo exótico: um rapaz durão, um troféu para ela exibir na frente de outras pessoas brancas.

Contudo, eles estavam errados. Danny sabia que estavam, tinha certeza de que estavam. No dia em que os dois se casaram, Mya se tornou a primeira pessoa a chamá-lo por seu nome chinês desde sua mãe no leito de morte: Lee Kai Lum.

Foi Mya quem o colocou na linha. Foi Mya quem o encorajou a usar seus contatos para tirar crianças de gangues. A trabalhar com os policiais e a comunidade. A tornar o bairro um lugar melhor, e não pior.

Danny pediu Mya em casamento na noite em que ela contou que estava grávida. Mya estivera perto de colocar um ponto-final naquela situação, ela contou com agonia na voz, antes de aceitar que podia ser mãe. Ele jurou que jamais a abandonaria, que a vida dentro dela, mesmo que apenas um punhadinho de células, era parte dele. E, portanto, ele era parte de Mya. Os dois estavam unidos para sempre, gostassem disso ou não, então por que não fazer ser de verdade?

Quando aqueles policiais pararam Mya em uma estrada vazia e levaram Sara, foi como se tivessem atirado na cabeça dela. Mataram-na ali, mesmo que ela parecesse seguir viva durante as seis semanas seguintes, até desistir. E nem mesmo a morte de Mya ou a de Sara foi capaz de desfazer os laços entre eles. Lentamente, constantemente, Mya o estava arrastando também para o túmulo.

Mesmo assim, ele tinha assuntos para cuidar.

Agora, cada respiração de Danny parecia uma dívida com ela, como se os cinco anos entre hoje e aquele dia não passassem de um empréstimo. Deus, ele sentia falta dela e da filha como se fossem ossos arrancados de seu corpo. Especialmente em noites assim, quando só lhe restava a companhia de fantasmas.

De algum jeito, em algum momento nas horas seguintes, o sono o possuiu, engoliu-o por inteiro. Pesadelos o perseguiram; sempre o perseguiam. Mas agora havia novos rostos em meio aos já conhecidos: duas crianças e sua mãe. Tudo aquilo que ele não podia mudar, não podia alcançar, e ali estavam, e talvez, se ele tentasse o bastante, se sangrasse o suficiente, conseguiria alcançá-los.

Danny se debateu na escuridão, o coração acelerado, os pulmões arfando, os nervos eletrizados como fios de alta tensão. Mirou o relógio: pouco mais de meia-noite.

Quando seu coração se acalmou e a respiração estava sob controle, puxou as cobertas de lado e se levantou da cama. Usando apenas cueca, saiu do quarto e desceu as escadas. Somente quando chegou ao térreo começou a se perguntar por que tinha descido.

— Sede — falou em voz alta.

Passou as costas da mão na boca e pensou: Sim, sede. Lembrou que havia uma embalagem de suco de laranja quase cheia na geladeira e foi atravessando a sala de estar a caminho da cozinha. Puxou um copo no armário e serviu-se com uma porção generosa. Com um único gole, bebeu metade do líquido, então se virou de costas para a geladeira.

Seu laptop descansava fechado sobre a mesa.

Sem pensar, sentou-se, deixou o copo de lado e ligou o computador. A tela acendeu e Danny digitou sua senha. O navegador mostrou a homepage do Google.

Ele digitou: "Voo SFO > PHX".

— Hum — murmurou quando uma lista de sites de viagens e preços de passagens preencheu a tela. — É exatamente isso que vou fazer.

17

A noite havia se arrastado lenta e interminável para Sean. Pelo menos ele pensava ser noite. A temperatura tinha ido de fresca a fria, o silêncio total recaía sobre tudo. Louise tinha alternado boa parte do dia e da noite dormindo e acordando e sua testa estava quente ao toque, embora ela tremesse e reclamasse de frio.

Sean sabia que sua irmã estava adoecendo, mas não tinha ideia do que fazer. Só podia pedir remédio à delegada Collins quando ela voltasse.

Se ela voltasse.

Collins não tinha aparecido desde aquela manhã, quando deixara mais alguns sanduíches, salgadinhos e frutas. Sean havia devorado duas bananas e um punhado de salgadinhos. Louise deu uma mordida em uma maçã e, depois disso, não comeu mais nada.

— Quando podemos ir embora? — Sean perguntou.

— Talvez amanhã — foi a resposta de Collins. — No mais tardar, depois de amanhã.

— A polícia deve estar atrás de nós — Sean falou. — Deve ter grupos de buscas por aí. Você só vai levar a gente quando tiver certeza de que não vai ser pega.

Collins sorriu.

— Você é um menino esperto. Sabia que eu tenho um filho um pouco mais novo que você?

— Qual é o nome dele?

Collins hesitou antes de responder:

— Michael. Mikey.

— Como ele é?

Os olhos dela pareceram distantes.

— Esperto, como eu falei. E engraçado.

— Ele tem pai?

A delegada negou com a cabeça.

— O pai não está mais por perto. Verdade seja dita, ele era um filho da puta.

— O meu também não é próximo — Sean contou. — Acho que também é um filho da puta.

— Você não devia dizer palavras assim.

Sean ignorou a censura.

— O que o Mikey gosta de fazer? Ele pratica algum esporte?

— Não — Collins falou. — O Mikey passa mal com muita facilidade. Ele tem um problema no coração, por isso não pode fazer esforço. Fica muito tempo de cama e toma muitos remédios. Então ele lê bastante. Quadrinhos e esse tipo de coisa.

— Eu também — Sean contou. — Não a parte de ficar de cama, mas os quadrinhos, sim. Eu gosto de quadrinhos. Quem sabe eu não possa conhecer o Mikey em algum momento. Quem sabe não possamos ser amigos.

De repente Collins voltou a si, seus olhos endureceram, os lábios afinaram. Estendeu a mão e agarrou a blusa de Sean, puxou-o para perto, de modo que ele sentisse a respiração dela tocar sua pele.

— Eu sei muito bem o que você está tentando fazer, seu merdinha. Você é esperto, mas não tanto quanto acha que é. Agora pare de mexer com a minha cabeça.

Sean analisou a mulher enquanto ela falava e não viu raiva nenhuma nela. Collins não conseguia olhá-lo nos olhos, mas virou o rosto enquanto suas bochechas ruborizavam. Ela deu meia-volta e subiu os degraus, fechou o alçapão ao sair, trancou com o cadeado. Sean ouviu o barulho da moto, as notas crescentes do motor conforme ela acelerava pela floresta.

Quanto tempo havia se passado desde aquele momento? Será que vinte e quatro horas ou mais? Ele simplesmente não sabia.

Estendeu a mão sobre o colchão e colocou a palma na testa de Louise. Ainda quente, úmida de suor. A menina gemeu e afastou o toque do irmão.

— Não se preocupe — ele falou. — Eu vou tirar a gente daqui. Vamos encontrar a mamãe e chegar à Califórnia, a San Diego, e lá poderemos nos divertir na praia. Exatamente como ela prometeu. Está me ouvindo?

Louise piscou e falou:

— Estou ouvindo.

— Que bom — ele respondeu. — Agora vamos dormir um pouco.

Ele a viu fechar os olhos, depois também fechou os seus, passou o braço sobre a irmã, sentiu o calor que ela emanava. O sono chegou como uma sombra, deslizou sobre ele, que não viu mais nada até o alçapão abrir lá em cima e forçá-lo a acordar.

Sean piscou para o retângulo de luz e viu a silhueta de Collins descendo os degraus, trazendo um saco de comida em uma das mãos.

— Acho que a Louise está doente — ele comunicou.

Collins deixou o saco no chão e se aproximou deles. Abaixou-se e estendeu a mão para avaliar a temperatura na testa de Louise, depois na barriga. A menina mal se mexeu ao sentir o toque.

— Inferno — Collins praguejou.

Sean sentou no colchão.

— Você precisa buscar um remédio para ela — falou.

— Não sei se consigo trazer.

— E se ela piorar?

— Está bem — Collins cedeu, levantando-se. — Faça sua irmã beber muita água. Tire o cobertor de cima dela, talvez também a blusa, tente resfriar o corpo. Eu volto mais tarde.

Ela se virou e foi outra vez andando na direção dos degraus. Sean gritou:

— Delegada Collins?

Ela parou, olhou por sobre o ombro.

— Obrigado — Sean agradeceu.

Collins cerrou as pálpebras. Virou-se e subiu as escadas. Trancou o alçapão, sem responder.

18

A mente de Audra doía. O mundo havia se estirado tanto que ela imaginava ser capaz de rasgá-lo usando apenas a ponta dos dedos. Tudo se movia aos trancos, rápido demais ou devagar demais, e todos falavam em emaranhados de sons. Parte dela sabia que era a exaustão, mas outra parte se sentia em um sonho, sentia que nada daquilo era real. Que estava acontecendo com alguma outra mulher em alguma outra cidade, e ela via tudo passar como um estranho programa de televisão.

Audra havia virado a noite acordada, vigiando a luz vermelha da câmera, esperando-a apagar, temendo que, quando apagasse, eles voltariam, encostariam uma arma em sua cabeça. Em certos momentos, ela se perguntava se aquilo realmente tinha acontecido. Teria apenas sonhado, um daqueles pesadelos que nos acompanham quando acordamos? Porém ela pegou no sono em algum momento, apenas para acordar de um pulo, com a sensação de ter se arrastado através de piche, coração acelerado, pulmões incapazes de absorver o ar de que precisavam.

Quando Audra abriu os olhos, Whiteside pairava sobre ela.

Ele agachou ao lado do beliche.

— Você precisa se desapegar — falou o xerife. — Eles se foram, não há mais o que fazer.

Paralisada, ela não conseguiu erguer o punho para golpeá-lo.

Parte de sua mente perguntava: Estou sonhando? Ele está mesmo aqui?

A mão de Whiteside logo apareceu, os dedos abertos como se tentassem alcançar um copo de água. Deslizaram em volta da garganta de Audra. Pressão. Só um pouquinho. O suficiente para provocar dor.

— Não pense que não tenho coragem de fazer isso — ele alertou. — Se for necessário.

Então a soltou e se levantou, deu meia-volta e saiu da cela.

Outra vez sozinha, Audra arfou, o coração de repente batendo forte e rápido. Peito subindo e descendo, desesperado por ar.

Ela não saberia especificar quanto tempo foi necessário para as ondas de medo perderem a força, só sabia que o sol havia nascido no mundo lá fora, colorindo tudo com tons intensos de azul e cinza.

Agora ela se questionava se Whiteside estivera mesmo ali. Talvez ele não tivesse passado de uma aparição provocada por seu cérebro privado de sono. Mais um pedaço de sua sanidade se estilhaçando e desmoronando.

Talvez fosse justamente essa a ideia. Mexer com a cabeça de Audra, acabar com ela de dentro para fora. Deixá-la louca, mantê-la com medo. Porque é mais fácil controlar alguém com medo. Assim como Patrick fizera todos os anos que eles viveram juntos.

Seu marido a fez duvidar de toda e qualquer faceta de seu ser, manteve-a constantemente desequilibrada, até ela não ter certeza de mais nada. Todas as manhãs, ele a repreendia por sua ressaca. Todas as noites, trazia uma garrafa para casa. Num dia, dizia a ela como era patética por precisar dos antidepressivos; no outro, arrumava mais uma receita.

Tudo começou na noite depois daquela derrota, quando ela deu a Sean, pela primeira vez, uma mamadeira com fórmula. Patrick tinha chegado do trabalho com uma garrafa de vinho branco. Entregou-a a ela enquanto ela alimentava o filho.

— Para que isso? — Audra quis saber.

— Se você não está amamentando, não há por que não tomar um drinque.

— Eu não quero — ela respondeu.

Audra não tinha tocado em álcool desde que descobrira a gravidez, jurou que nunca mais tomaria nada, nem depois que o bebê nascesse. Noites demais haviam sido perdidas em momentos de embriaguez. Ela não se afundaria outra vez naquele pântano.

Patrick deu de ombros e assentiu.

— Tudo bem. Vou deixar na geladeira para o caso de mudar de ideia.

Se ela tivesse a clareza mental necessária para perguntar por que ele levara para casa a garrafa de vinho, por que queria que ela bebesse outra vez depois de tantos meses sóbria, as coisas talvez tivessem sido um pouco diferentes. Mas não perguntou. Estava abalada demais para pensar direito.

À noite, Audra perdia a conta do número de mamadeiras que preparava para Sean, sua mente cada vez mais confusa. Dormir parecia um conceito estranho e vago, não uma coisa que ela realmente pudesse fazer. De manhã, Margaret apareceu, oferecendo-se para cuidar da criança para que Audra pudesse dormir. Audra tentou resistir, mas a insistência de Margaret e as críticas silenciosas de Patrick acabaram vencendo. Ela entregou Sean para a avó e foi para o quarto, onde sonhou que seu leite o havia envenenado, deixando-o doente. Acordou com uma tristeza dolorosa que não se desfez ao passar do dia.

Audra viu a garrafa de vinho na geladeira naquela noite mas a ignorou, embora sentisse muita, muita sede.

Mais uma noite de sono fragmentado e sonhos tóxicos e, mesmo enquanto segurava Sean, ouvindo-o engolir a fórmula, sentiu que algo se quebrara entre eles. Ela o havia decepcionado e perdido algo que jamais recuperaria, por mais que desejasse.

Quando amanheceu, Margaret voltou. E aí, outra vez, Audra entregou o filho para a sogra. Mais uma vez, foi para a cama. Agora o colchão e os lençóis pareciam areia movediça e ela queria ser engolida, ficar para sempre na escuridão.

Naquela noite, se serviu de uma taça de vinho. Mas só uma.

Na noite seguinte, tomou outra taça. E uma segunda.

Um dia depois, outra garrafa de vinho apareceu na geladeira. Audra terminou a primeira e abriu a próxima. Não parou até dormir embriagada no sofá. Patrick a acordou ao amanhecer e falou que ela devia sentir vergonha.

Naquela noite, ele levou para casa uma garrafa de vodca.

Outra vez, olhando para trás, ela devia ter perguntado o porquê. Mas a promessa de entorpecimento era sedutora demais para resistir quando o que ela mais queria era desaparecer.

Semanas se passaram assim, noites e dias se dissolvendo em nuvens de embriaguez e ressacas pesadas. A babá estava no apartamento havia quase quarenta e oito horas quando Audra notou sua presença. Jacinta era o nome da mulher, uma moça bonita da Venezuela que cumprimentou Audra com expressão de pena quando elas se encontraram no corredor.

— Você não está em condições de cuidar do Sean — Patrick explicou. — Por isso contratei alguém que esteja.

Audra passou quatro dias de cama, levantando-se apenas para tomar outra garrafa do que Patrick havia deixado na geladeira ou no armário para ela. No quinto dia, um médico foi ao apartamento. Um médico que Audra não reconheceu. Ele cheirava mal, uma mistura de suor e mofo disfarçado com colônia pós-barba. Fez algumas perguntas, escreveu alguma coisa em um bloco de notas e entregou o papel a Patrick, que voltou depois de uma hora com um frasco de comprimidos e um copo de água. Ela recusou a água, engoliu dois comprimidos com uma golada de vodca e foi dormir.

Pensando sobre aquilo tudo, Audra sentia ter sido empurrada pelo ralo da pia, incapaz de subir outra vez. Toda vez que decidia ficar sem beber ou tomar remédios, Patrick aparecia ou com um copo cheio ou balançando um frasco de comprimidos.

Às vezes, ela se perguntava como estaria seu filho. Ficou surpresa certo dia ao passar pela sala de estar, a caminho da cozinha, e se deparar com Sean atravessando o cômodo a caminho dos braços de Jacinta, com os passinhos instáveis de criança, as mãozinhas para cima, balançando o quadril e rindo pelo caminho.

— Quando foi que ele começou a fazer isso? — Audra perguntou, de repente ciente de que meses haviam passado sem ela se dar conta.

— Faz uma semana — Jacinta contou. — Você o viu andando ontem. E me fez a mesma pergunta.

Audra piscou.

— Eu?

— Quer segurá-lo?

Ela não respondeu. Foi à cozinha e procurou outra garrafa de vinho.

Lembrou-se agora do aniversário de dois anos de Sean. Eles fizeram uma reuniãozinha no apartamento dos pais de Patrick, que havia escondido as bebidas e os comprimidos e avisado que a queria sóbria.

— Não me exponha — ele dissera. — Não me faça passar vergonha.

Naquela manhã, a bruma havia desaparecido de sua mente e, depois de tomar banho, ela se observou no espelho. As olheiras escuras, as manchas nas bochechas. A pele solta demais nos ossos. Mas ela fez seu melhor com a maquiagem e as roupas novas que Patrick havia comprado. Apresentou-se a ele antes de os dois saírem para percorrer os poucos quarteirões na direção sul.

— Você vai dar para o gasto — ele falou com uma expiração cansada.

Audra andou ao lado de Patrick pela Central Park West; Jacinta segurava a mão de Sean enquanto ele ia dando seus passinhos. O barulho do trânsito fervia no cérebro de Audra, o ar frio em sua pele a fazia arrepiar, deixava-a consciente da sensação da roupa tocando a pele, o peso de seus pés no chão. Apesar da dor dilacerante atrás dos olhos, ela sentiu algo que não experimentava havia muito tempo: sentiu-se viva.

— Patrick — chamou.

— Hum? — Ele manteve o olhar à frente, sem se dar o trabalho de virar para ela.

— Talvez eu devesse procurar ajuda.

Ele não respondeu, mas parou de andar. Audra também parou, os dois parecendo ilhas cercadas por um fluxo de pessoas seguindo seus caminhos.

— Talvez eu devesse conversar com alguém. Sobre a bebida. E os remédios. Tentar mudar.

Patrick permaneceu quieto, mas seu maxilar se mexia enquanto ele rangia os dentes.

— Eu só soube que era aniversário do meu filho depois que você me contou.

Lágrimas quentes escorreram pelas bochechas de Audra.

Patrick segurou sua mão, apertou com força, apertou até doer.

— Vamos conversar sobre isso quando chegarmos em casa — ele respondeu. — Recomponha-se. Não me faça passar vergonha na frente dos amigos da minha mãe.

— Por que você me mantém assim? — ela quis saber. — Aliás, por que ainda está comigo? Não sou uma esposa para você. Não sou uma mãe para o meu filho. Por que simplesmente não me deixa ir embora?

Ele apertou outra vez a mão de Audra, agora com mais força, e ela teve de morder o lábio para segurar um grito.

— Você está querendo me humilhar? — ele perguntou, aproximando-se. — É isso que está querendo? Eu juro que vou espancá-la até você ficar desacordada bem aqui, no meio da rua. É isso que quer que eu faça?

Audra negou com a cabeça.

— Então cale essa merda de boca e comece a andar — ele ordenou.

Ela secou as maçãs do rosto, fungou, recuperou o controle e andou de mãos dadas com ele, sentindo os ossos doerem.

No apartamento dos pais de Patrick, as pessoas se agrupavam entre mesas repletas de aperitivos e taças de espumante. Audra observou as bolhas, imaginou a sensação delas em sua língua, a doçura ao engolir. Ela e Patrick se sentaram a uma mesa no centro da sala, Sean em um cadeirão, e Jacinta deu a ele um pedaço de bolo.

Patrick Senior se sentou em silêncio em um canto, as mãos tremendo no colo, a demência agora evidente para todos. Os convidados o ignoravam, assim como o filho e a esposa. Do outro lado da sala, seus olhos distantes encontraram os de Audra, focados, só por um momento, mas tempo suficiente para ela se perguntar se aquele senhor a estava vendo. Se a reconhecia como ela o reconhecia, os dois perdidos e solitários em uma sala cheia de gente.

Margaret veio se sentar com Audra e Patrick Junior. Padre Malloy — o padre que havia batizado o filho deles — veio logo atrás, sorrindo. Margaret segurou a mão de Patrick.

— Ora, vocês dois — ela falou. — Será que não chegou a hora de me darem outro netinho? Não podemos deixar o Sean ser filho único, como o Patrick foi.

Patrick enrubesceu e sorriu enquanto Margaret apertava sua mão. E ali Audra percebeu qual era seu papel naquele casamento. Tremeu e contou os minutos para poder ir para casa e se recolher de volta à bruma.

19

Danny manobrou o carro alugado para fora do Aeroporto Phoenix Sky Harbor e seguiu as instruções do GPS a caminho do Ak-Chin Pavilion, o anfiteatro a oeste da cidade. Um restaurante mexicano ali perto, onde havia também um bar popular entre os moradores da cidade, assim lhe disseram.

Que calor infernal. Santo Deus, Danny estava acostumado ao tempo ameno de San Francisco, nunca quente demais, nunca frio demais. Não a isso. O maldito ar fritava o interior de sua garganta. Ele cometeu o erro de encostar a mão no capô do Chevrolet quando pegou o carro. Puxou-a como se a tivesse enfiado em um incinerador.

Demorou vinte minutos para percorrer o caminho pela rodovia, depois fez uma série de curvas e o enorme anfiteatro apareceu no horizonte. Seguiu duas quadras a oeste e encontrou o restaurante. Um letreiro pintado à mão sobre a porta, letras grandes e vermelhas, cactos verdes usando sombreros. A rua estava vazia àquela hora do dia, então ele estacionou rente ao meio--fio, sem precisar procurar uma vaga.

Levou os dedos à maçaneta do carro e se preparou. O ar-condicionado só agora tinha começado a baixar a temperatura ali dentro, e sua lombar já acumulava um bocado de suor, assim como seu traseiro. Abriu a porta e o calor rugiu para ele.

Alguns passos depois, chegou diante da porta do restaurante. No interior, o ar frio jorrava por um aparelho posicionado sobre a entrada. Permaneceu um instante ali, desfrutando da sensação em seu corpo. Uma jovem hispânica se aproximou, pegou um cardápio da mesa próxima ao cartaz que dizia: "Por favor, espere para se sentar".

— Uma pessoa? — ela perguntou com um sorriso amplo no rosto.

Danny retribuiu o sorriso.

— Oi, tudo bem? Vim aqui para falar com George, acho que ele está me aguardando.

O sorriso dela desapareceu.

— Espere aqui — falou, apressando-se rumo ao bar para conversar com um homem enorme.

Os cabelos pretos estavam ensebados e puxados para trás, os braços eram estampados com tatuagens. Ele deu uma olhada para Danny enquanto a garota falava. Então pegou um telefone, pronunciou algumas palavras, ouviu e desligou antes de responder à garota.

Ela veio novamente até Danny, agora nervosa, e falou:

— Por favor, me acompanhe.

Ele a seguiu pelo interior pouco iluminado do restaurante, desviando das mesas e dos clientes. Aproximaram-se de uma entrada encoberta por uma cortina de miçangas, com uma placa acima avisando: "Sala de jantar privada". A jovem enfiou a mão entre as miçangas e as afastou para deixar Danny entrar. Do outro lado, as miçangas se chocaram e tilintaram às costas dele quando a moça soltou a cortina.

A sala tinha uma grande mesa redonda. Grande o bastante para receber confortavelmente uma dúzia de pessoas, talvez mais, se os clientes não ligassem para seus cotovelos se tocando. Estava pronta para uma reunião, com toalha branca, pratarias brilhantes e taças. Em uma das cadeiras, George Lin.

— Quanto tempo, Danny Doe Jai — George cumprimentou.

— Dez anos — Danny respondeu.

— Fiquei chateado quando soube da sua esposa e sua filha. Ninguém devia ter que enfrentar esse tipo de merda. Venha, sente-se.

Danny deu a volta na mesa, escolheu um assento a duas cadeiras de George. Pouco mais que a distância de um braço. Ele não tinha medo de George Lin, mas isso não significava que confiasse naquele homem.

Danny deslizou o olhar pela sala.

— Mexicano?

— Se estamos no Arizona... — George respondeu.

— Como você suporta esse calor?

— O que, você não gosta? Em San Fran é sempre úmido e frio. Aqui é verão o ano inteiro. Por que acha que me mudei para cá? Tenho uma piscina no meu quintal e tudo.

Danny balançou a cabeça.

— Acho que eu não aguentaria. Fico louco depois de um tempo.

George sorriu.

— Cara, é só relaxar e tomar um sorvete, beber um pouco de água que você vai ficar bem. Mas enfim, acredito que não tenha vindo aqui para falar do clima.

Ele estendeu a mão por baixo da toalha de mesa para pegar alguma coisa na cadeira ao lado. Um enorme envelope com plástico bolha, amassado e vincado. Colocou-o sobre a mesa e alguma coisa pesada fez barulho ali dentro.

— Aqui está — George anunciou ao se ajeitar contra o encosto da cadeira, uma mão apontando para o envelope. — Dê uma olhada, veja se ajuda.

Danny puxou o envelope para perto, abriu-o com os dedos, checou o interior. Virou-o e deixou deslizar o Smith & Wesson Model 60, seguido por três caixas de munição e o carregador.

George deu tapinhas nas caixas, uma de cada vez.

— Ponta côncava .357, FMJ .357 e FMJ .38 Special. A não ser que tenha planos de começar uma guerra por aqui, imagino que isso seja o bastante.

Danny ergueu a pistola, manteve o cano apontado para a parede e abriu o tambor para ter certeza de que estava vazio. Girou-o, fechou, inclinou a arma e atirou a seco três vezes.

— Vai servir — respondeu. Guardou o revólver e a munição outra vez no envelope.

George estendeu a mão aberta. Danny puxou um punhado de notas do bolso e foi contando as centenas conforme as deixava na palma da mão do homem.

Quando estava satisfeito, George perguntou:

— E aí, vai treinar tiro ao alvo enquanto estiver aqui?

— Mais ou menos isso — Danny respondeu, pegando o envelope e se levantando para sair. — Foi bom te ver mais uma vez, George.

Enquanto Danny ia na direção da porta, George o chamou.

— Seja lá o que estiver acontecendo, Danny Doe Jai, tome cuidado, está bem?

Danny olhou por sobre o ombro e respondeu:

— Vou tentar.

Passou pela cortina de miçangas e atravessou o restaurante, levando o pacote debaixo do braço. A jovem que o recebera lançou um sorriso nervoso quando ele passou a caminho da porta. Ao sentir o vento frio do ar-condicionado, ele teve uma ideia. Voltou até onde a jovem estava.

— Oi — falou. — Tem alguma loja de ferragens aqui por perto?

20

O homem de terno estendeu a mão sobre a mesa e se apresentou:

— Sou Todd Hendry, defensor público.

A corrente balançou quando Audra ergueu a mão para apertar a dele.

— Você é o quê?

— Sou seu advogado — ele esclareceu.

A luz fluorescente da sala de interrogatório se refletia na careca sardenta do homem. Ele colocou uma pasta fina, um bloco de notas e uma caneta sobre a mesa ao se sentar.

— Por que você está aqui? — Audra quis saber.

— Você não pode ir ao tribunal sem representação — explicou. — Bem, poder até pode, mas eu não aconselharia.

— Tribunal?

— Posse de drogas — Hendry esclareceu. — A audiência é em uma hora. Não informaram a você?

— Não. Tudo o que fizeram foi me questionar sobre meus filhos.

Outra sessão com Mitchell na noite passada, e mais uma hoje logo cedo. As mesmas perguntas, repetidas e repetidas vezes, as mesmas respostas. Não importava quantas vezes ela dissesse à agente do FBI que Whiteside e Collins haviam levado Sean e Louise, que seu marido devia estar por trás daquilo, Mitchell dava um jeito de virar a mesa e fazer outra vez a pergunta a ela. E sempre com aquela gentileza nos olhos e na voz.

Em certo momento daquela manhã, durante um breve intervalo do interrogatório, quando Audra estava sozinha com o policial responsável pela sala, um pensamento brotou em sua cabeça confusa: E se ela tivesse realmente feito mal aos filhos? E se essas pessoas estivessem certas? Quem sabe sua mente fosse incapaz de enfrentar a verdade, por isso ela havia criado outra realidade? Nada do que estava acontecendo parecia ser real, parecia?

Foi o mais próximo que ela chegou de surtar. Ela se sentiu desmoronar, como um muro sem fundação.

Hendry abriu a pasta e puxou o que parecia ser um relatório policial, pegou a caneta e levou a ponta perto do bloco de notas.

— Então, me conte o que exatamente aconteceu na manhã do dia 5.

Ela contou. A loja na lateral da estrada, o carro de Whiteside estacionado ali na frente, distanciando-se, as luzes piscando no retrovisor dela, a parada, a busca.

— Espere um instante — Hendry pediu. — Antes de o xerife Whiteside abrir o porta-malas do seu carro, ele pediu seu consentimento para fazer isso?

— Não.

— O pacote de maconha era visível de fora do veículo?

— O pacote nem estava no meu carro, para começo de conversa. Whiteside plantou a maconha ali para...

Hendry ergueu a mão.

— Ouça, nem vamos entrar nessa questão de plantar coisas no seu carro. Supondo, e é só uma suposição, que a maconha de fato estivesse no seu carro, onde ele a encontrou, estaria visível de fora do veículo?

— Não — Audra repetiu. — Ele enfiou a mão debaixo dos cobertores para pegar, mas não estava...

— É tudo o que eu precisava saber — Hendry falou, sorrindo.

A juíza Miller olhou por sobre seus óculos para algum ponto acima do ombro de Audra.

— Xerife Whiteside, isso é verdade? — questionou, as linhas de seu rosto se tornando mais marcadas, franzindo em volta da boca. — É verdade que não obteve consentimento para fazer a busca no veículo?

Audra virou o rosto, viu Whiteside se levantar da cadeira em meio aos espectadores, segurando o chapéu nas mãos. Ele pigarreou.

— Não, Excelência — respondeu. — Não é verdade. Eu tive consentimento para fazer a busca.

— A ré diz outra coisa — replicou a juíza. — Preciso de mais que apenas a sua palavra, xerife.

Whiteside a olhou nos olhos, alongou a coluna, ergueu a mão.

— Minha palavra é tudo o que tenho, e se ela não for boa o bastante para...

— Não, não é o bastante para mim, xerife. Vamos tentar usar a lógica, o que acha?

Whiteside pareceu perder um centímetro de altura. Um nervo se repuxou abaixo de seu olho esquerdo.

O silêncio se espalhou pelo pessoal da imprensa que ocupava o fundo da sala de reuniões da prefeitura. Mesas haviam sido dispostas para fazer parecer um tribunal, uma para a defesa e uma para a acusação, uma de frente para a outra, perto de onde a juíza Miller agora estava sentada com uma expressão de cansaço no rosto. Ela tirou os óculos e os colocou sobre o bloco de notas à frente.

Assim que eles chegaram, Hendry se aproximou do homem de meia-idade na outra mesa, aquele cujo terno era apertado demais e velho demais, e os dois se abraçaram, sussurraram um ao ouvido do outro. O procurador do estado, imaginou Audra. Hendry havia explicado que Joel Redmond teria comparecido imaginando se tratar de um apelo simples por um delito menor. Certamente não parecia preparado para o que Hendry lhe contou. O procurador teve de se sentar outra vez em sua cadeira, ficou negando com a cabeça, depois se levantou e foi andando até a juíza. A juíza Miller balançou a cabeça de um jeito bem parecido com o de Redmond enquanto ele voltava à mesa para arrumar suas coisas.

Agora a juíza voltou a falar:

— Então o senhor avistou um carro que lhe pareceu sobrecarregado. Mandou estacionar, encontrou uma mulher sozinha ali dentro.

Audra ameaçou falar, mas Hendry segurou seu punho, silenciando-a.

— O que, em um cenário assim, pareceu justificar uma busca no veículo? — Ela ergueu a mão antes que Whiteside pudesse responder. — Vou responder pelo senhor: nada. O senhor não tinha motivo algum para fazer uma busca no veículo, então não tinha motivo para pedir consentimento. Portanto, eu me vejo inclinada a acreditar na versão dos fatos exposta pela ré.

Whiteside mexeu os pés, dedilhou a aba do chapéu.

— Bem, Excelência, eu já estava mexendo no porta-malas, com a ideia de levar algumas caixas para o meu carro e assim aliviar o peso no veículo da ré. Como eu já estava ali, senti que a permissão para fazer a busca estava implícita.

— Xerife Whiteside, o senhor virou um oficial da lei nos últimos cinco minutos?

— Não, Excelência.

— Nos últimos cinco dias? Cinco semanas? Cinco meses?

Whiteside suspirou.

— Não, Excelência. Eu entrei para o departamento depois que deixei a carreira militar, em 1993.

— Então você é um oficial da lei há quase um quarto de século — ela constatou com um leve sorriso em sua boca pequena.

— Sim, Excelência.

O rosto da juíza endureceu, os olhos permaneceram fixos como lasers verdes na direção de Whiteside.

— Então sabe muito bem que aquele veículo era propriedade privada e que não era seu papel abri-lo ou fuçar ali dentro, e nada que você encontrou ali é admissível como prova em nenhum tribunal, nem mesmo em um tribunal meia-boca como este aqui.

— Excelência.

Whiteside olhou nos olhos de Audra. Mais um nervo se repuxou.

A juíza Miller ajeitou outra vez os óculos sobre o nariz, escreveu alguma coisa no bloco de notas.

— O sr. Redmond me disse que vai economizar o precioso tempo de todos e anular este caso estúpido como quem solta uma batata quente. Xerife Whiteside, não fico nada feliz de ter que arrastar o meu rabo até o condado de Elder só para saber que teria sido mais útil ficar em casa. O meu desgosto ficou claro, xerife?

— Sim, Excelência — ele respondeu.

A juíza voltou sua atenção para Audra.

— Sra. Kinney, pelo que entendo, a senhora não foi presa por causa do paradeiro dos seus filhos nem foi acusada de qualquer outro crime. Assim sendo, está livre.

Audra se esforçou para não chorar. Os jornalistas murmuraram e se agitaram como um motor ganhando vida. O promotor fechou sua pasta, levantou-se e começou a andar a caminho da saída.

— Porém — a juíza Miller falou. Bateu a palma da mão ossuda na mesa. — Mas que droga! Calem a boca aí no fundo, pessoal. Ou vão lá fora se quiserem bater papo, bando de abutres. — Esperou um instante, até o silêncio se restabelecer. — Porém acredito que o detetive Showalter tem algo para mim.

— Sim, Excelência — Showalter confirmou, levantando-se. — Posso me aproximar?

— Sim.

Showalter passou pela mesa onde Audra e seu advogado estavam sentados. Não olhou para ela, foi direto à juíza e entregou um envelope de papel pardo.

— Excelência — falou. — Como a senhora sabe, Audra Kinney está no centro de uma investigação em andamento sobre o desaparecimento de seus filhos. Fui a Phoenix hoje de manhã e pedi à Vara da Família uma ordem especial contra a sra. Kinney, uma ordem que a impeça de deixar a cidade de Silver Water até a conclusão das investigações.

A juíza puxou uma carta e um formulário do envelope, deu uma olhada rápida.

— A sra. Kinney tem acomodação?

— Excelência, conversei com a sra. Anne Gerber, proprietária da hospedaria River View. Ela não aluga quarto nenhum há um bom tempo, mas concordou em alugar um para a sra. Kinney passar as próximas noites.

— Está bem — concordou a juíza. — Sra. Kinney, entendido? Pode deixar o tribunal, mas não pode sair da cidade. Se colocar um pé fora dos limites de Silver Walter, volta direto para a cadeia. Ficou claro?

Audra já tinha parado de ouvir.

Sair.

Ela agarrou a mesa enquanto sentia uma onda de vertigem.

Posso sair da cadeia.

Pouco importava não poder sair da cidade, ela não queria sair. Mas agora podia tentar encontrar seus filhos. Não tinha ideia de como, mas pelo menos conseguiria planejar algo.

— Sim, Excelência — Audra respondeu.

A juíza Miller começou a arrumar suas coisas.

— Esta sessão está encerrada. Bom dia a todos — ela falou.

Audra se levantou.

— Senhora, podemos conversar, por favor?

A juíza tirou mais uma vez os óculos, suspirou e acenou com seu longo dedo para Audra ir até ela.

Audra se aproximou, sem saber direito se suas pernas a sustentariam pelos poucos passos até a mesa da juíza. Mas ela chegou e, uma vez ali, abaixou-se para que os olhares se encontrassem.

— Senhora, eu...

— Por favor, trate-me por Excelência.

— Excelência, eu preciso de ajuda.

— Querida, isso não é novidade para ninguém.

Audra apontou por sobre o ombro, na direção do xerife Whiteside.

— Aquele homem, ele e a delegada, eles levaram os meus filhos. Sean e Louise. Acho que o meu marido pagou para eles fazerem isso. Eu preciso trazer os meus filhos de volta. Eles são tudo o que eu tenho no mundo. Vou morrer sem os meus filhos. Por favor, me ajude. Por favor, faça alguma coisa.

A juíza ofereceu um sorriso gentil. Estendeu o braço sobre a mesa e segurou a mão de Audra.

— Filha, a única ajuda que posso dar é um conselho. Apenas diga a verdade. Independentemente do que acontecer, independentemente do que eles falarem, sempre diga a verdade. É a única coisa que pode ajudar alguém. Entendeu? — Os dedos da juíza apertaram o punho de Audra. Ela prosseguiu: — Basta dizer a eles o que você fez com seus filhos. Basta dizer onde estão os corpos e aí tudo ficará resolvido. Eu garanto.

21

A pé, o caminho entre a prefeitura e a hospedaria era percorrido em menos de cinco minutos, mas, para Audra, durou toda uma vida. Hendry se recusou a acompanhá-la, alegando, ao se despedir, que estava liberado de suas responsabilidades. Enquanto todos estavam em volta da mesa do tribunal improvisado, o xerife Whiteside se ofereceu para levá-la, mas Audra recusou. Preferiria enfrentar sozinha os jornalistas.

— Merda — exclamou a agente especial Mitchell. — Eu cuido disso. Detetive Showalter, agente especial Abrahms, vocês me acompanham. Vamos.

Showalter se afastou da mesa, dizendo:

— Eu não, de jeito nenhum. Não, obrigado.

— Não foi um pedido, detetive — afirmou Mitchell. — Abrahms, tire a jaqueta.

Audra resistiu por um momento enquanto os dedos fortes de Mitchell seguravam seu braço e a levantaram do assento, mas então permitiu ser guiada na direção da porta. A maior parte da imprensa havia deixado a sala, e Audra já os ouvia agitados lá fora, na entrada principal da prefeitura, esperando para tirar fotos dela, talvez fazer perguntas. Antes, os repórteres amontoados no tribunal improvisado murmuravam com discrição quando Audra entrara com os punhos algemados e um policial segurando cada braço. Mas agora eles estavam em estado de selvageria e pareciam prontos para morder.

Mitchell perguntou a Whiteside:

— Tem outra saída?

— Saída de incêndio pela lateral — ele respondeu, apontando com o polegar na direção da porta. — Passando pelo corredor principal, à direita. Deve ter alarme, mas...

Mitchell nem quis ouvir o resto. Arrastou Audra na direção das portas enormes a caminho do corredor, passou por elas, deixou-as fechar sozinhas. Uma das portas bateu no joelho de Showalter, que praguejou.

Uma dúzia ou mais de policiais se viraram para eles. O corredor havia sido transformado em uma espécie de centro de operações, com um grande mapa do Arizona em um cavalete, alfinetes vermelhos esboçando uma linha que atravessava o estado. Os policiais observavam enquanto Mitchell guiava Audra entre eles em direção às portas à direita. Um sinal verde acima da barra de empurrar anunciava que ali era a saída de emergência. Mitchell não diminuiu o passo até chegarem ali. Daí, parou, assentiu para seu colega.

Abrahms colocou a jaqueta sobre a cabeça e os ombros de Audra, deixando uma pequena fresta para ela conseguir enxergar. Ela ouviu, em vez de ver, Mitchell empurrar a barra e o barulho escandaloso do alarme. Sentiu o calor do sol da tarde enquanto era guiada para fora. Não muito distantes, os jornalistas gritavam:

— Ali, ali, ela está ali!

— Rápido — ordenou Mitchell.

Abrahms segurava um braço de Audra, Mitchell o outro, e os pés dela saltavam passos pelo chão da ruela até chegarem ao estacionamento, depois à calçada. Atrás, o barulho de pessoas correndo. E vozes chamando seu nome.

— Audra, onde estão seus filhos?

— Audra, você os feriu?

— Audra, o que você fez com Sean e Louise?

Mitchell apertou um pouco mais o braço dela.

— Mantenha a cabeça baixa e continue andando.

Tudo o que Audra conseguia ver era seus pés avançando pela calçada rachada. Os passos vinham de trás, correndo, passando por ela.

— Ei, vocês, afastem-se, saiam do caminho. — A voz era de Showalter, incisiva e furiosa.

— Audra, onde estão os corpos dos seus filhos?

Não fossem Abrahms e Mitchell segurando-a, ela teria caído naquele momento. Ali Audra se deu conta: *Eles acham que matei os meus filhos.* É claro que as autoridades acreditavam nessa hipótese, mas agora ela percebia que o mundo também acreditava. E o pensamento a deixou horrorizada.

Mitchell falou:

— Por aqui.

E a puxou por outra passagem, de volta à rua principal. Ainda havia passos em toda a volta, as perguntas, os gritos, as acusações. Audra seguia concentrada em manter seus pés em movimento, em não tropeçar. Só conseguia pensar em sair da rua, sair do caminho dos repórteres.

Os cães, os cães, eles estão me perseguindo.

Um lampejo de memória, uma menininha perto do quintal de seu avô, os terriers de um vizinho correndo atrás dela, latindo, dentes expostos.

Socorro, eles querem me pegar.

Audra queria correr, a adrenalina impulsionando, adrenalina e medo.

— Quase chegando — Mitchell informou. — Estamos quase lá.

Eles chegaram a um pequeno lance de degraus de madeira e agora Audra de fato tropeçou, sendo amparada por seus acompanhantes, mas não antes de sua canela e seu joelho rasparem na beirada de um dos degraus. As vozes por toda a volta, as perguntas, o tom subindo, e ela ouvindo as mesmas palavras várias e várias vezes: matou, corpos, feriu, crianças. E o nome dos filhos. Eles bradavam o nome das crianças e Audra queria gritar para calarem a boca, deixá-la em paz, nunca mais sequer citarem o nome de Sean e Louise.

Quando Abrahms e Mitchell a puxaram outra vez para que ficasse em pé, uma porta se abriu e Audra foi engolida pelo interior fresco da construção. Ouviu a porta bater ao passar, a voz de Showalter do outro lado, dizendo aos repórteres para se afastarem, chega, já deu, saiam logo daqui.

Com os braços livres, Audra puxou a jaqueta que cobria sua cabeça, jogou a peça no chão. Seu coração batia tão forte que ela o sentia retumbar na garganta, no crânio. A adrenalina a fazia resfolegar e emitir sons nauseantes conforme tentava respirar. Recostou-se contra a parede, apoiou a testa no antebraço.

— Você está bem — Mitchell falou, ela própria quase sem fôlego. — Tente se acalmar.

— O que foi aquilo? — Audra perguntou entre uma lufada e outra de ar.

— Você está em todos os noticiários — Mitchell contou. Abaixou-se, pegou o casaco de Abrahms e entregou para ele. — Não sabia?

Audra olhou para a porta, através do vidro, e o que viu era uma parede de homens e mulheres. Microfones e câmeras. Showalter com as mãos erguidas e gesticulando, tentando contê-los.

— Jesus — Audra exclamou.

— Deixe para se preocupar com eles depois — aconselhou Mitchell. — Vamos arrumar um lugar para você dormir.

Audra olhou em volta, viu-se no corredor do que no passado fora uma casa tradicional e grandiosa, com uma escada ampla e teto alto. Uma pequena mesa na recepção ao pé da escada, uma dúzia de ganchos vazios que no passado guardavam chaves. Cheiro de mofo por todo o espaço, cheiro de desuso, abandono, de portas fechadas.

Uma senhora esperava atrás da mesa, seus olhos acinzentados fincados em Audra.

Mitchell levou a mão à lombar de Audra, guiou-a pelo corredor, para mais perto da mesa.

— Audra, essa é a sra. Gerber. Ela muito gentilmente concordou em lhe ceder um quarto por algumas noites.

Ela estava prestes a agradecer, mas a sra. Gerber falou primeiro:

— Como mãe, eu gostaria de chutá-la para a rua. Mas, como cristã, não posso dar as costas para você. Já se passou quase um ano desde a última vez que aluguei um quarto, então não espere muita coisa. Tirei o pó da melhor forma que pude, troquei as roupas de cama e tudo o mais. Não teremos refeições, não quero dividir a mesa com você, então se vire para comer.

A sra. Gerber levou a mão ao bolso de seu cardigã e puxou uma longa chave de latão presa a uma corrente de couro, o número três quase ilegível. Audra estendeu a mão ainda trêmula, mas a mulher a ignorou, entregando a chave na mão de Mitchell, que agradeceu:

— Obrigada, senhora. Encontraremos o quarto.

Ela então pediu a Abrahms para esperar, guiou Audra pelas escadas até o segundo andar. Audra aguardou enquanto Mitchell destrancava e abria a porta e entrava no quarto. Era um aposento modesto, cama de casal, banheiro. A única janela tinha vista para um jardim e para a parte traseira de outro prédio, uma viela entre os dois.

Mitchell colocou a chave sobre a cômoda.

— Tranque a porta assim que eu sair. Volto mais tarde com alguma coisa para você comer e mais roupas e itens de higiene, está bem?

— Obrigada — Audra agradeceu. — Por tudo.

A expressão de Mitchell endureceu, como se a gratidão de Audra a ofendesse. A agente especial deu um passo para perto.

— Enquanto eu estiver fora, quero que pense muito bem no que vai me dizer. Seus filhos estão desaparecidos há pelo menos quarenta e oito horas. Espero que estejam vivos, mas, por tudo o que já vi nesta vida, eu duvido muito. E a minha experiência me diz que você sabe onde eles estão. Quando eu voltar, quero que me conte. Minha paciência com você está acabando, Audra. Só tem um jeito de consertar as coisas agora. Você sabe o que tem de fazer.

Mitchell foi ao canto do quarto, onde uma antiga TV de tubo descansava sobre a cômoda. Apertou um botão e a tela acendeu, mostrando a imagem distorcida e chuviscada. Passou os canais até encontrar um de notícias.

Audra viu seu próprio rosto e sentiu uma pontada no peito, o medo gelando-a.

— É melhor você assistir — aconselhou a agente especial, jogando o controle remoto na cama e andando a caminho da porta. — Talvez a ajude a pensar melhor.

22

— **A seguir** — anunciava a âncora —, novos detalhes perturbadores emergem no caso de Sean e Louise Kinney, as crianças desaparecidas em Silver Water, Arizona.

O outro âncora virou para a câmera:

— Acredite, você não pode perder os últimos desdobramentos da história que atraiu a atenção de toda a nação.

— Santo Deus! — exclamou Audra, levando as mãos às laterais da tela, como se as imagens fossem explodir na sua cara.

Uma barulheira, o logotipo do canal girando no espaço e, em seguida, o intervalo comercial. Um anúncio da indústria farmacêutica, de um antidepressivo. Uma mulher de cabelos grisalhos ganhando cores ao dizer como se sentia feliz por ter conversado com seu médico sobre aquele remédio. Depois veio a voz de um homem recitando uma longa lista de possíveis efeitos colaterais, incluindo pensamentos suicidas. Audra talvez tivesse dado risada se não estivesse segurando a respiração, à espera do próximo bloco de notícias.

Mais uma barulheira, mais uma vez o logotipo do canal girando e os apresentadores ressurgiram.

— Estamos de volta — anunciou a mulher. — Conforme prometemos antes do intervalo, novos detalhes perturbadores surgiram no caso do menino Sean, de dez anos, e da menina Louise Kinney, de seis. A mãe das crianças foi presa na noite de quarta-feira nos arredores de Silver Water, no Arizona, por posse de droga. A mulher de trinta e cinco anos havia deixado o Brooklyn, Nova York, quatro dias antes com os filhos no banco de trás do carro. Quando o xerife do condado de Elder parou o veículo por uma infração de trânsito, não encontrou as crianças. Em uma reviravolta surpreendente um pouco mais cedo, a acusação por posse de drogas foi recusada pela juíza Henrietta Miller, que afirmou que a busca no carro foi ilegal. Rhonda Carlisle, nossa repórter em Silver Water, tem mais informações.

Corta para uma bela moça negra na rua principal da cidade, mais pessoal de imprensa andando ao fundo.

— Sim, Susan, cenas dramáticas aqui em Silver Water hoje, quando a juíza Miller apontou que o xerife Ronald Whiteside não obteve consentimento para fazer buscas no furgão que Audra Kinney dirigia e, portanto, a prova física colhida na cena foi considerada inadmissível. Miller não teve escolha senão anular o caso, deixando a sra. Kinney livre. Mas não muito.

Corta para Audra inclinada diante da juíza, que, na cena, segura sua mão. Depois Audra sendo levada pela rua, um casaco sobre a cabeça, ladeada por Mitchell e Showalter. A repórter falava enquanto as imagens passavam.

— Um detetive do Departamento de Segurança Pública, Divisão de Investigações Criminais do Arizona, obteve uma ordem da Vara da Família de Phoenix, forçando Audra Kinney a permanecer dentro dos limites de Silver Water enquanto as investigações sobre o desaparecimento de seus filhos continuam.

Audra tropeçando nos degraus da hospedaria, Mitchell ajudando-a a levantar.

— Kinney está acomodada em uma hospedaria da cidade, sob o regime de prisão domiciliar. O FBI e a polícia do estado estão concentrando as buscas pelas crianças na rota seguida por Kinney de leste a oeste do Arizona, usando dados de GPS do celular dela. Eles já sabem que Kinney chegou ao estado pela fronteira com o Novo México cerca de vinte e quatro horas antes de ser parada pelo xerife do condado de Elder, e testemunhas em uma lanchonete na beira da estrada afirmaram ter visto as crianças durante a manhã, então as autoridades sabem que, o que quer que tenha acontecido com Sean e Louise, aconteceu no Arizona.

Corta para o estúdio, agora a tela dividida ao meio: de um lado o âncora, do outro a repórter.

— Rhonda, entendemos que novos detalhes perturbadores surgiram envolvendo Audra Kinney, a mãe das crianças desaparecidas.

De volta a Silver Water.

— Exatamente, Derek. Conforme falamos anteriormente, Audra Kinney se separou de seu abastado marido dezoito meses atrás e levou os filhos do Upper West Side para o apartamento de um quarto no Brooklyn. A avó das crianças conversou com os repórteres em frente ao seu prédio, perto do Central Park, mais cedo. Ela revelou um perfil perturbador de Audra Kinney, uma mulher com um histórico de problemas de saúde mental e vícios.

Rhonda Carlisle desviou o olhar da câmera, mantendo uma expressão séria, de preocupação, no rosto.

— Ah, não — Audra falou.

Ali, na tela, apareceu Margaret Kinney, cabelos tingidos, rosto ossudo e pálido. Estava na calçada em frente ao seu prédio, o porteiro esperando para acompanhá-la para dentro do edifício. Padre Malloy ao seu lado, com uma expressão de devotada solidariedade.

— Eu lamento o dia em que meu filho conheceu aquela mulher — dizia Margaret. — Ela fez meu filho passar por um verdadeiro inferno ao longo dos últimos anos com álcool e remédios de uso controlado. Vinho e vodca, em especial, e todo tipo de antidepressivos e sedativos que ela convencesse os médicos a prescrever. Aquela mulher mal conhecia os filhos, fui eu quem passou a maior parte do tempo criando-os. Eu e a babá.

— Mentirosa — Audra exclamou. — Mentirosa do inferno.

— Antes de ela e meu filho se separarem, as coisas foram ficando cada vez piores, e Audra mal conseguia sair da cama. Depois teve uma overdose e foi parar no hospital. Meu filho, por amor, fez o melhor para ajudá-la a se reerguer, mas aí ela resolveu se mudar e levar meus netos. Faz dezoito meses que ele tenta obter a guarda, porque as crianças não estão seguras com ela. O conselho tutelar concordou, chegou a procurá-la para ordenar que entregasse as crianças ao pai, mas aí ela fugiu. E agora isso. Perdão?

Um nó em seu cenho enquanto ela inclinava a cabeça para ouvir uma pergunta.

— Sim — respondeu. — Sim, estou muito preocupada.

Seus olhos ficaram marejados. Padre Malloy levou a mão ao ombro dela.

— Estamos tentando permanecer otimistas, eu passo o dia todo em oração, mas temo que o pior tenha acontecido com as crianças.

Margaret inclinou outra vez a cabeça, secou uma lágrima.

— O que eu diria a ela? Para nos contar o que fez com elas.

Margaret olhou para a câmera, sua determinação desaparecendo. Padre Malloy parecia mantê-la em pé em meio à angústia.

— Audra, seja lá o que tenha feito com os meus netos, onde quer que eles estejam, por favor conte para nós. Não nos torture assim. Não suporto mais. Patrick está arrasado. Estamos todos sofrendo muito. Faça a única coisa decente que lhe resta agora: conte a verdade.

Margaret desapareceu da tela. Rhonda Carlisle e a rua principal de Silver Water tomaram o seu lugar.

— Palavras fortes de Margaret Kinney, a avó das crianças desaparecidas. Voltamos ao estúdio.

Os âncoras reapareceram, agradeceram a repórter.

— E Whiteside? — Audra reclamou com a TV. — E Collins?

Estapeou a tela com a palma da mão, fazendo a imagem rolar para o lado e depois voltar.

A âncora adotou uma expressão muito séria.

— É claro que manteremos nossos telespectadores informados conforme o desenrolar do caso, mas já estamos nos aproximando de quarenta e oito horas desde que as crianças desapareceram. — Virou-se para seu colega. — Derek, a essa altura as autoridades já devem estar temendo o pior.

Ele assentiu gravemente.

— Acho que todos nós estamos.

Audra estapeou outra vez a tela.

— Eles estão vivos, seus filhos da puta!

Derek olhou outra vez para a câmera.

— Fique conosco na próxima hora, pois vamos desvendar quem é Audra Kinney. Da jovem atraente e sedutora que se casou com o herdeiro de uma das famílias da elite nova-iorquina à mãe supostamente viciada e suspeita de cometer o pior dos crimes. Saiba mais depois do intervalo.

Audra socou o botão com o punho fechado, esfolando os dedos.

— Malditos — exclamou.

Sentiu irromper uma raiva quente e brilhante. Os jornalistas haviam basicamente dito que ela matara os filhos e descartara os corpos em algum lugar do deserto. Em momento algum citaram o que ela disse a Mitchell. Ninguém, em momento algum, questionou a versão de Whiteside. A raiva se transformou em um medo gelado quando ela se deu conta do que o país inteiro devia estar pensando. Que ela era um monstro. Audra nunca tinha ligado muito para redes sociais, Facebook, Twitter, essa coisa toda, mas podia imaginar o que estariam falando lá. Que a estariam queimando viva.

Foi a um canto do quarto, sentou-se ali, cabeça nas mãos. Envolveu o crânio com os dedos, tentando se controlar. O peso esmagador de tudo aquilo pressionando seus ombros, serpenteando em seu peito.

— Mantenha o controle — disse a si mesma. — Eles querem que você exploda.

De onde estava, ela conseguia ver o pátio lá embaixo, a cerca surrada um pouco adiante. E, do outro lado, parado sobre um local elevado, um rapaz com uma câmera apontada diretamente para ela.

— Jesus — Audra exclamou.

Foi à janela e fechou a persiana.

Deixou-se cair na cama, puxou os joelhos na altura do peito, agarrou-os com os braços.

Deitada na semiescuridão, lembrou-se de um quarto de hospital longe dali. Um quarto onde havia acordado com um ranger atrás dos olhos. Confusão e medo. O médico explicando que ela havia sofrido uma over-dose. A babá a encontrou no chão do quarto, ele contou, seminua, quase inconsciente. Audra provavelmente teria morrido se a mulher não a tivesse encontrado. Os paramédicos haviam feito lavagem estomacal e lhe dado uma injeção de adrenalina.

Patrick a visitou tarde naquela noite, ficou apenas alguns poucos minutos.

— Como você pôde ser tão idiota? — perguntou.

Outra visitante chegou no dia seguinte. Usava um vestido cinza liso e um crucifixo no pescoço. Seu nome era irmã Hannah Cicero e ela pergun-tou por que Audra havia tomado tantos remédios e por que os tomara com vodca pura. Audra falou que não lembrava.

— Provocou a overdose de propósito? — irmã Hannah indagou. — Ten-tou se matar?

— Não lembro — Audra respondeu.

E aí se perguntou: Teria feito isso? Teria finalmente chegado a um ponto em que morrer parecia uma escolha melhor que viver? Ela sabia que os úl-timos meses haviam sido sombrios, tinha certeza de que o mundo não seria pior sem sua presença.

— Gostaria de rezar? — a freira perguntou.

— Não sou religiosa — Audra respondeu.

— Tudo bem — irmã Hannah concordou. — Além de freira, também tenho qualificação como terapeuta. A freira e a terapeuta nem sempre se misturam.

— Terapeuta — Audra ecoou ao lembrar da conversa que teve com Patrick no segundo aniversário de Sean.

Sean agora tinha oito anos e meio, Louise logo completaria quatro. Por insistência de Patrick, Audra deixou de beber assim que o teste de gravidez deu positivo e eles descobriram que realmente havia outro bebê dentro dela. O médico concordou que ela continuasse tomando os remédios, mas em dose reduzida. Quando Louise nasceu, Margaret se intrometeu e assumiu outra vez o controle. Dessa vez, Audra nem sequer tentou amamentar. Aliás, ela simplesmente não lembrava de nenhuma ocasião em que alimentara Louise. Três dias depois de o bebê nascer, Patrick deu a Audra uma garrafa de vinho, então a derrocada recomeçou.

— Sente vontade de conversar? — irmã Hannah perguntou.

Audra não falou nada. Virou-se de lado, de costas para a mulher.

— Prefere que eu saia?

Audra abriu a boca para dizer que sim, mas a palavra não saiu. Um silêncio opressor pairou no quarto e a aterrorizou tanto que ela achou melhor tentar falar alguma coisa.

— Eu não conheço meus filhos.

— Sabe o nome deles?

— Sean e Louise.

— Viu? Já é alguma coisa. Quantos anos eles têm?

— Oito e três. Bom, talvez quase quatro. Não sei direito.

— Mais uma coisa. Tente uma terceira.

Audra pensou por um instante.

— Louise tem um coelho rosa. E o chama de Gogo.

— O que você sente no coração quando pensa nos seus filhos?

Audra fechou os olhos, concentrou-se na dor em seu peito.

— Sinto saudade deles. Sinto que os decepcionei. Que não os mereço.

— Ninguém merece os filhos — irmã Hannah falou. — Eles não são um prêmio que você conquista por ser boazinha. Pelo que entendi, foi a babá das crianças quem encontrou você inconsciente. Quem a contratou?

— Meu marido — Audra respondeu. — Ele disse que eu não tinha condições de cuidar do meu filho. Desde então ela está na nossa casa. Vejo meus filhos à mesa do jantar e eles me dão um beijo de boa-noite. Vejo-os no café da manhã e eles me dão um beijo de bom-dia. Meus filhos me chamam de mãe. Chamam Patrick de pai. Nada de mamãe ou papai. Isso não é certo, é? Era para eu ser a mamãe deles.

— Era para ser. Então imagino que a pergunta seja: Por que não é?

— Como eu disse, eu não mereço os meus filhos.

— Bobagem — rebateu irmã Hannah. — Se voltar a dizer isso, vou te dar uma bronca. O Patrick bebe?

— Não — Audra respondeu. — Não do jeito que eu bebo.

— E drogas, antidepressivos, outras substâncias? Ele também usa?

— Não. Nunca.

— O que ele diz sobre você beber?

A boca de Audra secou. Ela imaginou a frieza doce do vinho em sua língua. A sensação na garganta.

— Ele fica longe de mim quando estou bêbada — contou. — E de manhã, quando acordo de ressaca, ele fala que eu sou uma merda. Depois que volta do trabalho, traz mais bebida para mim. Vinho, quase sempre, mas vez ou outra vodca.

Irmã Hannah ficou em silêncio por um momento, depois perguntou:

— Ele também leva os remédios para você?

— Sim — Audra respondeu. — O que eu não entendo é: Por quê? Por que ele fica comigo? Que bem eu faço a ele? Se não sou boa esposa nem mãe, para que eu sirvo?

Mais um momento de silêncio. Audra podia sentir o olhar de irmã Hannah em suas costas.

— Me conte uma coisa: Você tem amigos?

— Não. Não mais.

— Mas tinha.

— Antes de nos casarmos. Só que o Patrick não gostava deles.

— Então você e seus amigos acabaram se distanciando — apontou irmã Hannah.

— Sim.

— Você e o Patrick saem juntos? Vão ver coisas em lojas, fazer uma caminhada, vão a algum lugar?

— Não — Audra respondeu.

— Ele alguma vez a agrediu?

Audra afundou no travesseiro, murchou debaixo dos lençóis.

— Às vezes. Não é sempre.

Sentiu a mão de irmã Hannah em seu ombro.

— Audra, ouça com muita atenção o que vou dizer. Você não é a primeira mulher a passar por isso. E Deus sabe que não será a última. Já vi abusos de todo tipo. Acredite, violência física não é o único. Seu marido é um facilitador. Ele te mantém bêbada e drogada para você ficar quieta, para ser mais fácil de manipulá-la. Ele não te ama, mas, por algum motivo, não consegue deixar que você saia da relação. Você precisa entender que esse homem está te mantendo como uma prisioneira. O álcool e os medicamentos mantêm você presa.

— O que eu posso fazer? — Audra perguntou. — Como faço para sair disso?

— Saia. Simplesmente vá embora. Quando receber alta do hospital, não volte para casa. Posso arrumar um lugar para você em um abrigo, onde estará segura. O Patrick não será capaz de tocá-la enquanto você estiver lá.

— Mas os meus filhos...

— Você só vai conseguir ajudá-los depois de se ajudar. Precisa melhorar, depois poderá se preocupar com eles.

— Agora eu quero dormir — Audra falou, afundando-se na cama.

E dormiu antes mesmo de a freira sair do quarto.

23

Danny deu uma mordida no sanduíche. Nada mal. Bacon de qualidade, o peito de peru não estava seco demais. Retirou as fatias de tomate do meio do pão torrado e as deixou no prato. Não gostava de tomate.

A garçonete veio à mesa dele, próxima à janela, para servir outro café. O sabor também estava ótimo. Contudo, o serviço era lento. Ele imaginava que a casa não servia tantas refeições assim havia anos.

— Obrigado. — Limpou a boca com um guardanapo. — Me diga, o que está rolando aqui?

A garçonete — seu crachá dizia "Shelley" — deu risada, mas logo o sorriso desapareceu de seu rosto.

— Você não ficou sabendo?

Danny olhou na direção da rua, para os repórteres andando de um lado a outro como zumbis em busca do cheiro de carne.

— Sabendo de quê?

— Desculpa, eu imaginei que... — Ela apontou para o rosto dele. — Quer dizer, como você não é daqui, imaginei que fosse um repórter. Como aqueles ali.

Danny sorriu e respondeu:

— Não, eu só estou de passagem. A atendente de uma loja na beira da estrada me falou que vocês serviam um café gostoso. E ela estava certa. Mas enfim, o que está rolando por aqui?

— Ah, meu Deus — Shelley exclamou, deslizando na cadeira à frente dele, o bule de café na mão. — É horrível, nunca vi nada assim na vida. Quer dizer, neste buraco que chamam de cidade, no que sobrou dela, a maior notícia que temos é quando alguém peida em público.

Danny quase engasgou com uma risada.

Shelley baixou a voz, apontou o dedão para o balcão.

— Uns dias atrás, o xerife Whiteside pediu para uma mulher parar o carro na estrada.

Danny olhou do outro lado do salão, viu o xerife. Um homem grande, de ombros e cintura largos. Sentado em um banco como se aquilo fosse um trono e ele o rei daquela terra.

— Ele encontrou drogas no carro — Shelley prosseguiu em um sussurro alto. — No noticiário falam em maconha, o suficiente para enquadrá-la como traficante, mas ouvi dizer que tinha mais coisa ali. Tipo cocaína, metanfetamina e coisas do tipo. Então ele levou a mulher. No fim, descobriu que ela tinha deixado Nova York dois ou três dias antes com os filhos, mas eles não estavam no carro quando Ronnie, o xerife, a parou. A mulher tem um baita histórico de problemas mentais e tudo o mais, e eles concluíram que ela fez alguma coisa com as crianças, talvez lá no meio do deserto.

— Santo Deus — Danny exclamou. — O que eles acham que aconteceu?

— Só Deus sabe — Shelley respondeu, balançando a cabeça. — Mas colocaram a polícia do estado e o FBI para investigar. Não gosto nem de pensar no que ela fez com aquelas pobres crianças. Rezo para que estejam vivas em algum canto por aí, mas, no meu coração, acredito que não. Não mesmo.

— Você acha que ela machucou as crianças?

— Ah, ela matou os filhos — Shelley afirmou. — Certo como o ar que respiramos, ela tirou a vida daqueles dois. Se pelo menos falasse o que fez com os corpos, aí todos nós saberíamos. Como está o sanduíche?

— Ótimo — Danny respondeu.

— Você tem sorte por termos o que servir hoje. O Harvey, meu chefe, teve que ir de carro até Phoenix ontem à noite para comprar suprimentos. Não vemos tanta agitação assim desde que a mina de cobre fechou. Ontem à noite chegou a um ponto em que eu não consegui servir nem uma xícara de café.

Ela estendeu o braço e deu tapinhas na mão de Danny.

— Bom, aproveite a refeição. Foi um prazer conversar com você.

— O prazer foi meu, Shelley — ele respondeu, oferecendo a ela o mais luminoso sorriso.

A mulher retribuiu o gesto com sinceridade e se afastou.

Antes que Danny pudesse dar mais uma mordida no sanduíche, uma sombra pousou sobre a mesa. Ele ergueu o rosto. Whiteside olhou para baixo.

— Tudo bem? — o xerife foi logo perguntando.

— Tudo ótimo — Danny replicou. — E o senhor?

— Ah, bem, considerando a situação. Não tive como não ouvir a sua conversa com a Shelley.

— Ela é uma moça gentil — Danny comentou.

— É, sim, e está correndo de um lado para o outro, sem parar, desde ontem. Deixe uma boa gorjeta para ela, está bem?

— Pode ficar tranquilo.

— Enfim, como eu ia dizendo, não tive como não ouvir a conversa de vocês dois. Então você não é de nenhuma equipe de jornalistas?

— Não, senhor — respondeu Danny.

— Veja bem, isso me parece um bocado estranho.

— É mesmo?

— É — Whiteside confirmou. — Posso me sentar?

Danny apontou para o banco à sua frente e concordou:

— Por favor.

Whiteside deslizou no banco ao lado dele, os ombros se tocaram.

— Como eu disse, me parece muito estranho. Quer dizer, você claramente não é daqui da região.

Danny manteve a voz baixa e estável.

— Por que pensa isso?

— Bem, vou ser muito direto, afinal não suporto essa bobagem toda de politicamente correto. Entenda, Silver Water é tão branca quanto uma cidade pode ser. Desde que a mina fechou, não temos sequer um hispânico nas fronteiras da cidade. Algumas famílias de mórmons vivem aqui, é verdade, mas são o máximo que temos de diversidade.

— Entendi — Danny falou.

— Entendeu? Entende aonde quero chegar? Então, se você não é parte da imprensa, o que está fazendo aqui?

— Só de passagem — foi a resposta. — Ouvi dizer que o café era bom.

— Verdade, o café é bom, mas isso não responde a minha pergunta. Veja, Silver Water é uma espécie de cidadezinha isolada. Não estamos tentando crescer nem nada do tipo. Se você não tem um negócio aqui, não faz sentido passar por aqui. Especialmente um homem como você.

Danny sorriu.

— Como eu?

— Você sabe do que estou falando.

— Não, não sei.

Whiteside coçou o queixo.

— Ásio-americano. É assim que vocês gostam de ser chamados hoje em dia?

— Pode ser chinês mesmo — Danny retrucou.

— Chinês, japonês, coreano, mongol, estou pouco me fodendo. — Whiteside se inclinou mais para perto. — O que eu quero deixar claro é que você não parece estar só de passagem por uma cidade pela qual ninguém nunca passa. E ainda vem me dizer que está de passagem hoje, justamente hoje, com tudo o que está acontecendo. Vai querer alegar que é pura coincidência?

Danny olhou firmemente nos olhos de Whiteside.

— Não sei de que outra forma definir.

— Tudo bem, então é coincidência. Sem problemas. Mas, se ficar aqui muito tempo além do necessário para terminar de comer esse sanduíche, vou me sentir menos inclinado a ver as coisas desse jeito. Estamos entendidos?

— Não sei bem — Danny respondeu. — Deixe eu ver se compreendi. Você está me dizendo que, depois que eu terminar de comer meu sanduíche e tomar meu café, tenho que deixar a cidade? Porque não pareço pertencer a este lugar? É isso?

Whiteside assentiu.

— Basicamente isso, sim.

— Porque eu não sou branco.

Whiteside não respondeu, mas seu olhar se tornou mais duro.

— Em primeiro lugar, você não tem poder nenhum para me mandar sair da cidade — Danny falou. — Em segundo, acho que parte daquele pessoal da imprensa acharia muito interessante você ter acabado de me expulsar por causa da cor da minha pele.

Whiteside o encarou, petrificado. Então disse:

— Bem, eu já falei o que tinha para falar. — E foi deslizando para fora do banco. — Espero não voltar a ver você por aqui depois que terminar. Deixemos a situação assim.

De pé, o xerife puxou o chapéu que estava sobre a mesa. Enquanto Whiteside se afastava, Danny disse:

— Eu sei o que você fez.

Whiteside parou e deu meia-volta.

— Como é que é?

— Você me ouviu.

O xerife usou seus dedos roliços para segurar o braço de Danny.

— Acho que você e eu devíamos ir ali fora para ter uma conversinha.

Danny sorriu para ele.

— Não. Acho que prefiro ficar por aqui mesmo e terminar o meu almoço.

— Não me provoque, rapaz. — Whiteside se curvou e baixou a voz. — Se me atacar, eu revido. É melhor não duvidar. Agora venha comigo.

— Olhe à nossa volta — Danny sugeriu. — Este lugar está cheio de repórteres. Quantas câmeras consegue contar? E olhe lá na rua. O que acha que pode fazer na frente de todas essas pessoas? Agora tire a porra dessa mão de mim.

Os músculos no maxilar de Whiteside se repuxaram. Ele apertou a pegada no braço de Danny, depois soltou.

— Vou ficar de olho em você — ameaçou. Endireitou-se, colocou o chapéu e falou alto o suficiente para o restaurante inteiro ouvir: — Agora aproveite o restante do seu almoço. E, como eu disse, deixe uma boa gorjeta. A pobre Shelley está trabalhando sem parar.

Do outro lado do balcão, Shelley abriu um sorriso para Whiteside, que levou o indicador à aba do chapéu antes de cruzar pela porta e sair do restaurante. Manteve o olhar fixo em Danny ao passar pela janela, seguindo na direção da delegacia.

Danny levou o tempo necessário para terminar o sanduíche. Aproveitou cada mordida. Observou a hospedaria do outro lado da rua enquanto comia, se perguntando como estaria Audra Kinney, o que ela estaria fazendo ali. Enlouquecendo, ele imaginou. Perguntou-se se ela teria comido alguma coisa.

Afastou o prato, terminou a xícara de café. Bem nesse momento, Shelley apareceu uma vez mais ao seu lado.

— Quer ver o cardápio de sobremesas? — ela perguntou.

— Não, obrigado — ele respondeu, já pegando a carteira. — Pode fechar a minha conta.

— Claro — ela falou, já virando as costas. — Vou pegar.

— Espere — Danny pediu. — Vocês fazem pratos para viagem?

24

Audra teve a oportunidade de conhecer seus filhos nas semanas depois que saiu do hospital. Naqueles primeiros dias em casa, dormiu muito, horas de escuridão pontuadas por gritos e pesadelos. No terceiro dia, já tinha perdido as contas do número de vezes que acordara sem ar, com os lençóis enrolados em volta do corpo. Não comia quase nada. Na quarta manhã, enquanto Sean estava na escola e Louise cochilando, Jacinta bateu à porta do quarto.

— Entre — Audra falou, piscando para afastar o sono.

Jacinta entrou trazendo uma bandeja de torradas com manteiga, um chocolate, uma maçã e duas xícaras enormes de café. Sem dizer nada, colocou a bandeja na cama e uma das xícaras na mão de Audra. Pegou a outra e sentou-se na cadeira perto da janela.

— Como está se sentindo? — perguntou.

— Como se tivesse a pior ressaca da história das ressacas — Audra respondeu, levando a palma da mão à testa.

— Eu ouvi os seus gritos — comentou Jacinta. — O sr. Kinney não me deixaria ajudá-la, por isso eu vinha quando ele saía para trabalhar.

— Você veio? Eu não lembro de nada.

— Já vi situações assim antes. — Jacinta baixou a cabeça. — Meu pai era alcoólatra. Passou por momentos piores que os seus quando tentou largar o vício. Alucinações. Ele dizia que o demônio o procurava. Que via galinhas correndo e o demônio as pegando e destroncando o pescoço delas. Se tudo o que a senhora tem são pesadelos, então a situação não é tão ruim assim. Já se passou uma semana desde a overdose. Acho que o pior ficou para trás.

— No hospital, eles me contaram que foi você quem me encontrou. Você salvou a minha vida.

Jacinta deu de ombros.

— Eu só chamei a ambulância.

— Mesmo assim, obrigada.

— A senhora devia comer alguma coisa.

Audra negou com a cabeça.

— Não sinto fome.

— Devia comer mesmo assim. Vai se sentir melhor. Pelo menos o chocolate.

Audra estendeu a mão para pegar a barrinha de chocolate e abriu o embrulho. Sentiu a mistura de chocolate e caramelo se espalhando na língua e, santo Deus, como era bom. O restante da barra desapareceu em menos de um minuto.

Jacinta sorriu e disse:

— Não falei?

Audra tomou um gole do café suculento e quentinho, sentiu o líquido descer pela garganta e chegar ao estômago, aquecendo-a de dentro para fora. Jacinta apontou para a mesa de cabeceira, notando o frasco de comprimidos parcialmente vazio.

— Voltou a tomá-los? — perguntou.

— Meu marido trouxe para mim — respondeu Audra, evitando a pergunta.

— Não acho que deva tomar. — Jacinta baixou o olhar. — Se não se importa de ouvir a minha opinião.

Havia uma garrafa de vinho vazia ao lado dos comprimidos e uma taça pela metade à esquerda. Jacinta deslizou o olhar da garrafa para a taça, sua expressão nublada.

— O que foi? — Audra perguntou.

— Alguém ligou ontem — Jacinta contou. — A senhora estava dormindo, o sr. Kinney estava no trabalho. Era uma mulher do hospital.

— Irmã Hannah — Audra supôs.

— A própria.

— O que ela queria?

— Perguntou como a senhora estava. Se estava tomando os remédios, bebendo alguma coisa.

— E o que você disse?

— Eu falei que não sabia de nada.

— Não — Audra falou.

— Não o quê?

— Não estou tomando os comprimidos. Também não tenho bebido.

Jacinta apontou para os itens na mesa de cabeceira.

— Mas...

— Estou jogando descarga abaixo — Audra revelou. — Não conte ao sr. Kinney.

Jacinta sorriu ao dizer:

— Não vou contar. E fico feliz. Ele não devia dar essas coisas à senhora.

— Ele é um facilitador — Audra disse. — Um abusador. Usa essas coisas para me controlar. Mas não mais, agora acabou.

— Posso falar uma coisa?

Audra assentiu. Seu estômago roncou e ela pegou uma fatia de torrada da bandeja, saboreou a manteiga salgada.

— Eu não gosto do sr. Kinney. Eu devia ter deixado este emprego há muito tempo, mas eu amo os seus filhos. De verdade. Do jeito que a senhora estava e com o sr. Kinney o tempo todo fora, eu não poderia ir embora. As crianças não teriam com quem ficar se eu fosse.

Audra engoliu a torrada.

— Obrigada. Não vou mais ser como eu era.

— Que bom — Jacinta elogiou, o rosto iluminado. — A Louise logo vai acordar. Quer vê-la?

— Eu gostaria, sim.

— Aliás, tenho que buscar o Sean no colégio daqui a mais ou menos meia hora. Eu costumo levar a Louise comigo, mas talvez ela pudesse ficar aqui com a senhora?

— Tudo bem — Audra concordou.

Então ela se sentou no chão da sala de estar, ainda de camisola, brincando com uma menininha que mal conhecia. Louise protestou um pouquinho quando Audra, e não Jacinta, a levantou da cama, mas logo se acostumou. Agora a garotinha pegava brinquedos de um enorme cesto no canto, um de cada vez, e os levava à sua mãe, falando seus nomes, mostrando como brincar com cada um.

Gogo era seu preferido, à época praticamente novo, ainda com os dois olhos.

Louise estava sentada no colo de Audra, com um livro de histórias aberto à sua frente, quando, quarenta e cinco minutos depois, a porta da sala de estar se abriu.

Sean permaneceu na passagem da porta, mochila escolar na mão, encarando-a com olhos frios e cautelosos.

— Olá — Audra cumprimentou.

Jacinta cutucou o ombro do garoto.

— Vá falar oi para a sua mãe.

Sean entrou na sala, deixou a mochila no chão, ao lado do cesto de brinquedos. Tirou o casaco, soltou-o ao lado da mochila.

— Sean — Jacinta o chamou da passagem da porta. — Não podemos deixar nossas coisas no chão, podemos?

— Não — ele respondeu.

— Tudo bem. Só por hoje, traga-as para mim e eu as guardarei.

Sean pegou a mochila e o casaco e entregou a Jacinta. Ela fechou a porta, e o menino baixou a cabeça, mirando o piso de madeira. Alguns momentos se passaram antes de ele se virar de novo para Audra.

— Foi tudo bem no colégio hoje? — ela quis saber.

Sean deu de ombros e continuou observando-a.

— Quer vir se sentar comigo e ouvir uma história?

— Essas histórias são para bebês — ele retrucou.

— Que tipo de história você gosta?

— Quadrinhos — respondeu. — Super-heróis.

— Quer me mostrar alguns?

Sean foi ao aparador, abriu uma das portas e puxou uma caixa de plástico. De dentro da caixa, tirou meia dúzia de revistas em quadrinhos e as espalhou no chão.

— X-Men — falou, apontando. — Este é o Wolverine, e este o Professor X. E essas duas são do *Star Wars*, eles fazem revistas além dos filmes. E esta aqui, esta é a minha favorita.

— Homem-Aranha — Audra falou.

— Você conhece?

— Claro que sim. Eu lia essas histórias quando era pequena. Roubava as revistas do meu irmão. Ele ficava bravo quando não as encontrava, mas nunca imaginou que estivessem debaixo da minha cama.

Sean sorriu e eles ficaram ali, no chão da sala, por três horas. Depois Jacinta voltou e falou que Patrick logo chegaria em casa. Audra beijou os filhos e voltou para a cama.

As coisas seguiram assim por seis meses. Patrick trazia garrafa após garrafa de álcool, frasco após frasco de remédios, e todos os dias Audra jogava um pouco fora. Antes do jantar, ela enxaguava a boca com vodca ou vinho, só o suficiente para ficar com o hálito. Todas as noites, o cozinheiro servia a refeição e eles comiam em silêncio. Por algum motivo, Sean sentia que era melhor não falar nada ao pai sobre o tempo que passava com a mãe; Louise simplesmente nunca tocava no assunto.

Até uma noite de setembro.

Naquela noite, Louise — agora com quatro anos e meio — perguntou:

— Podemos tomar sorvete?

Patrick nem sequer desviou a atenção do artigo que estava lendo no celular, a manga da camisa enrolada, a gravata solta.

— Não — respondeu. — Nem pensar em sorvete nas noites de semana. Você pode comer uma fruta.

Louise virou para a outra ponta da mesa.

— Mamãe, podemos tomar sorvete?

Audra quase respondeu prontamente, seus pensamentos já estavam bem mais ágeis. Mas se corrigiu, piscou, deixou as pálpebras baixarem.

— Peça ao seu pai — falou.

Tarde demais. Patrick tinha percebido. Não parou de encará-la enquanto dizia a Louise:

— Você não precisa pedir à sua mãe. Já me pediu e eu já disse não.

Audra pegou a taça de vinho sobre a mesa, levou à boca e deixou-a bater nos dentes antes de tomar um pequeno gole. Baixou a taça com força demais, deixou o líquido espirrar.

— Ouça o que seu pai diz — falou, prolongando as sibilantes.

— Está tudo bem, querida? — ele perguntou.

— Nunca estive melhor — respondeu Audra, forçando o tom de ironia em suas palavras. — Vou para a cama.

Ela se levantou e deixou a mesa sem olhar para trás. Na cama, com as cobertas puxadas até o queixo, ouviu a voz de seus filhos enquanto Jacinta os ajudava a escovar os dentes e lia histórias para eles. Tudo ficou em silêncio por um tempo, talvez Audra tivesse dormido, ela não sabia ao certo, mas em seguida percebeu Patrick parado próximo à mesa de cabeceira. Sentiu-o encarando suas costas.

Audra ouviu quando ele ergueu a garrafa, balançando o restante da vodca ali dentro. Depois, o frasco de antidepressivos, os comprimidos se chocando enquanto ele os examinava. E então silêncio, e Patrick permanecia ali, observando. Ela manteve a respiração profunda e constante, esperando que ele saísse.

Por fim, Patrick falou:

— Sei que está acordada.

Audra permaneceu parada, inspirando, expirando, inspirando, expirando.

— Só imagine as coisas que eu poderia fazer com você — ele prosseguiu com uma calma terrível na voz. — Eu poderia abrir aquela janela e jogá-la para fora. Acha que alguém não pensaria se tratar de suicídio? Ou você poderia abrir o cofre no armário, encontrar o revólver que tem ali e estourar os miolos. Ou talvez encher a banheira e cortar os pulsos.

Ele se apoiou na cama, seu peso forçando Audra a olhar direto em sua direção, agora sem fingimentos. E prosseguiu:

— O que quero deixar claro é o seguinte: você é uma viciada, uma alcoólatra, vive à base de remédios. Todo mundo sabe. Alguém vai duvidar que você se matou? Bem, amanhã vou pedir ao dr. Steinberger uma nova receita para você. Depois disso, vou parar na loja de bebidas. Depois, vamos fazer as coisas voltarem ao normal por aqui.

Patrick se levantou e saiu do quarto.

Na manhã seguinte, depois que Patrick saiu para o trabalho, Audra pediu a Jacinta para tirar o uniforme escolar de Sean e vesti-lo com roupas casuais enquanto ela dava um telefonema. Irmã Hannah atendeu, deu a Audra o endereço de um abrigo no Queens, disse que a esperaria e também as crianças.

Jacinta os ajudou a descer as escadas com tudo o que podiam levar. Na calçada, quase às lágrimas, abraçou as crianças. Enquanto o taxista colocava as coisas no porta-malas, Audra deu um abraço em Jacinta.

— Tome cuidado — pediu. — Ele vai ficar furioso.

— Eu sei — foi a resposta de Jacinta. — Vou tomar cuidado, pode deixar.

Sean e Louise acenaram para ela pela janela traseira do carro. Louise chorou, sabia que nunca mais voltaria a ver Jacinta. Agarrou Gogo bem apertado enquanto Audra secava as lágrimas em suas bochechas. Enquanto os três se abraçavam no banco traseiro do carro, ela sentiu um misto de terror e alegria pelo que estava por vir.

Dezoito meses antes, dois anos depois de abandonar o álcool e os remédios, Audra jurou que nunca mais voltaria a se separar de seus filhos. Pouco importava se Patrick iria atrás dela com tudo o que ele tinha, com a mãe dele o incitando. Ela agarraria os filhos com todas as suas forças.

E mesmo assim eles haviam sido arrancados dela.

Audra tomou um banho demorado; a água da hospedaria era quente e forte. Aumentou a temperatura o máximo que pôde aguentar e esfregou sua pele rosada. A sujeira parecia grudada em cada centímetro, mesmo depois de trinta minutos ela ainda se sentia suja.

Mas sua mente estava limpa. Por mais fatigada que estivesse, Audra começava a colocar as peças das últimas quarenta e oito horas em ordem. Por alguns momentos, questionou sua própria sanidade outra vez. E se eles estivessem certos? E se ela tivesse feito alguma coisa horrível e não conseguisse admitir nem para si mesma? E aí se lembrou do rosto de Sean quando ele pediu ao xerife Whiteside que não a ferisse. Sean, seu homenzinho, defendendo-a. Esse pensamento quase a fez sorrir, mas logo ela se lembrou das lágrimas e soluços aterrorizados de Louise no banco traseiro do carro.

O tempo desde então havia se comprimido de modo que dois dias parecessem duas horas. Mas seus filhos estavam em algum lugar por aí esse tempo todo. Aterrorizados, perguntando-se por que ela não tinha ido buscá-los ainda.

Não, Audra sabia que a agente especial Mitchell estava errada. Ela não tinha feito mal aos próprios filhos. E Mitchell também estava errada com relação a outra coisa: Sean e Louise estavam vivos. Audra sentia em seus ossos. Não era nenhuma bobagem intuitiva de mãe; toda a lógica apontava nesse sentido. Whiteside e Collins não teriam levado seus filhos para simplesmente matá-los. Havia alguma coisa esperando-os; as crianças tinham algum valor. E só teriam valor se estivessem vivas.

Quem pagaria para levar seus filhos? Só uma resposta fazia algum sentido. Ela imaginou o marido entregando um chumaço do dinheiro da mãe, colocando o envelope na mão de Whiteside.

Uma ideia aterrorizante, é verdade, mas pelo menos significava que Sean e Louise estavam vivos. E se seus filhos estavam vivos, então ela podia tê-los de volta. Agora tudo se resumia a como fazer isso.

Audra fechou o chuveiro, pegou uma toalha no armário. Alguns minutos depois, seu corpo estava seco, mas os cabelos ainda úmidos. Vestiu as roupas, o mesmo jeans e blusa surrados que havia recebido no dia anterior. Ainda cheiravam a seu suor, mas pelo menos o corpo estava limpo.

Sentou-se na cama, ao lado da mesa de cabeceira com um velho telefone. Preciso fazer alguma coisa, pensou. Qualquer coisa, por mais insignificante que fosse, seria melhor que ficar ali sentada, ciente de que as crianças estavam lá fora, em algum lugar do deserto.

Uma batida à porta a assustou. Audra se levantou, atravessou o quarto. Destrancou e abriu a porta um pouquinho, não mais que cinco centímetros. A dona da hospedaria, sra. Gerber, esperava ali, rosto avermelhado.

— Tem um homem aqui insistindo em falar com você — anunciou, sem fôlego. — Eu já disse que não, mas ele não aceita. Diz que precisa falar imediatamente com você. Quase entrou à força...

— Um homem? Qual é o nome dele? — Audra perguntou.

— Ele se recusa a dizer. Eu falei para ele: Diga quem você é e o que quer. Mas ele só me empurrou para passar. Estou com muita vontade de chamar um daqueles policiais lá fora para levá-lo para bem longe daqui.

— Como ele é fisicamente?

A sra. Gerber pareceu se recompor ao pensar. Por fim, deu de ombros e respondeu:

— Como se não pertencesse a este lugar. Ele está esperando você na sala de refeições.

Audra fechou a porta e seguiu a mulher pela escada e pelo saguão.

— Não gosto nada disso — a sra. Gerber falou por sobre o ombro. — Homens desconhecidos aparecendo e tentando entrar à força. Na minha idade, prefiro evitar problemas. Ele está ali.

Audra foi andando para onde a sra. Gerber apontava, além das portas duplas à frente do pé da escada. Uma delas estava aberta, mas ela não enxergava ninguém ali dentro. Aproximou-se da porta enquanto se perguntava se devia bater. Ideia idiota. Empurrou a porta e entrou.

Ele estava à mesa, seu rosto quase invisível na penumbra da sala. Mas ela o conhecia bem o suficiente.

— Olá, Audra — Patrick Kinney cumprimentou.

25

Audra queria dar meia-volta, sair batendo a porta e correr dali. Mas não podia fazer isso. Então apenas perguntou:

— O que você quer?

Patrick permaneceu sentado, o paletó pendurado no encosto de uma cadeira. Uma das mãos sobre a mesa, um relógio enorme no pulso. Rolex, Tag Heuer, algo caro e feio.

— Eu quero conversar — ele falou com um tremor na voz. — Sente-se.

Ela devia ter respondido que não queria conversar com ele, mas uma possibilidade brotou em sua mente. Audra então se aproximou da mesa, mantendo duas cadeiras de distância do marido, e sentou-se.

Era uma sala enorme, com uma janela ampla em uma das paredes, uma cortina de tecido vaporoso protegendo o interior. Enormes fotografias emolduradas decoravam o espaço, marcos e residentes famosos do Arizona em tons sépia. Uma fotografia de casamento na cornija da enorme lareira, uma jovem sra. Gerber de braços dados com o marido. Ela parecia feliz. Audra imaginou que também devia ter parecido feliz ao lado de Patrick em algum momento, embora não se lembrasse de realmente ter se sentido assim.

— Sobre o que quer falar? — ela perguntou.

— O que você acha?

— Quer me ajudar? Ou quer me deixar mal?

Ele se irritou, seu belo rosto endurecendo.

— Eu quero os meus filhos de volta.

— Eu também — ela retrucou.

As pálpebras dele se repuxaram. Um sinal. Raiva crescendo em seu interior.

Cuidado, ela pensou. Tome cuidado.

— Você é a única pessoa que sabe onde eles estão — Patrick falou. — Quero que me conte.

— Pare — ela pediu.

— Pare o quê?

— Pare de mentir para mim. Pare de fingir. Nós dois sabemos do que se trata.

Ele a observou por um instante antes de dizer:

— Do que você está falando?

— Quer que eu diga em voz alta?

Ele ergueu a mão da mesa, levou o punho sob os lábios, deixando o anel da fraternidade dos tempos de faculdade brilhar contra a luz.

— Sim, eu quero.

Audra fixou os olhos no rosto de Patrick, confrontando sua raiva.

— Você está por trás disso — acusou-o. — Você pagou Whiteside e Collins para levarem nossos filhos.

Patrick apertou o punho, negou com a cabeça.

— Quem?

— Pare! — Audra pediu. — Eu desisto. Não sei como você fez isso, mas fez. Você venceu. Só me diga o que quer e você terá. Contanto que eu saiba que o Sean e a Louise estão bem.

Patrick esfregou as têmporas com a ponta dos dedos. Inclinou-se para a frente, apoiou os cotovelos nos joelhos, respirou pesadamente.

— Você é louca — falou.

A voz dela tremeu ao subir o tom.

— Pelo amor de Deus, é só me dizer o que você quer.

Ele bateu a mão com força na mesa.

— Quero que diga onde os meus filhos estão.

— Pare com isso, Patrick, você sabe onde...

— Não sei — respondeu, batendo outra vez na mesa. — Você ficou completamente louca. Por acaso viu as notícias?

— Só um pouco. Elas me deixam...

— Eles querem o seu sangue. Todos os canais, todos os noticiários. Cada um deles, eles só sabem estampar o seu rosto na tela, perguntar o que você fez com os nossos filhos. Eles sabem de tudo o que você já fez, a questão da bebida, das drogas, das loucuras. Sabem que você fugiu do conselho tutelar.

Não param de falar disso. Que você é um perigo para si mesma e para os nossos filhos. Todo mundo neste país acredita que você é um monstro, que fez mal ao Sean e à Louise. Eles me telefonam o dia inteiro querendo uma declaração. E também ligam para a minha mãe, pelo amor de Deus! Você tem ideia do que isso está causando na vida dela?

Audra deixou escapar uma risada seca e rude.

— Nossa, que pena, eu não queria chatear a Margaret.

Patrick se levantou bruscamente, os punhos prontos, deu um passo na direção dela. Controlou-se, parou, soltou as mãos e fez que não com a cabeça.

— Eu só quero meu filho e minha filha — falou. — Por favor, me diga onde eles estão.

Em meio a tudo isso, onde quer que as crianças estivessem, ele só se preocupava consigo mesmo e com sua mãe. Nem sequer teve o bom senso de disfarçar, pensou Audra, fingir que realmente se importava com os filhos.

Contudo, se Patrick realmente estivesse escondendo Sean e Louise, fingiria se importar. Era inteligente e manipulador o suficiente para encobrir seus verdadeiros desejos.

Audra, sentada ali, finalmente percebeu: ele realmente não sabia onde Sean e Louise estavam. E Audra não sabia porque não os tinha levado. Ela sentiu o salão gelar, como se a única esperança à qual viesse se apegando desde o início de repente desmoronasse.

— Ai, meu Deus — exclamou, levando a mão à boca. — Se você não está com eles...

Patrick, mais perto dela, flexionou os dedos.

— Vou perguntar mais uma vez.

— Se você não está com eles, então quem está? — Audra encostou uma palma de cada lado da cabeça, começou a balançar para a frente e para trás. — Ah, não, não, não.

— Você precisa parar imediatamente com isso — falou Patrick. — Você é a única capaz de colocar um ponto-final nessa situação. Diga onde eles estão.

Uma ideia brotou na mente de Audra, a mesma que ela tivera ao falar com Mel.

— Um detetive particular — falou.

— O quê?

— Deve ter alguém em Phoenix que preste esse tipo de serviço. Use o seu dinheiro. Pague alguém para investigar Whiteside e Collins e descobrir o que eles estão tramando. Você pode fazer isso.

Audra olhou para Patrick, apertou as mãos diante do peito.

Ele negou com a cabeça.

— Sua puta louca.

Patrick puxou seu paletó do encosto da cadeira e foi andando em direção à porta.

— Não vai fazer isso? — ela perguntou.

Ele estendeu a mão para segurar a maçaneta.

— Puta louca.

— Patrick — Audra o chamou.

Ele parou e se virou, e aí ela se deu conta de como ele tinha envelhecido, como as linhas em seu rosto estavam fundas, marcadas.

Ela secou uma lágrima escorrendo pela maçã do rosto e falou:

— Sabe, eu demorei demais para entender você, entender o que você queria comigo.

— Agora não é hora — ele respondeu.

— Parece uma hora tão boa quanto qualquer outra — ela o contrariou. — Lembra que eu perguntei? Aquele dia em que estava sóbria porque era aniversário do Sean... Eu perguntei por que você me mantinha por perto, bêbada e drogada. Você estava com o nosso filho, poderia ter simplesmente me chutado da sua vida. Mas não fez isso e eu quase tive que morrer para entender.

Ele levou os punhos aos bolsos, focou o olhar na parede atrás de Audra.

— Entender o quê?

— Você nunca quis se casar, nunca quis uma família. Você só queria a aparência que uma família traz. Parecer normal. Fazer sua mãe feliz. Quando dei netos para ela, eu deixei de ser útil para você. Então você me manteve dopada e fora do seu caminho. No fim, eu não passava de um excesso de bagagem. E você me deixou com outra pergunta. Entenda, eu não lembro de ter provocado aquela overdose. Pois é, eu nem sabia onde estava na maior parte do tempo, mas não me lembro de ter tomado aquela decisão. Você a tomou por mim, Patrick?

Ele a encarou com ódio nos olhos.

— O que quer dizer com isso?

— Você tentou me matar?

— Pare já com isso — ele retrucou.

— Pare já com o quê? — Audra questionou ao se levantar, erguendo também a voz. — Parar de perguntar? Para não deixar você furioso?

Patrick deu mais um passo à frente, jogou a jaqueta no chão, fincou os pés no chão.

— Agora não é hora desses seus joguinhos, Audra. Você vai me contar onde estão os meus filhos, vai contar agora mesmo, ou então...

— Ou então o quê? — Agora ela deu um passo para mais perto de Patrick. — Você vai me espancar? Vai me deixar com roxos em lugares que não aparecem? Vai me fazer...

Os dedos da mão direita de Patrick estalaram quando ele agarrou a garganta de Audra, apertaram com força, e ele a empurrou contra a parede, levantando-a do chão. Os quadros pendurados estremeceram quando a cabeça dela bateu no gesso. Audra levou a mão direita ao peito dele. Ela deixou seus dedos se arrastarem para cima conforme a pegada dele apertava, tentou chegar ao ponto acima da gola da camisa. Sentiu a pressão em seus ouvidos, atrás dos olhos.

Ele ergueu o punho esquerdo, mostrou os dedos fechados.

— Melhor você me dizer onde eles estão, ou eu não respondo por...

Audra esticou os dedos e os juntou, a mão firme e reta, e acertou o ponto frágil acima do esterno e abaixo do pomo de adão. Ela se projetou para a frente, manteve a pressão na garganta de Patrick enquanto ele a soltava. Antes que ele conseguisse se afastar, ela fechou os punhos. Socou uma vez, com força, naquele mesmo ponto.

De olhos arregalados, Patrick levou as mãos à garganta. Cambaleou em direção à mesa até as coxas encostarem na madeira. Por fim, virou-se, apoiou-se com uma das mãos no tampo enquanto mantinha a outra na garganta.

— Respire — Audra falou, afastando-se da parede.

Arfando, Patrick a encarou.

— Continue respirando — ela repetiu, reforçando o gesto com as mãos, fazendo movimentos circulares como se fosse uma professora de canto. —

Respirações profundas, lentas e calmas. Aprendi nas aulas de autodefesa. Nunca tive que usar antes, mas é bom saber que funciona.

Patrick se sentou na cadeira da qual havia saltado tinha menos de um minuto, sua raiva se desfazendo. Agora, mostrava sua aparência verdadeira: um homem fraco e patético, escravo de sua mãe.

— Ouça o que eu tenho a dizer — Audra falou. — E ouça direitinho. Você não pode mais encostar em mim. Nunca mais. Não é meu dono, não é dono dos meus filhos. Nós não pertencemos a você. Você nunca amou de verdade os nossos filhos, mas eu amo. Eu vou encontrar o Sean e a Louise. Você tem duas opções: me ajudar ou sair do caminho. O que prefere?

Ele tossiu, cuspiu no tapete.

— Você está louca.

— Exatamente como eu imaginei — ela retrucou. — Saia daqui e não volte mais.

Patrick lançou um olhar fulminante na direção de Audra.

— Acha que eu vou simplesmente dar as costas?

Ela apontou na direção da saída.

— Vá embora. Agora.

Patrick se levantou, tossiu, cuspiu outra vez. Pegou o paletó no chão e falou:

— Você vai sofrer as consequências disso.

— Eu sei — Audra respondeu.

26

Patrick deixou o salão e, um instante depois, Audra ouviu a porta da entrada da hospedaria abrir e fechar. Em seguida, o enxame de vozes dos repórteres que o cercavam. Ela espiou pela janela que dava para a rua. Do outro lado da cortina, avistou-os como abutres sobrevoando carniça. Calaram-se enquanto Patrick falava, microfones e gravadores em volta da boca dele. Quando ele terminou e tentou passar por eles, o barulho voltou.

Monstros, todos. Vampiros em busca de sangue. E ainda assim era ela quem era pintada como o demônio. A assassina dos próprios filhos.

Audra viu Patrick se esforçando para chegar a um carro estacionado em fila dupla do outro lado da rua, os repórteres cercando-o pelo trajeto. Buzinou para que eles sumissem da sua frente, depois cantou pneu ao sair, fazendo os repórteres pularem para fora do caminho.

Eles se dividiram, agora sem foco, em grupos menores. As mulheres retocavam a maquiagem; os homens arrumavam os cabelos. Operadores de câmera e técnicos de som permaneciam inquietos. Alguns foram à lanchonete ali perto.

— Eu sou um monstro? — Audra perguntou ao salão vazio.

— É?

Audra deu meia-volta e avistou a sra. Gerber à porta, no fundo da sala, uma porta que ela não havia percebido antes. Por sobre o ombro da proprietária, Audra viu que aquela porta levava à cozinha.

— Não, não sou — Audra respondeu.

A sra. Gerber mirou o carpete, franziu os lábios.

— Aquele homem cuspiu no meu chão?

— Sim — Audra respondeu. — A senhora ouviu?

— Ouvi — respondeu a mulher. Ela bateu a ponta do dedo em uma janela redonda. — E vi também.

— Desculpa — Audra pediu, virando-se para sair.

— Desculpa? Ora, não seja tola. Vejo mulheres demais se desculpando pelo comportamento dos homens.

Audra ficou sem resposta. Foi à porta que levava ao corredor.

— Meu marido também me agredia — a sra. Gerber admitiu. — Engraçado. Todos pensavam que ele fosse o melhor dos homens. Eu ia à loja e as pessoas diziam: "Ah, eu vi o seu Jimmy ontem, ele não é um doce?" Elas nem desconfiavam. Mesmo quando eu usava mangas longas demais para o calor daqui, ninguém nunca pensou em perguntar o porquê. Só pensavam que ele era a melhor coisa do mundo.

— Eu sinto muito — Audra falou.

— Pelo amor de Deus, pare de se desculpar. As pessoas dizem a mesma coisa de Ronnie Whiteside. Que é um homem bom, um herói de guerra, tudo isso. Mas eu sei bem que tipo de homem ele é. Já vi com meus próprios olhos.

— Me conte — Audra pediu.

A sra. Gerber expirou, deixou seus ombros pequenos caírem sob o cardigã.

— Uma noite, não muito tempo depois que fecharam a mina, eu estava lá em cima, observando a rua. Antes existia um bar do outro lado, o bar do McGleenan, não era um lugar muito bom. Vi Lewis Bodie sair cambaleando de lá, quase sem nem conseguir apoiar um pé depois do outro no chão. Bodie tinha recebido o acerto da mina depois de perder o emprego, como muitos dos homens daqui, mas bebeu seu dinheiro mais rápido que os outros. Foi cambaleando para fora do bar e na direção do xerife Whiteside. Eles conversaram um pouco e eu percebi que Bodie foi ficando agitado. Lembro de ter pensado: Cale essa sua boca e vá logo para casa ou vai acabar preso. Logo em seguida, o xerife Whiteside lhe deu uma pancada no maxilar. Bodie despencou como um saco de areia e eu pensei: Bom, ele devia ter previsto que isso aconteceria. Mas não parou por aí.

A sra. Gerber focou o olhar na janela, na rua.

— Ronnie Whiteside espancou Lewis Bodie como se estivesse pronto para matá-lo. Espancou e espancou, e eu ouvi tudo, o som dos punhos e das botas e Bodie chorando e implorando. E, mesmo depois que ele ficou em silêncio, o xerife Whiteside continuou batendo. Quando enfim parou, ficou um tempo ali, arfando. Depois se abaixou, pegou a carteira de Bodie e tirou todo o dinheiro que encontrou. Lembro de ter pensado que, se fosse outra pessoa cometendo a agressão, eu chamaria o xerife. Mas e nessa situação, quem chamar? Na manhã seguinte, olhei outra vez pela janela e vi uma ambulância na frente da delegacia do xerife. No fim, Lewis Bodie morreu na cela durante a noite. E eu nunca falei uma palavra disso a ninguém. Mas acabei de ouvir você dizer que Whiteside está com seus filhos. Whiteside eu acredito que seja possível, mas Mary Collins? Ela, tendo um filho doente?

— Exatamente — Audra respondeu.

— Por aqui, todos pensam que Ronnie Whiteside é um homem bom. Também achavam que o meu marido era um homem bom. Mas eu sei que não é bem assim. Agora me diga uma coisa.

— O quê?

A sra. Gerber se concentrou em Audra, seu olhar afiado como lâmina atravessando o espaço entre elas. Audra percebeu que cada uma delas estava em um extremo do salão, no limite de uma das portas, e imaginou que aquilo devia significar algo. Mas não tinha a mínima ideia do que pudesse ser.

— Fez mal aos seus filhos?

— Não, senhora — Audra respondeu, sem nem piscar.

A sra. Gerber assentiu.

— Está bem, então. Vá para o seu quarto e tente dormir um pouco. Mais tarde levo um pouco de café, talvez um pedaço de bolo.

— Obrigada — Audra agradeceu. — Eu ficaria muito grata.

A sra. Gerber assentiu uma vez mais e foi para a cozinha. Audra voltou ao corredor e subiu os dois lances de escada. Ao chegar a seu quarto, notou que a porta estava entreaberta. Lembrou que não tinha trancado, mas certamente tinha deixado encostada. De todo modo, aquela era uma casa velha, do tipo em que o chão range, as janelas batem e as portas às vezes não travam direito.

Audra entrou no quarto, encostou o ombro à porta para fechá-la. Deslizou o trinco e foi para a cama. Percebeu como estava exausta ao se sentar na beirada do colchão e tirar os sapatos.

Somente quando ergueu a cabeça viu o homem no canto, com um saco de papel pardo na mão.

27

Os microfones cercaram o belo rosto de Patrick Kinney.

— Quinhentos mil dólares — ele anunciou. — Para ter meus filhos de volta. Sei que, a esta altura, as chances de eles serem encontrados vivos são pequenas. Mesmo assim ofereço a recompensa. Quero meus filhos de volta, seja para abraçá-los ou para enterrá-los.

— Merda! — praguejou Mitchell, fechando o laptop no qual assistia à notícia.

— Exato — concordou Showalter com o cotovelo sobre a mesa e o queixo apoiado na mão. — Não precisávamos disso.

Whiteside permanecia atrás dos dois, só assistindo.

— Não faz diferença nenhuma, faz?

Mitchell girou a cadeira, encarou o xerife como se ele fosse um idiota.

— Não vai nos ajudar a encontrar as crianças, não, mas significa que as linhas telefônicas vão ficar entupidas de idiotas querendo uma grana fácil.

— Então é melhor você ligar para Phoenix — sugeriu Whiteside. — Peça ao seu escritório para mandar mais alguns engomadinhos.

Showalter deu um sorriso afetado.

Mitchell se levantou.

— Obrigada pela sugestão. Agora, se me dão licença, tenho duas crianças desaparecidas para encontrar.

— Ah, qual é? — falou Whiteside. — Você sabe que essas crianças estão mortas. Quando vai sair do caminho e deixar Showalter e a polícia estadual prenderem aquela mulher? Ela matou os filhos, você sabe disso. Matou e jogou os corpos no deserto.

— Não, xerife Whiteside — Mitchell respondeu. — Eu não sei de nada disso. E você tampouco. Não teremos certeza de nada até Sean e Louise serem encontrados. Se precisarem de mim, estarei na prefeitura. — E saiu pela porta lateral, deixando-a se fechar sozinha.

Whiteside virou para Showalter.

— Sabe do que essa mulher precisa?

Showalter sorriu.

— Sei, sim.

Os dois gargalharam.

Do outro lado da sala, parado em um canto e com os braços cruzados, o agente especial Abrahms pigarreou.

— Quieto, Junior, os homens estão falando. — Whiteside ergueu o laptop da mesa. — Aqui, já terminamos de usar o seu computador.

Abrahms se aproximou e estendeu a mão, pronto para pegar o laptop. Whiteside puxou-o de volta.

— Pare de graça — censurou Abrahms. — Me dê logo isso.

O xerife entregou o computador.

— Não chore, bebezinho.

Showalter riu com desdém.

Abrahms deu um passo mais para perto.

— Você é mesmo um cuzão, sabia?

— Homens melhores que você já me chamaram de coisa muito pior — Whiteside retrucou com a voz grave. — Quando quiser ter uma conversa séria sobre esse assunto, é só avisar. Eu te levo lá para fora e mostro como eu sou cuzão.

— Vá se foder — falou Abrahms, afastando-se. Sentou-se à mesa que solicitara ao chegar, abriu o laptop, começou a digitar alguma coisa.

Whiteside deu tapinhas no ombro de Showalter e pegou seu chapéu, que estava sobre a mesa.

— Fique de olho na criança. Tome cuidado para ele não se machucar com aquela coisa.

Saiu pela porta lateral, ouvindo Showalter dar risada. O sol o atingiu com força e ele colocou os óculos escuros, que estavam pendurados na gola da camisa. Deu a volta na construção, chegou à rua. Alguns repórteres se aproximaram com perguntas prontas para ser disparadas, ajeitando microfones e gravadores.

— Não tenho nada para vocês — Whiteside foi logo avisando e dispensando-os também com um aceno.

A lanchonete estava mais tranquila quando ele entrou, mas ainda tinha mais clientes do que ele vira em anos. Repórteres, na maior parte. Ignorou-os e foi à ponta do balcão. Shelley imediatamente veio em sua direção.

— Café para viagem, amorzinho — ele falou.

— Outro? — questionou a garçonete. — Hoje já foram quantos? Tem certeza de que não prefere um descafeinado?

— Não, pode ser um café comum mesmo.

Ela voltou um minuto depois com um copo de papel enorme e tampa de plástico. Whiteside jogou algumas notas no balcão, pegou um guardanapo de papel e com ele envolveu o copo para proteger os dedos do calor.

— Ei, Shelley, você tem um minuto?

A garçonete já estava a caminho do caixa, mas virou-se outra vez para o xerife.

— Claro — respondeu.

Whiteside sinalizou para ela se aproximar, baixou a voz.

— Lembra do homem com quem você estava conversando mais cedo? Perto da janela?

Ela mexeu os dedos, levou-os perto do rosto.

— Ah, você está falando do...

— Sim, do asiático.

— Claro que lembro. Ele foi muito educado. O que tem ele?

— Sobre o que vocês conversaram?

— Sobre isso. — Indicou com um gesto o mundo à sua volta. — Tudo o que está acontecendo. Ele não tinha visto nada no noticiário, então contei o que está acontecendo.

— Ele perguntou sobre alguém em particular? Tipo sobre a tal mulher, a Kinney? Ou sobre mim?

Shelley negou com a cabeça.

— Não, não que eu me lembre. Só pareceu interessado na coisa toda. Quer dizer, quem não ficaria?

— Qualquer um ficaria, imagino. Você por acaso viu para que lado ele foi quando saiu?

— Não, sinto muito. Estava lotado aqui mais cedo. Eu estava ocupada demais pegando os pedidos para prestar atenção nele. Ele pediu outro sanduíche para viagem e me deixou uma boa gorjeta. Logo depois foi embora e eu não soube mais dele.

Whiteside se aproximou um pouco mais.

— Ele pediu outro sanduíche?

— Sim — Shelley confirmou. — Para viagem. Devia estar com fome.

— Devia.

— Você não acha que ele está envolvido nisso, acha?

— Não, imagine. Só fiquei curioso quando o vi, só isso. — Soltou mais duas notas no balcão. — Não deixe Harvey pegar pesado demais com você.

Segurando seu café, Whiteside saiu para a calçada, onde colocou outra vez os óculos de sol e o chapéu na cabeça. Olhou para os dois lados da rua, ciente de que não veria o homem. Um sanduíche para viagem, pensou. Talvez estivesse mesmo faminto, conforme Shelley dissera, mas Whiteside imaginava algo completamente diferente. Observou a hospedaria e se perguntou se Audra Kinney estaria comendo um sanduíche naquele exato momento.

No fundo, não era a cor da pele do homem que o incomodava, embora de fato ele fosse uma visão incomum na cidade. Na verdade, o que incomodava Whiteside era o tipo de homem que ele era. O xerife já tinha visto tipos suficientes ao longo dos anos, e acabou aprendendo a reconhecê-los logo de cara. Ou um homem está preparado para matar, ou não está. A maioria não está. Mas aquele homem tinha aquela aparência, olhos que enxergam mais longe do que deveriam, o vazio que você percebe neles se observar com bastante atenção.

Whiteside tinha se deparado com o mesmo vazio no espelho. O pensamento o fez sentir calafrios.

Mas por que um homem assim apareceria hoje, justamente hoje? Poderia ser uma enorme coincidência, mas Whiteside acreditava em coincidências tanto quanto em Papai Noel. Aquele homem era uma ameaça, disso ele tinha certeza. E, naquele exato minuto, acreditava que o homem estivesse na hospedaria, dando um sanduíche a Audra Kinney. A Whiteside restava assistir e esperar.

Ele se sentou em um dos bancos na frente da lanchonete, tomou um gole do café. Dali, podia ver a frente da hospedaria e alguns metros da ruela que passava ao norte dela.

Não tinha sequer terminado de tomar o café quando a merda toda bateu no ventilador.

28

Depois do confronto com Whiteside na lanchonete, Danny saiu para andar. Primeiro pela rua principal, de uma extremidade a outra. Tantos lugares fechados, lojas que há muito tinham deixado de funcionar. Armas e itens para esportes, pet shops, um bar, roupas femininas, móveis, uma loja de roupas masculinas especializada em trajes típicos do Oeste americano, um par de botas com esporas e um chapéu de caubói pintados no letreiro. Tudo em decadência, janelas com vidros esbranquiçados ou pregadas com tábuas de madeira.

Os poucos habitantes da cidade ainda nas ruas o observavam atentamente. Fariam coisa pior se soubessem que a imprensa não estava por perto. Danny assentia e sorria, cumprimentava com educação. Alguns retribuíam o gesto, outros não.

Ao final da rua, chegou à ponte que havia atravessado de carro uma ou duas horas antes. Andou pela calçada estreita até a metade dela e foi até a grade de proteção. O rio lá embaixo havia se transformado em um fio de água vermelha e preguiçosa no meio de uma ampla bacia de placas de terra rachada. Morrendo, como a própria cidade.

Danny fez o caminho de volta à cidade. Uma fileira de casas, a maioria abandonada, tendo vista para o que no passado devia ter sido uma paisagem impressionante do rio. Uma viela passava atrás delas, seguindo o fundo do quintal das propriedades, e se ramificava até chegar às costas das lojas abandonadas na rua principal. Deste lado, ele podia ver tudo lá embaixo, até a parede que cercava o estacionamento da delegacia do xerife. No meio do caminho, o ar quente escapava pelo sistema de ventilação ao fundo da lanchonete. Uma dúzia de propriedades entre aqui e ali, a maioria desocupada. Qualquer uma pronta para ser invadida aquela noite, para se transformar em um abrigo para ele dormir. Danny tentaria primeiro as lojas de móveis;

talvez ainda tivessem algo confortável em que ele pudesse se deitar. Entraria por uma janela ou porta traseira, quem sabe pela claraboia. Era habilidoso com esse tipo de coisa.

Refez seu caminho pela rua principal, verificou os dois lados para ter certeza de que ninguém o estava vigiando. Depois, correu ao outro lado da rua, encontrou a via paralela àquela da qual havia acabado de sair. Dessa vez, a ruela terminava na parede sul da prefeitura, cuja área era cercada. Danny fez um rápido cálculo mental. A hospedaria devia ser oito casas para baixo. E começou a andar.

A cerca de pínus se destacava; era a única que havia sido reformada e envernizada nos últimos anos. Uma fileira de latas de lixo descansava ao lado de um portão. Danny deu um passo para trás e olhou para cima. A casa parecia cansada, mas ainda assim estava melhor que suas vizinhas. Todas as janelas intactas, nada caindo aos pedaços.

Uma olhadela mais em todas as direções e então Danny verificou o portão. Encontrou um buraco do tamanho exato para passar a mão e sentiu o cadeado do outro lado. Tudo bem. Foi a uma das latas de lixo e percebeu marcas de botas empoeiradas na tampa. Alguém tinha subido ali, talvez para conseguir ver melhor dentro da casa. Danny fez a mesma coisa, depois se arrastou para o outro lado. Pousou tão silenciosamente quanto um gato. O quintal era de um bom tamanho, mas totalmente árido. O que no passado fora um gramado agora mais parecia uma extensão de terra assada. Uma horta, no canto, ainda tinha algumas plantas vivas, mas tudo seco demais para servir de alimento.

Danny ficou imóvel, apenas escutando; seus ouvidos alertas a gritos de alarme de quem notasse sua presença. Ninguém o tinha visto. Ele atravessou o quintal e subiu alguns dos degraus que davam acesso à varanda aos fundos, a qual abrigava cadeiras de vime e um balanço. Uma tela fechada diante de uma porta aberta. Danny se encostou na parede entre a porta e a janela, aproximou-se do vidro, espiou lá dentro.

A televisão pequena transmitia notícias da cidade; na tela, imagens daquela mesmíssima rua. Ele não conseguia ouvir a voz do repórter. Diante da mesa, uma senhora cortando tomates.

Puta merda, pensou Danny.

Ele estava prestes a dar meia-volta e retornar por onde tinha vindo quando a mulher levantou a cabeça. Danny ficou congelado, e ela também. Então ele ouviu o barulho de uma campainha em algum lugar dentro da casa, e a mulher saiu da cozinha.

Danny pegou uma lixa no bolso e a enfiou entre a tela e a moldura, puxou o trinco e entrou na cozinha. O ventilador de teto fazia o ar morno girar pelo cômodo e emitia um chiado constante. Lá fora, vozes, as quais ecoavam ali dentro sob o teto alto. Danny passou pela porta, agachou no espaço debaixo da escada, tentando se esconder o máximo possível na penumbra.

Prestou atenção nos arredores e ouviu a voz rude e insistente de um homem. Ouviu a senhora protestando. Depois, o homem sendo levado a um dos cômodos antes de a senhora subir as escadas acima dele. Danny esperou no escuro, ouviu murmúrios lá em cima, e duas pessoas desceram.

Encolheu-se ainda mais na escuridão quando a senhora passou, ao voltar para a cozinha. Alguns segundos depois, ele ouviu outra vez as vozes no cômodo mais adiante no corredor. Depois, Danny saiu da alcova e foi à base da escada. Subiu os dois lances até o patamar, verificou cada uma das portas.

Todas estavam trancadas, exceto a de número três. Ele entrou e esperou.

Mais de vinte minutos se passaram antes de ele ouvir Audra retornando ao quarto.

29

Audra deu um pulo.

— Quem é você? O que está fazendo aqui?

O homem ergueu as mãos, ainda segurando o saco de papel na esquerda.

— Desculpa entrar assim, foi o único jeito que consegui...

Ela apontou para a porta e foi andando de costas até o outro canto.

— Saia já daqui!

— Senhora... Audra... Por favor, me deixe conversar com você.

— Saia daqui — ela insistiu, ainda apontando. — Saia já daqui.

— Por favor, ouça o que eu tenho a dizer.

— Fora! — Audra pensou nas poucas posses que ainda lhe restavam, perguntando-se o que poderia servir como arma.

— Meu nome é Danny Lee — ele se apresentou.

— Não quero saber o seu nome, saia daqui.

— O que você está enfrentando agora... — ele falou. — Eu passei pela mesma coisa cinco anos atrás.

A raiva de Audra se tornou maior que seu medo.

— Você não tem ideia do que estou passando.

Danny deu um passo adiante e Audra pegou o vaso vazio no parapeito da janela.

— Só me ouça — ele pediu, as mãos erguidas, a cabeça baixa. — Acho que eu sei o que estão fazendo com seus filhos. Talvez ainda não seja tarde demais para eles. Talvez eu possa ajudar a trazê-los de volta.

Ela passou o vaso de uma mão para a outra.

— Você está mentindo.

— Será que você pode pelo menos me ouvir?

Audra apontou para a mão dele.

— O que tem nesse saco?

— É para você. Um sanduíche da lanchonete. Está com fome?

Sem pensar, ela levou a mão livre à barriga.

— Pegue — Danny sugeriu, jogando o saco sobre a cama.

Audra deixou o canto onde estava, soltou o vaso sobre as cobertas e pegou o saco de papel. Abriu e sentiu o cheiro de bacon e pão quentinho. Seu estômago roncou.

— É bom — comentou o homem. — Eu comi um mais cedo. Coma.

Audra sabia que devia recusar. Ele podia ter colocado alguma coisa ali. Mas o cheiro... E ela estava com tanta fome. Enfiou a mão dentro do embrulho, puxou metade do sanduíche, deu uma mordida.

— Por que não se senta? — Danny arriscou. — Me dê cinco minutos para explicar.

Audra se empoleirou na beirada da cama, mastigou, engoliu.

— Você tem até o final deste sanduíche — respondeu. — Fale logo.

30

Danny e Mya tinham brigado antes de ela partir. Sara chegou a perguntar qual era o problema. Danny acariciou seus cabelos e disse: Nada, querida. Mas Sara era esperta e sabia que tinha alguma coisa no ar. Viu as lágrimas no reflexo de sua mãe no retrovisor.

Nenhum deles chamou aquilo de separação. Ficariam distantes apenas por uns poucos dias, Mya dirigiria por algumas horas rumo ao norte, até a casa de seus pais, entre Redding e Palo Cedro. Voltaria depois do fim de semana, afirmou, mas nenhum deles acreditou naquelas palavras.

Duas horas depois de partir, ela saiu da interestadual a fim de encontrar um lugar para comer. Perto da cidadezinha de Hamilton, foi parada por um oficial, o sargento Harley Granger, por ter cometido uma infração leve. Algo tão trivial que Danny nem conseguia lembrar o que era. Segundo o oficial, Mya estava agitada e se recusou a cooperar, então, por rádio, ele pediu para outro carro ir até lá e ajudar. Duas das seis viaturas do Departamento de Polícia de Hamilton na cena. Segundo Granger e o outro policial, Lloyd, Mya não estava com nenhuma criança no carro. Havia um assento de elevação e uma mochila com roupas no veículo, mas nem sinal de Sara.

Quando Danny chegou à delegacia em Hamilton, Mya estava em estado de quase histeria.

— Eles levaram a Sara — repetia e repetia e repetia. — Eles levaram a Sara.

O FBI chegou na manhã seguinte. Interrogaram Mya por três dias consecutivos. No quarto dia, ela tentou se enforcar na cela. Depois disso, eles a liberaram e ela e Danny voltaram a San Francisco. A história estampou os noticiários regionais e a fotografia de Mya se tornou parte regular dos boletins de notícias noturnos. Conhecidos e velhos amigos agora olhavam torto para eles nas ruas. A história atraiu o interesse da imprensa por mais ou menos uma semana, antes de os repórteres a esquecerem de vez. Mas os amigos de Danny e Mya não esqueceram. Eles continuaram olhando torto, continuaram evitando atender telefonemas. Durante todo o tempo, Danny e Mya voluntariamente se apresentaram ao FBI para novos interrogatórios enquanto o Departamento de Polícia de Hamilton reunia provas.

O que Danny não sabia era que, naquela última manhã, o chefe de polícia de Hamilton ligara para mandar Mya se entregar em vinte e quatro horas pelo assassinato da filha. Caso ela não se entregasse, um mandado seria expedido e o Departamento de Polícia de San Francisco o executaria.

Danny a abraçou antes de partir para o encontro do Centro de Apoio ao Jovem, beijou sua bochecha. Se ele soubesse como tudo ia acabar, teria abraçado Mya por mais tempo, a teria beijado mais intensamente.

Cinco anos atrás, quase exatamente cinco anos atrás. Danny chegou em casa de uma reunião sentindo-se cansado, abatido. Chamou por Mya ao entrar na residência escura, mas o silêncio denunciava que tinha algo errado. Não havia sinal dela nos cômodos do andar inferior. Ao subir as escadas, ele se deparou com o banheiro fechado e a fivela de um de seus cintos presa no espaço entre a parte superior da porta e o batente.

Teve de empurrar com o ombro para abrir a porta, e logo ouviu a fivela soltar e um baque nauseante do outro lado. Uma era se passou enquanto ele permaneceu ali, ciente do que encontraria quando enfim reunisse a coragem necessária para olhar. Mesmo assim, finalmente olhou, tirou o cinto do pescoço de Mya e ficou sentado ali, embalando-a por uma hora, gritando, cego pelas lágrimas, antes de ao menos pensar em chamar uma ambulância.

Dois meses depois do suicídio de sua esposa, Danny voltou a Hamilton. Com a ajuda de seus contatos no Departamento de Polícia de San Francisco, descobriu que o sargento Granger havia tirado licença em virtude do estresse gerado por cuidar daquele caso. Foi ao México para se recuperar. Ninguém sabia quando retornaria.

Mas Lloyd continuava na cidade, bebendo no pequeno bar local todas as noites. Nos últimos tempos, vinha dando gorjetas generosas, pagando muitas rodadas para os amigos. Tinha até comprado um carro novo. Nada muito extravagante, um Infiniti, mas luxuoso o bastante para ser notado por aqueles com quem bebia.

Lloyd também era conhecido por ser um idiota.

Danny esperou e ficou observando do lado de fora do bar. Lloyd morava a apenas vinte minutos a pé, costumava deixar seu novo Infiniti estacionado na rua e pegá-lo outra vez ao amanhecer. Ele estava mijando em um beco quando Danny o agarrou.

Uma hora depois, Lloyd estava amarrado, suspenso pelos punhos na viga do telhado do galpão abandonado que Danny havia descoberto na semana anterior. Sem ninguém por perto para ouvi-lo gritar. Danny demorou o tempo necessário brincando com sua faca. Lloyd não sabia de muita coisa, só o que Granger havia lhe contado. Quando ele falou que eles tinham recebido menos dinheiro do que queriam porque a menininha era mestiça, Danny perdeu o pouco controle que lhe restava e matou Lloyd rápido demais para o seu gosto. Tudo bem, ele compensaria com Granger e descobriria como encontrar o comprador.

Quando encontrasse o comprador, deixaria a criatura viva apenas por tempo suficiente para descobrir o que tinham feito com Sara. Se a tinham deixado viver ou não. No fundo, ele sabia a resposta para essa pergunta, mas mesmo assim a faria. E a faria com violência.

Danny tinha um voo agendado para Cabo San Lucas dois dias depois, mas, quando chegou ao México e começou a reunir informações, descobriu que Granger havia sido morto a facadas em uma briga de bar na semana anterior. Na praia, com a areia queimando a sola de seus pés, Danny chorou por sua esposa e sua filha, ciente de que talvez jamais encontrasse os homens que haviam destruído sua vida.

Danny não contou a Audra sobre as horas que passou com Lloyd, mostrando ao policial as partes que cortava antes de lançá-las ao fogo. Mas contou sobre Granger. Quando ela enfim se acalmou, depois de comer. Audra permaneceu na cama enquanto ele estava sentado na cadeira de estofado ralo.

— Existe um grupo de homens, homens muito ricos — Danny contou. — Eles pagam quantias absurdas de dinheiro pela criança certa. Sete dígitos, pelo que ouvi dizer. E existe um líder. Ele promove festas numa mansão em algum lugar da costa Oeste. Ele e os amigos, eles mandam procurar crianças e...

Audra desviou o olhar. Danny pigarreou.

— Bem, acho que você entendeu — ele prosseguiu. — Eles poderiam traficar crianças com certa facilidade, crianças refugiadas e tudo o mais, mas querem as americanas. Brancas, sempre que possível. Essas pessoas têm um método específico, um jeito de trabalhar. Usam a dark web, é como chamam a parte oculta da internet, um lugar frequentado por criminosos e pervertidos. Lá tem um círculo fechado de policiais corruptos do país inteiro conversando uns com os outros. Há anos me esforço para ser aceito, mas não consigo. Já me disseram que eles ficam discutindo maneiras de ganhar dinheiro. Bicos para a máfia, adulteração de provas, às vezes chegam a contratar assassinatos. E esses homens ricos pedem as crianças. Se um dos policiais se depara com um pai ou uma mãe vulnerável viajando com os filhos, preferencialmente sozinho, encontram uma desculpa para prender esse pai ou mãe, separá-lo das crianças e depois saem dizendo que não tinha criança nenhuma no carro. Se fizerem tudo certinho, se encontrarem o alvo certo, a suspeita recai sobre os pais. Eles fazem isso uma vez por ano, duas no máximo.

— Por que não matam o pai ou a mãe? — Audra ficou curiosa. — Por que Whiteside não me matou? Seria mais fácil, não seria?

Danny negou com a cabeça.

— Mais fácil para esses policiais corruptos, talvez, mas não para os homens que pagam. Veja, minha teoria é a de que, se eles simplesmente levarem as crianças e matarem os pais, as autoridades descobririam que houve um assassinato e sairiam em busca do assassino. Se os pais saem vivos, a suspeita recai sobre eles, então as autoridades perdem dias, semanas buscando pistas nesse sentido. Se você analisar os casos em que a criança desaparece, depois vem uma grande busca e eles encontram um corpo. Quantas vezes o culpado não acaba sendo o pai, o padrasto, o tio, um primo? Naturalmente as autoridades buscam o último membro da família que viu a criança. E se é alguém que faz o que a minha esposa fez...

Audra concluiu o pensamento para ele:

— Aí o caso morre com a pessoa.

— Exatamente.

Ela ficou sentada em silêncio, encarando o chão.

— Você acha que eu estou louco? — Danny perguntou. — Que eu sou algum surtado que veio aqui só para brincar com você?

Ela não se moveu.

— Não sei o que você é. Meu lado racional me diz para chutar você para bem longe daqui, mas...

— Mas o quê?

— Mas eu não tenho mais ninguém do meu lado agora.

Ainda na cadeira, Danny se inclinou para a frente.

— Vamos deixar uma coisa bem clara. Eu estou do meu próprio lado, não do seu. Se quero te ajudar, é porque isso me ajuda a chegar aos homens que levaram a minha filha. E, se ela estiver viva em algum lugar, talvez eu até consiga encontrá-la. Não sou seu Bom Samaritano.

— Então eu quero deixar outra coisa bem clara — Audra falou. — Só estou ouvindo o que você tem a dizer porque não me resta nenhuma outra escolha.

— Tudo bem — ele falou. — Mas tenho mais uma pergunta: Por que eu devo confiar em você? E se eles estiverem certos no que falam a seu respeito?

— Você não estaria aqui se pensasse isso.

— Então nenhum de nós tem motivo para confiar no outro. Mas aqui estamos.

Audra expirou e disse:

— Aqui estamos. Se a sua teoria estiver certa, acha que já entregaram o Sean e a Louise? Ou será que ainda estão com meus filhos em algum lugar?

— Difícil saber — Danny respondeu. — Imagino que queiram entregá-los logo, se ainda não fizeram isso. De um jeito ou de outro, não temos muito tempo.

Agora ela lhe lançou um olhar penetrante.

— Como faço para ter meus filhos de volta?

Danny percebeu que aquela mulher não era como Mya. Ela tinha uma força que sua esposa não tinha. O que enfrentara no passado a tornara de aço.

— Só tem um jeito — ele respondeu. — Usar os policiais. Você disse que foi o xerife quem a prendeu e a delegada pegou seus filhos.

— Exatamente. O nome dela é Collins.

— Está bem, então vamos até ela. Depois a levamos a algum lugar, apontamos uma arma para a cabeça dela e oferecemos duas opções simples: contar onde estão as crianças ou morrer.

Audra se levantou, começou a andar de um lado a outro do quarto, balançando a cabeça.

— Não. Não, eu não posso fazer isso. Não sou esse tipo de pessoa.

— Você talvez não — replicou Danny. — Mas eu sou.

Ela parou onde estava, virou-se para ele.

— Você já matou alguém?

Ele não respondeu.

— Precisamos pegar a delegada logo. Se possível, ainda esta noite.

— Não — Audra discordou. — Impossível. Se der errado, se ela sair ferida, eles vão me crucificar. A imprensa não comentou nada sobre Whiteside e Collins, imagino que a polícia não tenha vazado o meu depoimento. Quanto à opinião pública, Collins é só a delegada de um xerife e está fazendo seu trabalho. Se ferirmos essa mulher, só vamos piorar as coisas. Tem que haver outra saída.

— Se você tiver um plano melhor, sou todo ouvidos — Danny falou.

— A agente do FBI. Mitchell. Vamos falar com ela. Você conta tudo o que me contou. Ela vai interrogar Whiteside e Collins.

— Você já falou sobre eles para ela — Danny apontou. — Isso fez a mulher interrogá-los?

Audra desviou o olhar.

— Não, ainda não. Mas ela não ouviu a sua história.

— Tinha um agente do FBI ligado ao caso da Sara. Operações Especiais contra o Rapto de Menores, certo?

Audra assentiu.

— O nome do meu agente era Reilly. Contei tudo isso a ele antes de… Bem, não sei se ele não acreditou em mim ou se só não queria enfrentar a situação. De todo modo, ele não fez nada.

— Mas Mitchell vai fazer. Eu sei que vai — Audra falou. — Ela é uma boa pessoa.

— Boas pessoas também cometem erros. Cometem erros o tempo todo.

— Me deixe tentar. — Ela agachou diante dele, as mãos unidas em um gesto de quem implora. — Se eu conseguir fazê-la escutar, você conversa com ela?

— Isso significa me colocar em risco.

— De quê?

— Pode ser que eu não queira nem o FBI, nem os policiais analisando meu caso muito de perto.

— Por quê? O que você fez?

Ele não conseguiu olhá-la nos olhos.

— Não vou conversar com os policiais nem com os federais. Eles não vão ajudar. Não sem uma influência.

— Influência?

— Pressão externa — Danny esclareceu. — Se Mitchell não agiu ainda por vontade própria, talvez um empurrãozinho possa ajudá-la.

Audra se levantou e andou de um lado a outro do quarto. Roía as unhas, que pareciam não ter muito mais a oferecer.

— A imprensa — ela falou. — Posso dar uma declaração à imprensa. Se Mitchell não repassa a eles o que eu contei, então eu mesma falo. Daí isso chega à opinião pública. E ela vai ter que interrogá-los.

— É arriscado — Danny respondeu. — Se você atingir o xerife desse jeito, ele vai reagir.

Audra parou de andar.

— Vou correr o risco. Eles não querem uma história? Então darei uma história a eles.

31

Audra gritou:

— Ei!

Alguns dos repórteres se viraram para ela, mas a maioria não.

— Ei! Aqui!

Agora mais jornalistas a viam e se mexiam. Microfones, câmeras, celulares, qualquer coisa capaz de registrar imagem ou gravar som.

Audra estava no último degrau da escada em frente à hospedaria. Tentou se arrumar um pouco, mas continuava com uma aparência péssima. O importante é que não parecia louca, pensou ao se checar no espelho no corredor. A sra. Gerber gritou seu nome enquanto ela passava pela porta, aconselhou-a a não sair, mas Audra a ignorou. Agora ela esperava, via o pessoal da imprensa correr em sua direção como porcos atrás de comida.

O primeiro jornalista se aproximou, microfone posicionado, bem debaixo do nariz de Audra. Eles gritavam perguntas, mas ela nem ouvia. Manteve-se em silêncio até todos se reunirem à sua volta, brigando uns com os outros pelo melhor ângulo. Ainda gritavam, uma voz tentando abafar a outra.

— Silêncio — Audra ordenou.

O barulho só ganhou mais força.

— Calem a boca! — Alto o suficiente para fazer sua garganta doer. — Eu tenho algo a dizer.

Agora eles silenciaram, e o barulho da rua pareceu crescer ao redor deles. Audra avistou o xerife Whiteside encarando-a do outro lado da rua, em um banco na frente da lanchonete. Morte nos olhos. A ideia de dar meia-volta e entrar outra vez na hospedaria chegou a brotar em sua mente, mas ela a afastou. Diga logo o que tem a dizer, pensou. Fale por Sean e Louise.

— Eu não fiz mal nenhum aos meus filhos — Audra declarou.

O clamor ganhou força mais uma vez e ela ergueu a mão para silenciá-los.

— O Sean e a Louise estavam comigo, com um pouco de calor e cansados, é verdade. Mas estavam seguros comigo quando fui parada nos arredores da cidade, dois dias atrás.

Ela apontou para a rua. Os lábios de Whiteside se apertaram.

— Aquele homem ali, o xerife Whiteside, ele me mandou parar. Disse que meu carro estava com sobrecarga. Depois fez uma busca no porta-malas e encontrou um pacote de maconha. Não era meu. Ele plantou aquilo para poder me prender. Meus filhos estavam no carro enquanto ele fazia a busca e me algemava. Por rádio, chamou a delegada Collins para que ela buscasse o Sean e a Louise. Perguntei aonde estavam levando meus filhos e tudo o que ele respondeu foi: "A um lugar seguro". A delegada Collins levou o Sean e a Louise no banco traseiro de seu carro. Foi a última vez que vi meus filhos.

Os microfones brigavam por espaço diante de sua boca. Um coro de perguntas. Audra ignorou todas.

— Quando o xerife Whiteside me levou para a cadeia, perguntei pelos meus filhos. Ele disse que meus filhos não estavam comigo quando me parou. Desde então ele vem mentindo, ele e a delegada Collins. Eu contei isso para todo mundo, para a polícia do Arizona, para o FBI, para todo mundo, e ninguém acredita em mim. Eles nem repassaram para vocês, da imprensa, a minha versão da história. Mas eu estou informando a vocês agora. Meus filhos estão em algum lugar por aí, estão vivos. E aquele homem sabe onde eles estão.

Ela apontou outra vez para Whiteside e ele saiu da frente da lanchonete, andando pela calçada a caminho da delegacia.

— Perguntem a ele — Audra sugeriu. — Vejam o que ele tem a dizer.

Os repórteres se dividiram, alguns correram na direção de Whiteside. Ele apressou o passo, sem desviar o foco da entrada da delegacia.

— Isso é tudo o que tenho a dizer.

Audra virou para a porta, dando as costas para o enxame de perguntas. Já dentro da hospedaria, trancou a porta. Ficou observando através do vidro, vendo o restante dos repórteres correr na direção de Whiteside. Depois foi andando pelo corredor pouco iluminado.

Perto da porta da cozinha, quase escondida pela escada, a sra. Gerber a observava.

— Você acaba de criar um montão de problemas para si — falou a mulher.

Audra não respondeu, apenas apoiou o pé na escada.

— Você sabe o que eu penso de Ronnie Whiteside — a sra. Gerber continuou. — Mas Mary Collins? Ela é uma boa pessoa. Tem certeza do que falou sobre ela?

Audra parou, deu meia-volta.

— Sim, tenho certeza.

— E a gente pensa que conhece as pessoas. Ainda quer aquele café e bolo?

— Sim, por favor — Audra pediu. — Pode trazer duas porções? Tenho um convidado.

— Um convidado? Não permito visitantes nos quartos. Quem está lá em cima com você?

Audra pensou um pouco antes de responder:

— Não sei direito.

Foi até o segundo piso e entrou em seu quarto. Danny a esperava ali, ainda sentado onde ela o havia deixado.

— Então? — ele perguntou.

— Bom, eu contei para eles — Audra relatou. — Vamos ver se isso muda alguma coisa.

Danny se levantou, enfiou a mão no bolso lateral da calça cargo.

— Imagino que eles tenham ficado com o seu celular. Tome este. — E jogou um celular simples sobre a cama. — É pré-pago — explicou. — Só tem um número na lista de contatos. O meu. Se alguma coisa acontecer, ligue para mim imediatamente. Vou manter meu celular ligado o tempo todo. Você faça a mesma coisa.

Audra pegou o aparelho.

— Tudo bem — respondeu. — Obrigada.

— Certo. Agora eu preciso dar o fora daqui.

— Espere — Audra falou, surpresa por sentir vontade de que aquele desconhecido ficasse ali. Percebeu que havia passado sozinha praticamente todo o tempo desde que seus filhos foram levados e não queria ficar outra vez sem ninguém por perto. Pelo menos não ainda. — A dona da hospedaria, a sra. Gerber, vai trazer café. E bolo.

Danny deu de ombros e se sentou.

— Bom, se vai ter bolo...

32

Todos os olhares apontaram para Whiteside quando ele entrou na delegacia. Os policiais do estado, o pessoal do FBI, todos o encaravam. Incluindo a agente especial Mitchell, que marchou do fundo da sala em sua direção.

— Bem, parece que todo mundo ouviu o que ela falou — ele disse. — Não muda nada. Aquela mulher é louca, só isso.

— Muda muita coisa — rebateu Mitchell.

— Você sabe que o que ela está dizendo é um absurdo, não sabe? Talvez ela acredite nisso, mas não passa de um monte de bobagens. Você não pode levá-la a sério.

— Estou levando tudo a sério. — Mitchell cruzou os braços na altura do peito. — Desde que cheguei aqui, levo tudo a sério. E, por enquanto, não descarto nenhuma possibilidade.

— Então vá em frente — Whiteside ironizou, dando um passo mais para perto. — Me prenda. Me interrogue. Grude um maldito detector de mentiras em mim. Eu aceito tudo isso. Seu pessoal fez uma busca no carro da Collins, não fez?

— Correto — respondeu Mitchell.

— E por acaso encontraram algum sinal das crianças lá? Não? Estava limpo, não estava?

— Limpo até demais — confirmou a agente especial. — Não encontramos nada além de traços de água sanitária, como se alguém tivesse limpado muito recentemente.

— E a minha viatura? — indagou Whiteside, deixando a voz endurecer. — Também quer fazer uma busca na minha viatura? Quem sabe na minha casa? Lá tem porão. Quer dar uma olhada?

— Não será necessário — retrucou Mitchell, virando-se. — Por enquanto.

— Libere as imagens — ele falou.

Mitchell parou onde estava.

— O quê?

— A camiseta e a calça jeans. Sujas de sangue. Libere as fotografias para a imprensa, deixe-os cientes de que as roupas foram encontradas no carro dela. Isso vai sossegá-los.

— Vou pensar no seu caso — foi a resposta da agente. — Já terminou?

— Sim, já terminei.

Whiteside analisou a sala enquanto Mitchell se afastava, desafiando qualquer um a olhar para ele. Todos se fizeram de ocupados com seus mapas e notebooks.

— Alguém aqui tem alguma coisa para falar comigo? — Whiteside perguntou, sua voz estourando.

Ninguém sequer ergueu o olhar.

— Imaginei mesmo — ele concluiu.

Foi até a porta lateral, abriu-a e saiu para a rampa. Sentiu um desejo seco no fundo da garganta. Estava louco não por uma bebida, mas por um dos cigarros de Collins, imaginou o calor da fumaça em seu peito.

Como se materializada pela força de seu pensamento, Whiteside a viu chegando. Collins vinha usando outra viatura enquanto os federais faziam buscas na sua. Ela dirigiu até o fundo do estacionamento para encontrar uma vaga — as demais estavam tomadas por veículos de policiais estaduais e do FBI. Whiteside desceu a rampa e foi na direção dela, encontrando-a no meio do caminho.

— Ouviu as notícias? — perguntou.

Collins olhou por sobre o ombro dele para ter certeza de que não havia ninguém por perto.

— Uma parte. O que fazemos agora?

— Nada — ele respondeu. — A imprensa continua achando que ela é louca. Ainda querem vê-la queimar. Talvez eu consiga estimulá-los um pouco mais.

— Como?

— Deixe que eu me preocupo com isso.

— Pode ser que...

Ela ficou ali parada, a boca abrindo e fechando, com uma ideia medonha demais para ser verbalizada.

— O quê? — Whiteside perguntou. — Diga logo.

— Talvez haja uma saída. Talvez não seja tarde demais.

— Do que você está falando?

— Dizemos a ela que pode ter as crianças de volta se jurar não complicar a nossa situação. Podemos encontrá-las vagando por aí, seremos heróis, contanto que elas mantenham a boca fechada. Tem a recompensa de meio milhão oferecida pelo pai. Não é o valor que queríamos, mas é uma boa quantia.

Ele agarrou o braço de Collins, apertou com força.

— Pare com isso. Se continuar pensando assim, você vai acabar com nós dois. Controle os seus nervos. Faremos a entrega amanhã e aí acabou. Entendido?

Os olhos de Collins brilharam quando ela assentiu.

— Está bem.

— Ótimo — Whiteside respondeu. — Agora recomponha-se. Só mais um dia, só isso.

Whiteside virou para sair andando, mas Collins voltou a falar:

— A menina está doente.

— Doente? De quê?

— Está com febre, peito chiando, dormindo muito.

— E o menino?

— Ele está bem. Só ela está doente.

— Merda! — exclamou Whiteside. Levou a mão ao quadril e observou as colinas enquanto pensava. — Você tem remédios na sua casa, não tem? Os remédios do seu filho.

— Alguns — Collins respondeu.

— Tem antibiótico? Penicilina, amoxicilina? Alguma coisa desse tipo?

— Amoxicilina — Collins afirmou. — Preciso ter sempre à mão para o caso de o Mikey ter alguma infecção.

— Tudo bem. Dê um pouco para a menina. Leve ainda esta noite, se puder. Dê uma dose dupla como ataque.

— Mas é do Mikey.

— Depois você arruma mais para ele. — Whiteside olhou em volta, baixou a voz. — Cacete, Mary, você precisa começar a pensar direito. Não foda o nosso plano.

Whiteside voltou à delegacia, esperando conseguir controlar a raiva.

33

Fórum privado 447356/34
Admin: RR; Membros: DG, AD, FC, MR, JS
Título do tópico: Este fim de semana; Tópico iniciado por: RR

De: DG, sexta-feira, 18h02
RR, nosso plano continua de pé? Não sei o que os outros pensam, mas eu estou ficando um pouco nervoso. Nunca tivemos tanta atenção assim da mídia.

De: MR, sexta-feira, 18h11
Eu estive pensando a mesma coisa. Devemos minimizar o prejuízo, parando agora?

De: FC, sexta-feira, 18h14
Já paguei meu meio milhão. Imagino que todos nós tenhamos pagado. Não coloco um dinheiro alto assim para depois cancelarem a noite por causa de uma reportagenzinha na imprensa.

De: MR, sexta-feira, 18h18
FC, tem muito mais coisas em jogo aqui do que apenas dinheiro. Se você não pode perder meio milhão, então não pertence a este grupo.

De: FC, sexta-feira, 18h20
MR, vá se foder. Eu posso me dar ao luxo de perder mais dinheiro do que você ganhou no ano passado inteiro sem nem me preocupar com isso. Se quiser pular fora, vá em frente.

De: MR, sexta-feira, 18h23

FC, é fácil falar quando se tem a rede de segurança do papai para te segurar se você cair.

De: DG, sexta-feira, 18h27

Cavalheiros, por favor, mantenham a civilidade. Isto aqui não é uma sessão de comentários do Facebook e ninguém precisa brigar. Vamos simplesmente esperar e ouvir o que RR tem a dizer.

De: JS, sexta-feira, 18h46

Cavalheiros, alguma informação? Devo admitir que também estou nervoso. Está em todo lugar nos noticiários.

De: DG, sexta-feira, 18h50

Acalmem-se, pessoal. RR vai entrar em contato na hora certa.

De: RR, sexta-feira, 19h08

Cavalheiros, vamos prosseguir conforme o planejado. O vendedor já entrou em contato e garantiu que está tudo sob controle.

E mais: eu obtive alguns bens importados, então, mesmo se algo der errado, teremos entretenimento para a noite. Todos preferimos bens produzidos localmente, é óbvio, mas teremos o suficiente mesmo se não conseguirmos os itens pretendidos — e não tenho motivos para pensar que não conseguiremos.

FC & MR, mais uma discussão assim e serão expulsos.

Vejo todos amanhã.

34

Sean esperava debaixo da escada, na penumbra. Alguns segundos antes, estava deitado com Louise, abraçando-a apertado, sentindo sua irmã queimar em seu peito como se ela abrigasse uma fornalha em seu interior. A frente da camisa de Sean, ainda umedecida pelo suor de Louise, o fazia sentir frio. A respiração da menina estava irregular.

Sean já tinha se levantado do colchão quando ouviu o roncar da motocicleta se aproximando. Em seguida, notou passos lá em cima, atravessando o chalé até o alçapão. O ruído da tranca, o estalo do trinco, a luz se acendendo. Ele se afastou para trás, ocultando-se na penumbra.

Collins desceu pesadamente os primeiros degraus, parou após percorrer um terço do caminho. Sean ergueu as mãos.

— Sean? Onde você está?

Ele permaneceu parado, em silêncio, com as mãos prontas.

— Eu trouxe remédio para a sua irmã — Collins anunciou. — Venha, vamos ajudá-la a ficar bem outra vez.

Silêncio total.

— Sean, venha para onde eu possa te ver. Não quero ter que ficar brava.

Ela desceu um degrau. Depois mais um.

— Vamos logo. Estou supercansada e sem paciência para isso.

Collins agora descia mais rápido, e Sean viu o coturno pelo espaço entre os degraus. Quando o tornozelo dela apareceu diante de seus olhos, ele estendeu a mão e segurou. Na verdade, mal tocou o tornozelo dela, mas foi o bastante.

E o tempo se distendeu, como se em câmera lenta: os pés dela escorregaram pela borda do degrau, os braços girando. Então ela tombou para a frente, atingiu a escada com tanta força que o garoto sentiu a vibração se espalhar pelo chão, chegando à sola dos pés. Collins rolou escada abaixo, os ombros e a cabeça batendo repetidas vezes nos degraus. Pousou pesadamente de costas no piso de tábuas, e Sean ouviu a forte expiração dela, o ar deixando os pulmões em um só fôlego.

Aja rápido, ele pensou. Aja agora.

Ele saiu de trás da escadaria, deu a volta e subiu, dois degraus de cada vez. Ouviu um grito lá embaixo, uma mistura de raiva e medo. Não olhou para trás, mas, ao se aproximar do topo, sentiu o peso de Collins pisando nos degraus de baixo.

Ele alcançou a abertura no piso do chalé. Seus pés derraparam quando ele se voltou de novo para a entrada do alçapão. Apressou-se, viu Collins subindo, já perto. Estendeu a mão na direção da portinhola, segurou-a, lançou-a para baixo com toda a força que tinha. Collins gritou outra vez quando a portinhola atingiu sua cabeça, suas mãos já arranhavam o piso do chalé.

Sean saiu pela porta da frente, atravessou a varanda e correu na direção das árvores, sentindo no chão a forração que vinha do bosque de pinheiros. Aproveitando o ar fresco e limpo em seus pulmões, ele passou pela moto e seguiu rumo às árvores.

— Pare!

Ele hesitou entre dois pinheiros, esquerda e direita, já esperando que o disparo de uma bala o derrubasse.

— Pare, seu....

A voz não tinha se aproximado. Talvez ele conseguisse ser mais rápido que ela. Talvez.

Mas aí ele enroscou o dedão do pé na raiz de uma árvore e caiu. Viu o chão se aproximar enquanto, por um instante, sentia seu peso sumir, no ar. Primeiro o quadril e depois o ombro atingiram o solo, um de cada vez. Collins ressurgiu diante de seus olhos quando ele enfim estava caído. Sem ar, o garoto tentou se levantar, mas ela o atingiu com força, corpo a corpo, deixando-o estirado outra vez.

Lute, pensou Sean. Lute ou você vai morrer.

Ele cerrou os punhos, desferiu golpes na direção dela, sentiu suas mãos atingirem a pele suave na região do peito. Ela soltou todo o peso do corpo sobre Sean e tentou agarrar seus pulsos. Ele se desvencilhou e golpeou as laterais do corpo dela, chegando até as costas, agarrando as roupas. A palma da mão da delegada atingiu em cheio a bochecha do garoto, a visão dele falhou por um segundo. Collins apoiou o joelho no peito de Sean, prendendo-o onde estava.

— Jesus Cristo, quer que eu mate você? — ela berrou, a voz ecoando pelo bosque. — E a sua irmã também? É isso que você quer?

Sean piscou, algo no céu chamou sua atenção. Bem lá no alto, um avião deixava seu rastro branco contra o azul intenso. Mesmo em meio ao medo, assaltou-o o pensamento de que talvez alguém na aeronave pudesse olhar para baixo e vê-lo preso ali. Collins se abaixou, seu nariz quase tocou o de Sean, que não conseguia mais ver o avião.

— Porque eu posso muito bem fazer isso — ela ameaçou. — Não duvide, nem por um segundo.

Collins se reclinou para trás, procurando alguma coisa.

Por uma fração de segundo, Sean pensou: Santo Deus, ela vai perceber, ela vai notar e vai me matar. Depois ela encostou a boca da arma na bochecha de Sean e o alívio tomou conta dele, um alívio tão intenso que quase o fez gargalhar.

Collins pressionou a arma com mais força.

— Vou enfiar uma bala nessa sua cabecinha de merda, está me ouvindo? Uma na sua e uma na da sua irmã. Primeiro vou matar Louise e te forçar a assistir. — Collins levantou o joelho do peito de Sean, ficou em pé. Apontou o revólver para a testa dele. — Levante e comece a andar.

Ele ficou parado por um momento, mirando o céu, procurando o avião. Encontrou o rastro, seguiu-o até ver a aeronave em meio aos galhos. Depois se levantou e limpou as folhas secas da camiseta e da calça jeans.

Collins apontou o revólver na direção do chalé.

— Vamos — ordenou.

Sem ar, de cabeça baixa ao andar, Sean fez o que ela mandou.

— Acho que você não faria isso — ele falou ao entrar na clareira.

— Cale a boca — Collins retrucou.

— Acho que o xerife seria capaz — ele continuou, arriscando olhar para ela e se deparando com a arma ainda apontada em sua direção. — Mas você não seria. Porque tem um filho da minha idade.

— Cale essa boca e entre logo na casa.

Um empurrão entre as omoplatas o fez cambalear pela varanda e pela porta. Sean foi até o alçapão, desceu os degraus. Louise continuava deitada onde ele a havia deixado, os olhos encarando-o, o rosto suado.

Collins o acompanhou por metade do caminho antes de parar. Na base da escada, ele se virou para encará-la. Ela apontou para os sacos de papel no chão.

— Ali está a comida de vocês. E um frasco de antibiótico. Dê à sua irmã três comprimidos agora e três mais tarde. Ela precisa melhorar se vocês quiserem sair daqui.

Sean se ajoelhou, analisou os sacos de papel, colocou o sanduíche e as frutas de lado. Encontrou um pequeno frasco, que tilintou quando ele o ergueu. Amoxicilina, dizia.

— Se tentar aprontar outra dessas, vai ver o que eu sou ou não sou capaz de fazer — Collins ameaçou. Virou-se e subiu as escadas. Bateu o alçapão com força depois de passar e o trancou.

— Você me deixou aqui — Louise reclamou.

Espantado, Sean virou a cabeça na direção da irmã.

— O quê?

— Você fugiu e me deixou aqui — ela repetiu com olhos penetrantes e implacáveis.

— Não, não é verdade.

— É, sim — retrucou a menina. — Eu vi.

Sean se arrastou pelo chão para se ajoelhar ao lado dela.

— Eu não fugi — falou. — Eu só tive que sair para buscar uma coisa.

— Buscar o quê? — ela indagou, levantando a cabeça.

Ele enfiou a mão na frente da calça jeans, pegou a peça de metal.

— Isso — respondeu. — Olha.

— O que é?

Diante de Louise, ele abriu o canivete que havia puxado do bolso da delegada Collins e mostrou a lâmina afiada.

35

Audra assistia ao noticiário, sua mão cobrindo a boca.

O âncora no estúdio chamou Rhonda Carlisle, a imagem passou para a repórter, a rua principal de Silver Water escurecia atrás dela.

— Mais um grande desdobramento esta tarde no condado de Elder se seguiu à declaração chocante feita mais cedo por Audra Kinney — anunciou Rhonda Carlisle. — Uma fonte que preferiu permanecer anônima, mas está ligada à investigação do paradeiro de Sean e Louise Kinney, vazou imagens de evidências extraídas do carro da mãe, apreendido nos arredores desta cidadezinha desértica quarenta e oito horas atrás.

As fotografias da camiseta manchada e dos jeans rasgados. Audra quis virar o rosto, mas não conseguiu.

— A fonte relata que essas peças foram encontradas escondidas embaixo do banco do passageiro do furgão de Audra Kinney por uma equipe do FBI em Phoenix. A fonte também conta que traços de sangue foram encontrados em toda a parte traseira do carro, o que só faz crescer, nas autoridades, o temor pela segurança das crianças.

De volta ao estúdio, o âncora perguntou à repórter:

— Rhonda, é possível que esse vazamento seja uma resposta direta às acusações feitas por Audra Kinney contra o Departamento do Xerife do condado de Elder?

Com um semblante sério, a repórter voltou a falar.

— Sem dúvida é uma coincidência e tanto, Derek. É claro que tudo não passa de especulação, mas podemos imaginar que a equipe de investigação quis amenizar os danos provocados pela declaração de Audra Kinney. Considerando as descobertas das roupas manchadas de sangue e o que sabemos sobre os problemas emocionais e mentais dessa mulher, somados à questão do vício, o cenário não é muito bom para ela, o filho e a filha. A fonte ainda relatou que, com essas evidências físicas em mãos, a Divisão de Investigações Criminais do Departamento de Segurança Pública do Arizona tem tudo o que precisa para ordenar a prisão de Audra Kinney por suspeita de assassinato dos filhos. Mas também fomos informados de que a equipe de Operações Especiais contra o Rapto de Menores do FBI, que está encabeçando a operação de busca, vem mantendo a polícia distante na esperança de que a sra. Kinney entregue a localização dos filhos, vivos ou mortos. Segundo a fonte, a paciência das autoridades está se esgotando e eles devem emitir um mandado de prisão nas próximas vinte e quatro horas. Quando isso acontecer, a investigação deixa de ser por desaparecimento e passa a ser por assassinato.

Audra desligou a televisão e disse:

— Whiteside vazou as fotos. Só pode ter sido ele.

— Eu avisei que ele revidaria — Danny lembrou. Uma caneca vazia e um prato com migalhas de bolo descansavam no chão ao seu lado. — Se fossem prender você hoje, já teriam feito isso a esta altura. Imagino que venham te buscar de manhã. Se formos agir contra Collins, tem que ser esta noite.

— Não podemos — Audra respondeu. — *Eu* não posso. Eu não sou...

Ela olhou para Danny, virou outra vez o rosto.

— Como eu?

— Não foi isso que eu quis dizer. Eu nem te conheço.

Audra se levantou da cama, analisou uma vez mais os mapas emprestados que havia pegado com a sra. Gerber.

A proprietária ficara boquiaberta ao ver Danny em um canto, exigindo saber quem era aquele intruso e como havia entrado ali. Audra fez de tudo para acalmá-la e garantir que estava tudo bem.

Depois de um pouco de persuasão, a sra. Gerber trouxera o mapa e apontara as regiões.

— Se eu fosse esconder duas crianças — dissera —, não seria na parte mais baixa do deserto. Eu iria ao norte, onde é mais fresco, perto da floresta. — Bateu a ponta do dedo no mapa. — Aqui fica a borda de Mogollon, que dá acesso ao planalto do Colorado. De uma hora para a outra a paisagem se transforma de cactos em coníferas e, antes que você se dê conta, está a dois mil metros de altura e com pinheiros por toda a volta, a perder de vista. Nada além de florestas desde lá até a cidade de Flagstaff. Se eu quisesse esconder alguém, seria lá.

Agora, Audra observava novamente o mapa, a enorme extensão que a sra. Gerber apontara mais cedo, e fez uma negação com a cabeça.

Danny veio ao seu lado.

— Mesmo se eu a levasse embora daqui escondida, por onde você começaria a procurar? Precisamos pegar a Collins. É a única saída. Você sabe que eu estou certo.

— Tem outra opção — Audra insistiu. — Você conversar com Mitchell.

— Não vou discutir esse assunto outra vez. Não posso...

Uma batida à porta o silenciou. Danny olhou para Audra, que também o encarou.

— Quem é? — ela perguntou.

— Agente especial Mitchell. O detetive Showalter está comigo. Audra, podemos trocar uma palavrinha?

Ela foi até a porta, observou pelo olho mágico, viu as formas distorcidas de Mitchell e Showalter esperando no corredor mal iluminado.

— Agora? — Audra indagou.

— Sim, agora — Mitchell respondeu com um pouco de irritação na voz.

Audra virou para Danny, apontou na direção do banheiro. Ele entrou ali, fechou a porta sem fazer barulho. Ela virou a chave da porta do quarto, puxou a corrente e abriu.

Mitchell e Showalter entraram sem esperar um convite.

— Eu ouvi uma voz — Mitchell foi logo dizendo. — Pensei que talvez estivesse acompanhada.

— Era a TV — respondeu Audra. — O que vocês querem?

A agente especial notou o mapa, ainda aberto na cama.

— Planejando uma viagem?

— Só pesquisando aonde Whiteside e Collins podem ter levado os meus filhos.

Showalter fez um gesto de reprovação com a cabeça e revirou os olhos. Mitchell o ignorou.

— E chegou a alguma conclusão?

— Norte — Audra respondeu. — Na floresta. Lá é mais fresco e tem muitos lugares para esconder alguém.

Mitchell inclinou a cabeça.

— Não a leste? De onde você veio?

205

Audra soltou o peso do corpo na cadeira.

— Por favor, estou muito cansada. Por que vieram aqui?

— Para informar que o que você fez mais cedo foi incrivelmente idiota.

— Não estou nem aí — Audra retrucou. — Eu tinha que fazer alguma coisa.

Mitchell sentou na beirada da cama, inclinou-se para a frente, uniu as mãos.

— Você quer fazer alguma coisa? O que acha de me contar onde seus filhos estão?

Audra fechou os olhos, soltou a cabeça para trás.

— Ah, meu Deus, não vamos começar outra vez com essa história. Se veio aqui para isso, é melhor ir embora.

A agente se levantou, aproximou-se de Audra, agachou-se diante dela.

— Olha, eu vim aqui para podermos conversar informalmente, sem registrar nada. Sem câmeras, sem notebooks. Para dar mais uma chance a você antes de a polícia agir.

— Agir?

— Audra, eles não precisam do corpo para acusar você de homicídio. As roupas que encontramos no seu carro já bastam. O único motivo de você não ter sido presa pelo assassinato dos seus filhos é que eu quis te dar uma chance de contar a verdade. Para facilitar as coisas para você. Até agora eu fui a responsável por encontrar seus filhos, mas, quando se transformar em uma investigação de homicídio, Showalter assume o controle. A Divisão de Investigações Criminais decide quando isso acontece, não eu. Eu os mantive distantes pelo tempo que consegui, mas não posso mais. Você provocou isso com a brincadeirinha que fez mais cedo. Agora, pelo amor de Deus, me conte onde Sean e Louise estão.

— Jesus! — Audra exclamou. — Como vocês podem ser tão cegos?

— Amanhã cedo, às dez em ponto — Mitchell falou. — Catorze horas. É tudo o que temos, Audra. Depois disso, você estará nas mãos da polícia estadual, da Divisão de Investigações Criminais. Aí eu não vou mais estar aqui por você. Acha que o que enfrentou até agora foi difícil? Eles vão te devorar viva.

Audra se ajeitou na cadeira e perguntou:

— Você interrogou Whiteside?

— Eu falei com ele, sim, mas...

— Você o interrogou? — Audra insistiu, sua voz endurecendo. — Como suspeito.

Mitchell negou com a cabeça.

— Não, não interroguei.

— E Collins?

— Não.

Audra olhou firmemente nos olhos de Mitchell.

— Então de que forma você está me ajudando? Quero que saia agora.

Ela não viu Showalter se mexer ao seu lado, só sentiu a mão dele agarrando seus cabelos e puxando a cabeça para trás. Audra arfou e gritou de dor. Suas mãos se fecharam, tentaram afastar os dedos dele. Ele veio bem perto, tão perto que ela sentiu o hálito de cigarro e a saliva espirrando em seu rosto quando ele falou:

— Ouça o que eu digo, sua vaca louca. Se eu tivesse escolha, te daria uma surra até arrancar a sua confissão. Pode ser que ainda faça isso. Você tem até amanhã cedo para contar o que fez com seus filhos. Depois disso, será toda minha. E eu não sou nada bonzinho.

Mitchell se levantou.

— Detetive Showalter, solte ela.

Ele se aproximou um pouco mais, puxou os cabelos de Audra.

— Amanhã de manhã, está me ouvindo?

— Porra, Showalter, para com isso.

Audra gritou quando ele a apertou com mais força.

— Tire as mãos dela — Danny Lee ordenou.

36

Danny passou todo o tempo que aguentou ouvindo. As vozes o transportaram ao passado. As acusações, a descrença intencional. Ele havia permanecido atrás da porta do banheiro, apertando os punhos, rangendo os dentes, imaginando Mya naquele quarto, as mesmas perguntas sendo lançadas a ela. Então ouviu o grito, as palavras amargas e cheias de ódio do policial.

Quando ele passou pela porta, foi com a intenção de espancar Showalter. Mas sua mente clareou quando ele viu que era Audra quem estava ali, e não sua esposa, morta há tanto tempo.

Enquanto todos os três o encaravam, ele pensou: O que posso fazer agora? Se não posso feri-los, o que fazer?

— Quem diabos é você? — perguntou, de olhos arregalados, a agente especial Mitchell.

— Meu nome é Danny Lee — ele respondeu, saindo do banheiro. Falou ao homem com os cabelos de Audra na mão, a raiva fervendo em sua voz: — Senhor, eu pedi para tirar as mãos dela.

Showalter soltou, mas empurrou a cabeça de Audra como se estivesse jogando alguma coisa no lixo.

— Meu amigo — disse. — É melhor se explicar bem rapidinho, antes que eu chute o seu rabo para bem longe daqui.

Danny pensou: O que eu posso fazer?

E logo concluiu.

— Senhora — Danny se voltou para Mitchell. — Podemos conversar?

Ela levou as mãos à cintura.

— Sobre o quê?

— Prefiro que seja em particular — Danny falou, assentindo para Showalter.

— Espere aí — Showalter latiu.

Mitchell ergueu a mão para o detetive, dizendo-lhe para ficar quieto.

— Qual é o seu nome mesmo? — ela perguntou.

— Danny Lee.

— Sr. Lee, não tenho a menor ideia de quem o senhor é ou do que está fazendo aqui. Para ser totalmente sincera, sua presença me deixa alarmada, e agora me sinto bastante inclinada a pedir ao detetive Showalter que o leve para trás das grades por estar interferindo nesta investigação. Por que, então, eu deveria lhe conceder o meu tempo?

— Porque você quer encontrar essas crianças — Danny replicou.

A agente especial Mitchell ficou em silêncio, ouvindo, caderno aberto sobre a velha mesa de jantar. Havia dito que o quarto era pequeno demais, então eles tiveram de segui-la ao andar de baixo. Mitchell pediu a Showalter que esperasse no corredor; ele protestou, mas ela o fez lembrar que, pelo menos aquela noite, ainda era ela quem tomava as decisões.

Audra se encostou na parede e, de longe, via Mitchell tomando notas enquanto Danny falava. A agente não o interrompeu, não apresentou sua perspectiva sobre nada do que ele dizia. Danny tentou ler a expressão dela, mas não conseguiu.

Ele ficou do lado oposto a ela na mesa e falou usando o tom mais calmo que conseguiu, sem emoções, mesmo ao descrever o momento em que encontrou o corpo da esposa. Como se tivesse esgotado todas as lágrimas muito tempo antes. Agora não restava nada além do recitar vazio dos fatos.

Quando Danny terminou, Mitchell permaneceu parada, sua atenção focada no caderno. Os músculos de seu maxilar se repuxaram. Depois de alguns momentos, ela inspirou, expirou e se levantou.

— Me dê um minuto — pediu, erguendo o caderno. Foi ao corredor e fechou a porta.

Audra deixou seu lugar junto à parede, aproximou-se da mesa, sentou--se. Danny balançou a cabeça enquanto a observava.

— Ela não vai acreditar — ele falou.

— Pode ser que acredite. De um jeito ou de outro, tínhamos que tentar.

Danny se levantou e foi à janela com vista para a rua. Puxou a persiana de lado e observou. Lá fora, tudo parecia desolador. Tão sem vida.

— Os repórteres foram embora — falou. — Pelo menos a maioria deles.

— Acho que tem um motel na cidade ao lado — Audra supôs. — Não se preocupe, amanhã cedo eles estarão de novo aqui. Não vão perder a chance de se alimentarem de novo. Você sabe bem. Já aconteceu com você.

— Para eles, você é um monstro — Danny afirmou, ainda fitando a rua.

— Quando aconteceu com a gente, a situação foi horrível para a Mya, mas, no seu caso, é pior ainda.

— Por quê? — Audra ficou curiosa.

Ele se afastou da janela e se virou para ela.

— Você realmente não sabe?

Ela negou com a cabeça.

— Porque os seus filhos são brancos. Uma menininha mestiça, filha de pai chinês, não tinha tanto valor assim para eles.

— Jesus Cristo! — Audra exclamou. Ela fechou os olhos, cobriu o rosto com as mãos. — Se eu não recuperar meus filhos, não sei se vou aguentar. Aquilo que a sua esposa fez... como eu poderia não fazer também?

— Acho que você é mais forte do que a Mya era — Danny falou. Aproximou-se da mesa, sentou novamente. — Você já passou por poucas e boas, não passou?

Audra afastou a mão do rosto e falou:

— É verdade.

— Você vai conseguir — ele disse.

Audra só conseguiu assentir e oferecer um sorriso desanimado em resposta, mas Danny percebeu a dúvida que ela carregava. Contudo, não ofereceu mais nenhum conforto. Os dois ficaram em silêncio até Mitchell voltar.

O rosto da agente continuava sem expressão quando ela fechou a porta. Mitchell se aproximou da mesa, mas não se sentou. Apoiou as mãos no encosto de uma cadeira, agarrando-o com seus dedos fortes.

— Sr. Lee, consegui falar com o agente especial Reilly. Ele confirmou que a sua filha desapareceu e que a sua esposa tirou a própria vida. Sinto muito por sua perda, sr. Lee, mas o agente especial Reilly me contou que nunca acreditou na versão dos acontecimentos apresentada por sua esposa. Também me disse que o senhor tem um passado bastante agitado. Duas sentenças por crimes violentos, uma longa lista de passagens pela polícia, inclusive por assassinato.

— Isso foi há muito tempo — Danny retrucou.

— Então o senhor é uma pessoa reabilitada, isso é ótimo, mas não me ajuda em nada agora. Tampouco ajuda a sra. Kinney. Portanto, gostaria que o senhor deixasse a cidade esta noite. Se não for embora, vou pedir ao detetive Showalter que o prenda por obstruir esta investigação.

Audra olhou para Mitchell, apertando os punhos. Seu semblante endurecido quase fez com que Audra virasse o rosto. Quase. Então Mitchell disse a ela:

— Amanhã, às dez horas da manhã, um mandado de prisão será emitido para você pelo assassinato dos seus filhos, Sean e Louise Kinney. Você tem esta noite para pensar no que vai fazer. Fui o mais gentil e paciente que pude com você, mas, assim que esse mandado for emitido, não poderei fazer mais nada para ajudar. Acredite, eles não vão ter misericórdia nenhuma. Vão rasgá-la em pedacinhos.

Audra se levantou, inclinou-se sobre a mesa, na direção de Mitchell.

— Faça só uma coisa por mim. Por favor.

— O quê?

— Interrogue Whiteside como você me interrogou. Collins também. Pressione-os, veja se consegue encontrar alguma brecha na versão apresentada por eles. Faça isso hoje à noite.

— Por favor, pare com isso — Mitchell falou, pressionando a ponta dos dedos na testa. — Pare, pelo amor de Deus.

— Interrogue os dois — Audra insistiu. — Aí pelo menos pode dizer que tentou de tudo, que fez o seu trabalho.

— Vá se foder. — Os olhos de Mitchell brilharam. — Eu faço o meu trabalho e faço muito bem. Eu recuperei mais crianças que qualquer outro agente da equipe. Sério, vá se foder. Por que se sente no direito de questionar como eu faço o meu trabalho?

— Por quê? — Audra falou. — Porque, no fundo, você não acredita que eu fiz mal aos meus filhos.

A agente ficou em silêncio, seu olhar queimando a pele de Audra.

— Interrogue os dois — Audra insistiu. — Por favor.

Mitchell balançou a cabeça de um lado para o outro e expirou.

— Vou ver o que consigo fazer. Mas, a não ser que eles me levem direto até as crianças, você será presa de manhã. E nem pense em fugir. Vai ter patrulha por toda a rua para garantir que você não escape. — Ela apontou para Danny: — Não quero voltar a te ver.

Mitchell deu meia-volta e saiu, batendo a porta com força ao passar.

— Acho que você a irritou bastante — Danny comentou.

— Ótimo.

Ele se levantou e foi ao lado de Audra.

— Esteja pronta para sair às cinco da manhã. Espero você.

— Por quê?

— Porque, seja o que for que Mitchell diga ao xerife e à delegada, eles não vão entregar os seus filhos. Então amanhã cedo vamos buscá-los.

Danny foi até a porta e saiu sem dizer mais nada.

37

Whiteside estava saindo da prefeitura, onde os esforços de busca eram coordenados. A barulheira dos telefones ainda soava em seus ouvidos, as linhas todas ocupadas por aquela recompensa de meio milhão de dólares. Lá fora, depois de a imprensa ter ido embora, Silver Water parecia uma cidade fantasma. O xerife imaginou que todos estivessem descansando um pouco no motel barato de Gutteridge. A fadiga comia sua mente pelas bordas, e, se ele se convencesse de que dessa vez o sono chegaria, iria para casa agora mesmo e se deitaria na cama. Poderia ter tentado, mas Mitchell ligou em seu celular e exigiu que ele voltasse à delegacia.

Whiteside havia ligado várias vezes e enviado muitas mensagens de texto a Collins, mas ela não respondia desde que saíra para ir ao chalé. A ideia de que alguma coisa tinha dado errado passou por sua cabeça, mas ele fez seu melhor para ignorar. Preocupar-se agora não ajudaria em nada.

A delegacia estava silenciosa; os policiais mais velhos já tinham ido para casa. Tudo parecia estar chegando ao fim, tinham aceitado que as crianças estavam mortas e ponto-final. Whiteside podia ver isso nos olhos dos policiais estaduais e federais.

Em todos, exceto Mitchell, que parecia nunca desistir de nada.

Ela e o idiota do Showalter esperavam próximos à sala de interrogatório. Whiteside assentiu quando ela acenou para que se aproximasse. Seu lacaio, Abrahms, estava sentado a uma mesa, o notebook aberto à sua frente. Ele observou o xerife se aproximar.

— Do que precisa? — Whiteside perguntou. — Eu estava pensando em ir para casa e descansar um pouco.

Mitchell abriu a porta da sala de interrogatório, manteve-a aberta com espaço suficiente para ele passar. Whiteside deslizou o olhar da porta para Mitchell, para Showalter e de volta para ela.

— O que é isso?

— Só alguns minutinhos do seu tempo — a agente especial falou. — Você não se importa, não é mesmo?

— Você vai me interrogar? — ele indagou, apontando para a porta aberta. — Está falando sério?

— Algumas perguntas, só isso.

Whiteside virou para Showalter, que deu de ombros, o que fazer?

— Tudo bem — respondeu o xerife, lançando um sorriso a Mitchell. — Mas sejamos breves. Minha cama já está me chamando.

Ele se sentou à mesa enquanto a agente arrumava a câmera e logo se deu conta do que Abrahms estava fazendo com o notebook.

— Vai enviar isso para o tal comportamentalista de Phoenix?

— Isso mesmo — Mitchell respondeu.

— E que tipo de comportamento exatamente ele vai procurar?

Ela se aproximou da mesa, sentou-se, pegou caderno e caneta.

— Ora, nada em particular. Só rotina. Você entende.

— Claro, eu entendo. O seu colega comportamentalista tem algo a dizer sobre os interrogatórios que você fez com a sra. Kinney?

— Sim, os relatórios dele chegaram esta tarde.

— E então?

— A sra. Kinney acredita no que está dizendo.

Whiteside se viu prestes a discutir, mas Mitchell ergueu a mão.

— Por favor, diga seu nome e posição, para fins de registro.

Ele também a encarou.

— Meu nome é Ronald Whiteside, xerife do condado de Elder. A sra. Kinney pode acreditar nas besteiras que está dizendo, mas, mesmo se deixarmos de lado as evidências físicas encontradas no carro dela, você e eu sabemos que aquela mulher está completamente louca.

— A saúde mental da sra. Kinney está aberta a debates, xerife, mas ela se mantém consistente ao narrar sua versão dos eventos desde a primeira vez que a interroguei.

Whiteside deu uma piscadela para Showalter.

— Então é uma louca consistente.

Showalter sorriu, arrogante.

— Vamos levar isto a sério, xerife — pediu a agente.

— Ora, eu estou levando a sério, acredite. Estou levando a sério desde antes de vocês aparecerem com seus belos ternos e suas câmeras. Agora vamos em frente, pergunte o que quer perguntar para que eu possa sair logo daqui.

Mitchell virou a página e começou a fazer anotações em uma folha em branco.

— Onde encontrou a sra. Kinney pela primeira vez?

— No estacionamento da loja de conveniência na County Road, uns oito quilômetros antes da saída para Silver Water. Eu estava sentado na minha viatura, tomando um café da garrafa térmica, quando ela estacionou. Saiu do carro e olhou em volta. Ela notou a minha presença, o que pareceu, por algum motivo, deixá-la abalada.

— Como assim?

— Ela se esforçava para parecer à vontade, se é que você me entende. Veja, eu já contei tudo isso dois dias atrás.

— Não diante da câmera. Então você sentiu que ela pareceu nervosa com a sua presença.

— Exato. Como se não quisesse ver um policial. Então, enquanto ela estava na loja, eu dei a volta na construção e a esperei sair e ir embora. Assim eu poderia segui-la e verificar se havia algum problema no carro ou em seu jeito de dirigir. Por acaso o carro estava com excesso de peso, então a parei por isso.

— E como estava a sra. Kinney quando foi abordada?

— Um pouco assustada — Whiteside respondeu. — Como um cervo que sabe que alguém está apontando para ele.

— E como foi a sua postura?

— Educado, casual, amigável. Como sempre sou.

Ele resgatou da memória a conversa daquele dia, a mulher no banco do motorista, com as mãos no volante.

— Na ocasião, você notou a presença da cadeira para criança no banco de trás?

Em sua mente, ele a visualizou, vazia.

— Sim, notei.

— Não achou estranho ver a cadeira sem nenhuma criança ali?

— Na verdade, não — falou Whiteside. — São muitas as vezes que o pai ou a mãe sai sem os filhos e não tira a cadeirinha do carro.

— Era um carro com placa de Nova York — Mitchell prosseguiu. — Você achou normal alguém vir desde o estado de Nova York com uma cadeirinha para criança no banco traseiro, mas sem a criança.

— Naquele exato momento não achei estranho, mas depois, sim, eu...

— Você perguntou sobre a cadeirinha à sra. Kinney? Ou sobre a criança ou crianças que não estavam ali?

Ele negou com a cabeça.

— Não, não perguntei. Ninguém falou nada de crianças até eu colocá-la ali atrás, na cela. Foi ali que ela me perguntou onde as crianças estavam.

— E qual foi a sua resposta?

Whiteside tentou ler as feições da agente. Nada. Perguntou-se quais cartas ela teria na manga.

— Eu falei: "Que crianças?" Ela começou a ficar toda agitada, então a deixei sozinha por um tempo, na esperança de que se acalmasse. Mais tarde, quando voltei, conversamos e eu expliquei que não tinha nenhuma criança no carro na hora em que a parei. Foi nesse momento que ela me agrediu, conforme você pode ver nas imagens do circuito interno. Depois desse episódio, comecei a alertar as autoridades sobre essas crianças. E foi aí que você se convidou para participar da investigação.

— Onde a delegada Collins estava durante esse tempo?

— Em patrulha. Ela percorre a cidade e as estradas aqui em volta. Fica de olho nas questões básicas de trânsito. Depois, pelo que eu saiba, ela foi para casa. Mora com a mãe e o filho na Ridge Road. Também vai interrogá-la?

— Ainda não consegui entrar em contato com ela — Mitchell respondeu. — Alguma ideia de como eu conseguiria?

Ele checou o relógio no pulso.

— Ela está de folga. Noite de sexta-feira. Se tiver um pingo de sanidade, está relaxando com uma cerveja ou uma taça de vinho. Pode ser que tenha desligado o celular.

Mitchell virou uma página.

— Vamos conversar sobre a versão dos eventos dada pela sra. Kinney.

— Jesus! — ele exclamou. — Já que estamos nesse clima, que tal conversarmos sobre os indícios de que aquela cena do homem pisando na Lua é falsa? Ou que o Onze de Setembro foi orquestrado pelo próprio governo americano.

Mitchell não se abalou.

— A sra. Kinney insiste que, quando você a fez estacionar, os filhos dela, Sean e Louise, estavam no banco traseiro. Ela diz que você conversou com eles, inclusive censurou o menino e o mandou voltar para dentro do carro. Ela também declara que você chamou, por rádio, a delegada Collins para que ela fosse buscar as crianças, para mantê-las seguras enquanto você cuidava da situação da mãe. Você ajudou a delegada Collins a colocar as crianças no banco traseiro do carro e, quando a delegada foi embora, foi a última vez que Kinney viu os filhos.

Whiteside esperou ouvir mais informações, mas só recebeu um olhar duro de Mitchell.

Quando ficou claro que ela não diria mais nada, ele falou:

— Sim, essa é a versão dela. Mas, não importa quantas vezes você conte uma história, ela não se torna real só porque é repetida. Segundo o marido dessa mulher, ela é instável há anos. Só Deus sabe que tipo de fantasia Kinney tem naquela cabeça. É um absurdo tudo isso. Eu e Collins roubamos as crianças... Para que faríamos algo assim? Já ouviu falar em algo do tipo?

Mitchell deu um sorriso sério.

— Para dizer a verdade, já. E ouvi falar esta noite.

Whiteside deslizou o olhar de Mitchell para Showalter, que deu de ombros. Depois se concentrou outra vez na agente.

— O que foi? — falou. — Para de querer me foder, Mitchell.

O sorriso dela endureceu.

— Alguém me contou uma história interessante mais cedo. Sobre um homem cuja mulher saiu de carro com a filha. A esposa foi parada por um policial de uma cidade pequena e presa por alguma acusação fabricada. Quando a mulher perguntou sobre a filha, o policial disse: "Que filha? Você estava sozinha quando eu mandei estacionar". Isso lhe soa familiar?

Ele pensou no homem que encontrara mais cedo na lanchonete, o homem que pedira um sanduíche a mais para levar, o homem que dissera saber o que Whiteside tinha feito.

— Então outra pessoa imaginou a mesma história? E daí? Me deixe adivinhar: essa história foi contada por um chinês.

— Um ásio-americano, sim, correto. O que soa familiar é que a suposição de culpa também recaiu sobre a mãe. Todos se convenceram de que ela havia matado a filha em algum momento entre deixar sua casa e ser parada pela polícia.

— Este país é enorme — Whiteside respondeu. — Deve haver centenas de milhares de pessoas paradas no trânsito todos os dias. E quantas crianças desaparecidas? E, de todas essas crianças desaparecidas... você deve ter essa informação... de todas essas crianças desaparecidas, quantas acabam sendo vítimas dos próprios pais? Então você ouviu uma versão parecida de algum outro surtado por aí. Um louco atrai outro louco. Aposto que também já viu isso antes.

Mitchell não fechava aquele maldito sorriso, como se guardasse todos os segredos do mundo atrás dos dentes. Whiteside teve que se concentrar para manter uma expressão apática, uma leve irritação pela intrusão e nada mais.

— Mas teve alguns detalhes interessantes — Mitchell comentou.

O xerife sentiu vontade de arrancar a tapas o sorriso do rosto dela.

— Tipo o quê? — perguntou.

— Já ouviu falar da dark web, certo?

— Acho que sim — ele respondeu, dando de ombros. — É tipo o submundo da internet. Eles compartilham pornografia infantil lá, pelo menos foi o que eu ouvi dizer.

— Entre outras coisas — falou Mitchell. — Pornografia infantil; filmes que mostram assassinatos em tempo real, softwares ilegais, ferramentas de hackeamento, qualquer coisa que uma pessoa possa querer discutir em segredo com outras que pensam da mesma forma. Qualquer tipo de atividade ilegal, na verdade. As pessoas promovem vendas de drogas e armas, até encomendam mortes. E, em um cantinho bem escuro, pelo que me disseram, um grupo de homens muito ricos usa agentes da lei corruptos para obter crianças.

A boca de Whiteside secou, a língua grudou no céu da boca. Uma gota de suor frio seguiu seu curso, descendo pela espinha. Porém ele manteve o rosto inexpressivo, sem piscar, sem repuxar um único músculo. Emitir algum sinal, por menor que fosse, seria equivalente a apontar um revólver para a própria cabeça e atirar aqui e agora. Ele mexeu a saliva pela boca, soltou a língua e disse:

— Eu não sei de nada disso. Parece um negócio asqueroso.

— De fato é — falou Mitchell. — Suponho que você não entregaria voluntariamente todos os computadores, tablets e smartphones ao meu colega, o agente especial Abrahms, para serem inspecionados, certo?

Mais uma gota de suor. E um músculo se repuxou. Abaixo do olho esquerdo, ele sentiu algo como o toque de um anjo. E Mitchell também notou, seu olhar focou ali antes de se afastar outra vez.

— Está certa em sua suposição — ele replicou. — Se quiser fazer buscas nas minhas coisas, vai precisar de um mandado. Agora, acho que já dediquei tempo suficiente a esta conversa. Preciso dormir um pouco e vou para casa fazer justamente isso. Se quiser continuar me interrogando, declare a minha prisão e me interrogue na presença de um advogado.

Ele se levantou, chutou a cadeira para o lado, foi até a porta e falou:

— Boa noite, vocês dois.

Na delegacia, o brilho da tela do notebook iluminava o rosto de Abrahms. Ele usava fones de ouvido, tomava notas em um bloco de papel. Whiteside resistiu à vontade de arrancar a caneta da mão e rasgar as anotações daquele cara. Em vez disso, foi marchando ao banheiro masculino, abriu a porta com um chute e a fechou violentamente.

Lá dentro, passou pelo mictório e entrou na única cabine existente, trancando-se ali dentro.

— Caralho — xingou. — Filhos da puta do caralho, porra.

Tremores abalaram o centro de seu corpo, espalharam-se por braços e pernas, suas mãos tremiam. Ele levou o nó de um dedo entre os dentes e mordeu com força, buscando a clareza que aquele gesto traria, mas não trouxe. Seus pulmões expandiam e contraíam, ar entrando e saindo como se uma mão gigante esmagasse seu peito. Uma constelação de pontos escuros em sua visão, a cabeça parecendo flutuar sobre os ombros. Os pulmões se esforçando mais e mais rápido, o coração acelerando para acompanhar aquele ritmo.

Ataque de pânico.

Estou tendo um ataque de pânico, ele pensou.

Soltou o peso do corpo no vaso sanitário, uma mão em cada parede para conseguir se segurar.

— Jesus — disse. — Jesus Cristo.

Inclinou-se para a frente, baixou a cabeça entre os joelhos. Respire, disse a si mesmo. Respire. Inspire pelo nariz, um-dois-três-quatro, segure o ar, um-dois-três-quatro-cinco-seis-sete, solte pela boca, um-dois-três-quatro-cinco-seis-sete-oito. Repita, repita, inspire, segure, expire.

O mundo enfim se estabilizou o suficiente para ele conseguir erguer a cabeça, afastando o rosto do fedor impregnado de urina e excremento. Mais um ou dois minutos e Whiteside quase conseguia respirar normalmente. Uma vez mais e conseguiria se levantar.

Whiteside enfiou a mão no bolso em busca do celular. Hesitou, ciente de que não deveria usar seu telefone oficial, que deveria usar o aparelho para essa finalidade, mas não tinha tempo. Pela quinta vez naquela noite, ligou para Collins. Ouviu o tom de chamada, certo de que ela não atenderia.

— Alô?

Assustado, ele engoliu uma arfada.

— Alô? Ronnie?

— Mary, escute. Não volte à delegacia. Não vá para casa. Me encontre em trinta minutos, você sabe onde.

— Ronnie, o que está...

Whiteside desligou, enfiou o celular outra vez no bolso. Deu descarga, saiu da cabine, lavou as mãos. Depois, atravessou a delegacia sem olhar para Mitchell, Showalter ou Abrahms e seguiu a caminho de seu carro.

38

Danny acordou na escuridão total com a sensação nauseante de estar em queda livre, desorientado. Alguns momentos se passaram antes de ele lembrar onde de fato estava: no andar superior, onde ficava o estoque da loja de móveis que invadira mais cedo.

Quando saiu da hospedaria onde Audra se encontrava, foi direto ao seu carro e deixou Silver Water, subindo pelo riacho em direção às colinas. Ali, estacionou e esperou o céu ir de azul a preto.

Observou a faixa alaranjada no horizonte enquanto ela devorava as montanhas, pensou na beleza do interior. Danny não tinha saído de San Francisco tantas vezes na vida. Mya falava sobre viajar quando Sara ficasse mais velha. Explorar os Estados Unidos, quem sabe até mesmo a Europa. O sonho se transformou em pó, assim como sua esposa.

Quando a escuridão encobriu a paisagem, ele voltou à cidade, mantendo os faróis apagados ao passar pelas casas nos bairros afastados, cruzar a ponte e entrar na ruela que dava acesso à rua principal. Deixou o carro ali, de modo que não pudesse ser visto por quem passasse pela rua, e seguiu seu caminho até os fundos das propriedades, onde encontrou a loja de móveis. Em menos de dois minutos já estava lá dentro; a loja não tinha alarme. No andar de cima, encontrou uma caixa repleta de almofadas desencapadas. Jogou-as todas no chão, criou uma espécie de ninho, e programou o despertador do celular para tocar às três da manhã.

Agora acordado e alerta, checou o relógio: 2h46. Mas o que o teria acordado?

Ouviu atentamente.

Ali estava: um movimento, um passo. Um farfalhar. Couro no linóleo, tecido esfregando em tecido.

Danny estendeu a mão para pegar seus pertences, que havia deixado ao lado das almofadas: sapatos, carteira, celular. O Smith & Wesson Model 60 e a munição permaneciam escondidos no carro alugado, no porta-malas, debaixo do estepe, com braçadeiras, alicate, fita adesiva, canivete e outros itens que havia comprado em uma loja de Phoenix.

Barulho nas escadas. Dois pares de pés. Um mais pesado que o outro.

Então soube quem era e sentiu alívio por ter deixado o revólver para trás. Se estivesse com a arma aqui, ela seria justamente a desculpa necessária para atirarem nele. Levantou, enfiou seus pertences nos bolsos, aproximou-se da parede, ergueu as mãos.

Movimentos e sussurros do outro lado da porta que dava acesso à escada. Um feixe de luz se mexendo em volta da porta.

— Estou ouvindo — Danny falou. — Entrem, não estou armado.

Silêncio por um instante, depois a porta se abriu bruscamente e a lanterna o cegou. Ele usou a mão direita para proteger os olhos.

Um clique e a luz fluorescente no teto ganhou vida.

Whiteside e Collins o encararam, os dois sem suas fardas. Collins apontou um revólver para o peito dele enquanto Whiteside apagava a lanterna.

— Só de passagem, não é mesmo? — ironizou o xerife.

— Pensei em ficar mais um dia — Danny respondeu, ainda de mãos erguidas. — Como me encontrou?

— Não foi difícil. Eu sabia que você não respeitaria a ordem de deixar a cidade, tem muitas construções abandonadas por aqui, então só procurei sinais de invasão de propriedade. E aqui está você.

— Aqui estou eu — Danny ecoou.

— Deveria ter ido ao motel em Gutteridge — falou o xerife. — Não é lá grande coisa, mas, Jesus, é melhor que isto aqui.

— Eu me satisfaço com pouco.

— Sim, e também se acha muito esperto. Agora me vejo diante de um dilema. Devo prendê-lo por vadiagem, invasão de propriedade privada ou as duas coisas?

— Ou eu posso simplesmente seguir meu caminho — Danny propôs. — Como se nada tivesse acontecido.

— Nada acontecido? — Whiteside deu risada. — Rapaz, você é muito engraçadinho. Muito engraçadinho mesmo. Já causou problemas demais. Disse que estava desarmado.

— Sim — Danny confirmou, sorrindo. — Uma pena, não é mesmo? Whiteside retribuiu o sorriso.

— Bem, uma arma talvez simplificasse as coisas. Mas você não vai se importar se eu verificar, vai? Coloque as mãos na cabeça e dê alguns passos para a frente.

Danny seguiu as ordens e permaneceu em silêncio, parado, enquanto Whiteside o tateava e enfiava a mão em seus bolsos. O xerife examinou o que encontrou, analisou o que havia na carteira, estudou os cartões, contou o dinheiro. Puxou a habilitação, leu os detalhes e enfiou de volta na carteira.

Devolveu a carteira e o celular. Danny baixou as mãos, pegou tudo e enfiou de volta nos bolsos.

Viu o punho de Whiteside vindo, mas era tarde demais para evitar o golpe.

O soco acertou o lado esquerdo do rosto de Danny, empurrou seu maxilar para a direita. Suas pernas amoleceram enquanto o cômodo girava. Ele caiu, o ombro foi o primeiro a atingir o chão. Embora todos os instintos lhe dissessem para se levantar, para reagir, ele se forçou a ficar ali, caído. Conforme sua mente e visão clareavam, Danny levou a mão à bochecha, avaliou o maxilar. Não estava quebrado. Talvez tivesse perdido um dente, mas só isso. Já havia sofrido coisa pior.

— Levanta — Whiteside ordenou.

Danny cuspiu no chão, viu sangue no linóleo.

— Estou de boa aqui — respondeu.

— Levanta logo, porra.

Whiteside afundou o coturno no flanco de Danny, abaixo da costela. O diafragma repuxou, expeliu o ar dos pulmões, negou-lhe a respiração para enchê-los outra vez. Ele tentou se apoiar nas mãos e nos joelhos, engatinhar, mas Whiteside chutou de novo, dessa vez na coxa. Danny rolou para o lado, ergueu as mãos, pediu trégua.

— De pé — o xerife ordenou. — Você tem dez segundos antes de eu chutar cada uma das suas costelas.

Danny ficou de joelhos, então seu corpo dobrou com um ataque de tosse até a visão embaçar. A mão dura de Whiteside o agarrou por debaixo do braço, puxou-o para que ficasse em pé.

— Muito bem — falou Whiteside, afastando-se. — Sr. Lee, eu agradeceria se o senhor calçasse seus sapatos e me acompanhasse com a delegada Collins até o lado de fora.

— Estão me prendendo?

Whiteside puxou um revólver da parte de trás do cinto. Destravou a arma, apontou o cano para a barriga de Danny.

— Não — esclareceu. — Não estamos te prendendo.

39

As mãos de Sean sangravam e seus ombros doíam. Ele vinha desgastando a madeira a noite toda, enfiando a lâmina, batendo, enterrando, revirando, derrubando farpas e lascas. Ao inserir a lâmina entre a borda do alçapão e o batente e passá-la pela extensão, conseguiu encontrar o ponto onde o trinco ficava. A portinhola era composta por nove tábuas parafusadas do outro lado em uma estrutura com formato de Z. Ele chegou a pensar em desencaixar as tábuas da estrutura, mas sabia que o canivete quebraria muito antes de sequer começar. Em vez disso, então, Sean se concentrou na área em volta do trinco. A tábua à qual esse trinco estava preso não tinha mais do que um centímetro e meio, e a madeira era velha. Não estava apodrecida, mas tampouco era forte como um dia já fora. Mesmo assim, o trabalho era lento e árduo, e Sean já via sangue escorrer por seus antebraços.

Ele tinha parado um tempo atrás para descansar e dar a Louise a segunda dose do antibiótico. A primeira dose parecia já ter surtido efeito, a testa estava mais fria ao toque, os tremores haviam diminuído. Agora ela estava sentada com a coluna ereta no colchão, observando Sean no topo da escada.

— Já está terminando? — perguntou com a voz rouca.

— Não — ele respondeu.

Depois de uma tosse barulhenta, ela perguntou:

— Quando vai terminar?

— Não sei. Vai levar um tempo.

— Mas quando?

— Mais tarde — ele contestou, erguendo a voz.

— Quando sairmos daqui, vamos encontrar a mamãe?

— Vamos.

— E onde ela vai estar?

— Não sei.

— Então aonde vamos?

— Não sei. Vamos sair correndo até onde conseguirmos.

— Mas aonde?

— Não sei. Ouça, deite e durma um pouco. Eu aviso quando terminar.

Ela seguiu a ordem, deitou-se no colchão, uniu as mãos debaixo da bochecha, usando-as de travesseiro. Sean sentiu uma pontada de arrependimento por ter sido ríspido com a irmã. Deixou a sensação de lado e voltou ao trabalho.

Uma memória brotou em um ponto distante de sua mente: um sermão de seu pai, numa das poucas vezes que Patrick Kinney tentara se comunicar com o filho. Palavras sobre a importância de trabalhar duro. Na vida, nada respeitável podia ser conquistado sem esforço. Trabalho duro, era a isso que ele atribuía sua fortuna. Sean, todavia, suspeitava de que a tal fortuna tivesse mais a ver com o dinheiro de sua avó.

Até agora, ele havia raspado a madeira em volta de dois dos parafusos que prendiam o trinco à porta. Supôs que existissem quatro. Tudo o que ele tinha de fazer era enfraquecer a madeira em volta dos parafusos, empurrar a porta com toda a sua força e a tranca arrebentaria. Ele havia levado algumas boas horas para encontrar o primeiro parafuso, mas a partir daí ficou mais fácil achar a posição do segundo. Agora estava mais complicado achar o terceiro.

Tentou encontrar um ponto mais perto da beirada. Bateu o canivete, enterrando a ponta da lâmina talvez meio centímetro. Depois, empurrou-a de um lado a outro, acompanhando a fibra, então contra a fibra, ampliando o corte. Mais um golpe, mais movimentos e um pedaço do tamanho de uma unha caiu. Mais um e...

Lá estava. Uma coisa dura ali dentro, uma coisa inflexível. O parafuso. Agora, ele tinha de raspar em volta, tirar a madeira, deixar o parafuso sem nada a que se prender.

Não conseguiu conter o sorriso, desfrutou do prazer selvagem daquele momento.

Alguns minutos depois, ele já tinha escavado dois terços do parafuso. Já conseguia imaginar o barulho que o trinco faria ao ser arrancado, como seria sentir o ar fresco quando ele e Louise estivessem lá fora, em meio às árvores. Como seria maravilhoso. Sentindo-se confiante, ele enterrou o canivete mais fundo, com mais força, virou a lâmina um pouco mais.

E foi então que a lâmina arrebentou.

Sean estava aplicando seu peso sobre o canivete, toda a força dos ombros. Quando a lâmina soltou, ele ainda estava empurrando. Caiu para a frente com o cabo na mão, os dedos ensanguentados. Soltou-o, tentou se agarrar a algo, gritou quando as farpas do corrimão atingiram a pele, já em carne viva. Virou-se nesse momento, as pernas brecando o movimento e os ombros levando o pior do impacto.

Sean ficou ali, uma das mãos no corrimão, as costas contra os degraus, vendo o cabo do canivete quicar até chegar ao chão lá embaixo. Ergueu o rosto, viu a lâmina ainda presa à madeira. Seus pés encontraram um degrau, ele alongou a coluna, examinou a palma da mão e as farpas ali enterradas.

— Merda! — exclamou, arrancando a maior delas.

— Você falou um palavrão — Louise apontou.

— Sim, e vou falar mais tantos outros.

Ele olhou para cima, para a lâmina, depois para baixo, para o cabo, e soube que a única chance deles estava arruinada. Descansou o antebraço nos joelhos, baixou a cabeça. E ali chorou, cansado demais para se importar se Louise veria ou não.

40

Eles estavam dirigindo fazia quase uma hora, Danny ao volante do carro alugado, Whiteside bem atrás dele. De tempos em tempos, Danny sentia o cano do revólver pelo banco traseiro. No retrovisor, acompanhava o farol da moto na qual Collins os seguia.

O carro balançava e trepidava pelo caminho. Eles tinham deixado a rodovia para trás havia muito tempo, agora seguiam pelas estradas de terra que os rancheiros atravessavam com seus quadriciclos e picapes. Danny então se deu conta de que aquele lugar provavelmente era o mais distante da civilização em que ele já estivera.

Só existia um motivo para o levarem ali. Provavelmente nem sequer tentariam enterrá-lo. Simplesmente deixariam seu corpo e o carro no deserto, deixariam os abutres bicarem seus restos até alguém acidentalmente dar de cara com a cena, dali a meses, quem sabe anos. Pensou em Sara e se ela estaria igual quando ele voltasse a vê-la, se havia congelado na idade em que fora levada, ou se teria envelhecido. Se alguém tivesse perguntado antes, Danny negaria acreditar nesse tipo de coisa, mas, no fundo, ele sentia o fio que o ligava à esposa e à filha.

Pensou em Audra Kinney e nos filhos dela, que ele sabia estarem vivos em algum lugar por aí. E se perguntou se havia alguma esperança para eles ou se já estariam perdidos.

— Diminua a velocidade — ordenou Whiteside.

Danny tirou o pé do acelerador, levou-o ao freio. De trinta para quinze quilômetros por hora.

— Vire aqui, à esquerda.

O carro sacudiu e desceu uma rampa curta enquanto Danny manobrava entre os cactos. Os faróis mostravam, ao longe, o contorno de formações rochosas.

— Ali — falou Whiteside. — Entre eles. Pare agora. Deixe o motor ligado.

Danny puxou o freio de mão, levou as mãos ao volante. Viu Collins estacionar ao lado do carro. Ela desligou a moto, empurrou o descanso e desceu. Pendurou o capacete no guidão. Só agora Danny percebeu que havia um segundo capacete na garupa da moto e então entendeu como eles planejavam voltar à cidade.

Collins puxou a arma do coldre, apontou através da janela do carro para a cabeça de Danny. Estendeu o braço e abriu a porta.

— Saia — ordenou.

Ele obedeceu à ordem, levou o tempo necessário, manteve os movimentos leves e fluidos. Collins não conseguia esconder os tremores em sua mão ao apontar, com o revólver, para ele se posicionar na frente do carro. Whiteside abriu a porta traseira e saiu do veículo. Deu a volta para encontrá-los, e os três foram iluminados pelos faróis.

— Acho que você entende o que está acontecendo aqui — Whiteside falou.

— Sim — Danny replicou.

— Então fique de joelhos.

— Não — Danny retrucou.

O xerife deu um passo mais para perto.

— Como é que é?

— Não ajoelho para nenhum homem desde o dia em que o meu pai morreu — Danny falou. — E não vou me ajoelhar para você, seu filho da puta.

De soslaio, viu Collins se movimentar, sentiu o pé dela prender atrás de seu joelho, empurrar. E sentiu seus joelhos baterem na terra.

— Só me responda uma coisa — Danny pediu.

— Foi mal, coleguinha, mas você não tem direito a últimas palavras.

— Por que estão fazendo isso? Vocês sabem quanto essas crianças vão sofrer. Acham que o dinheiro vai impedir que os pesadelos venham assombrá-los?

— Eu servi no Golfo — Whiteside retrucou. — Já vi mais coisas horríveis do que você seria capaz de imaginar. Não tenho uma boa noite de sono desde que larguei o serviço militar, então não acredito que isso vá me deixar pior do que já estou. Quanto ao motivo, é bem simples. Estou enjoado, cansado pra caralho de ser pobre. Estou com cinquenta e cinco anos e não tenho nada. Nada, porra nenhuma. Isso é motivo suficiente para você?

Danny tentou enxergar mesmo com a luz forte dos faróis ofuscando a visão. Forçou-se a olhar nos olhos de Whiteside.

— O nome da minha filha era Sara — falou. — Ela gostava de dançar e de ler. Queria ser ginasta ou adestradora de cães, ainda não tinha se decidido. Estava com seis anos quando a levaram. Tento não pensar no que fizeram com ela. Mas não consigo evitar. Aquilo matou a minha esposa. Também morri ali, mas eu não pude descansar.

— Vá em frente, faça o que tem de ser feito — Whiteside falou a Collins.

Ela encostou o revólver na têmpora de Danny. Ele virou a cabeça e pôde ver o medo estampado no rosto dela. O terror. O subir e descer dos ombros, os movimentos rápidos de seus olhos.

— O nome deles é Sean e Louise. Ele tem dez anos. Ela, seis. A mesma idade que a minha filha tinha. Você sabe o que vão fazer com eles.

— Cale a boca — Collins ordenou.

— Puxe o gatilho — exigiu Whiteside.

— Você tem filhos? — Danny perguntou. Viu a vacilação no rosto dela. — Tem, não tem? Dois? Três?

— Cale a boca!

Whiteside deu mais um passo.

— Que inferno, Collins.

— Talvez só um — Danny insistiu. — Um, não é? Menino ou menina?

Collins bateu a arma na nuca de Danny, que viu uma explosão de estrelas, um brilho forte atrás dos olhos. Caiu para a frente, apoiou as mãos no chão e se forçou a ficar outra vez em pé.

— Está fazendo isso pelo seu filho? O importante é que o seu filho não sofra, não é? Mas Sean e Louise, eles vão sofrer. Cada dólar que vocês gastarem, cada dólar vai custar a essas crianças suas...

Mais um golpe, mais uma explosão luminosa, e dessa vez Danny caiu no chão, sentiu terra e pedregulhos arranharem seu rosto. Uma pontada lancinante dentro do crânio, como se seu cérebro fosse um balão prestes a estourar. Não desmaie, disse a si mesmo. Não. Ele levou as mãos debaixo do peito, forçou-se a levantar uma vez mais.

— Pelo amor de Deus, faça logo o que precisa ser feito — Whiteside ordenou. — Ou eu vou ter que fazer?

Danny o ignorou, virou-se outra vez para Collins. Collins, de olhos arregalados, mantendo a respiração irregular e os dentes travados.

— Está mesmo disposta a fazer essas crianças, Sean e Louise, sofrerem e morrerem por dinheiro? — Danny apontou para Whiteside. — Ele consegue viver com isso, mas você é diferente. Não é? Você é capaz de enfrentar...

Ela golpeou outra vez, mas agora Danny estava preparado.

Ele se esquivou para o lado, agarrou o punho de Collins, aproveitou o próprio impulso dela para derrubá-la. Usou a mão direita para segurar a dela, puxou o braço para o lado e para cima, encontrou o dedo no gatilho, deu um tiro, depois outro. Os dois passaram por sobre o ombro de Whiteside. Não havia chance de o atingirem, mas o assustaram o suficiente para que ele se jogasse no chão.

Danny arrancou o revólver da mão de Collins, encostou a boca ainda quente da arma na têmpora dela enquanto Whiteside se esparramava na terra. Collins tentou lutar, mas Danny pressionou o revólver com mais força em sua têmpora.

— Pare — ele ordenou. — Fique parada.

Ela ficou, então Danny apoiou a sola dos pés no chão e encostou as costas na frente do carro. Levantou-se, erguendo também Collins. Whiteside ficou de joelhos, mas Danny deu outro tiro para cima.

— Fique abaixado — ordenou. — E jogue a sua arma para longe.

O xerife passou a língua pelos lábios, flexionou os dedos.

— Nem tente — Danny o censurou. — Vou explodir seus miolos. Jogue a arma longe.

Whiteside permaneceu parado por alguns momentos, cheio de ódio nos olhos. Então jogou o revólver para longe, em algum lugar no escuro, além do alcance dos faróis do carro.

— Mãos na cabeça — ordenou Danny. Depois, no ouvido de Collins, disse: — Tire a chave da moto do bolso. Jogue para lá.

Apontou com o cano do revólver para a escuridão. Collins fez conforme ele havia instruído. Danny ouviu as chaves caírem.

— Vamos — ele falou.

Ele deu a volta no carro e foi ao lado do motorista, parou para abrir a porta, pressionou o cano da arma outra vez na nuca de Collins para mantê-la ali enquanto abria a porta traseira.

— Quando eu mandar, entre e feche a porta — Danny instruiu. — Agora.

Os dois entraram, Collins na frente e Danny atrás, enquanto Whiteside os observava com fúria. As portas bateram ao mesmo tempo.

— Muito bem — Danny falou enquanto o xerife o encarava à luz dos faróis. — Agora me leve de volta a Silver Water.

Conforme Collins dava ré, ele ouvia Whiteside gritar por sobre o barulho do motor.

41

Audra sonhou com a casa de sua infância. Uma casa velha nos arredores de uma cidade não distante de Albany. Um quintal grande, a macieira ao fundo. Os quartos nos quais tinha receio de entrar porque seu pai dissera não, não entre lá. Entrar naqueles cômodos o deixava furioso, fazia seu punho golpear, seu cinto bater.

Ela sonhou com seu quarto no andar de cima da casa, a luz entrando, lembrou que se estivesse deitada na cama e olhando pela janela via apenas o céu. Como se a casa flutuasse bem acima do nível do chão. E ela fingia ser Dorothy voando para longe, para uma terra de maravilhas.

O despertador na mesa de cabeceira a lançou para fora do sonho e ela sentiu-se afundar na cama como se despencasse de uma grande altura, seu corpo quicando no colchão. Recuperou os sentidos, perguntou-se quando teria caído no sono. Em algum momento depois da meia-noite, enquanto estava deitada ali, vestindo as mesmas roupas, mirando o teto e se perguntando o que Sean e Louise estariam fazendo.

Ela esperava que eles estivessem adormecidos.

Esperava que não estivessem com medo.

Esperava que estivessem seguros.

Quando programou o despertador para quatro e meia da manhã, não acreditou que se entregaria ao sono, mas se entregara, e estava contente por isso. Sentou-se, levantou-se da cama e, descalça, foi ao banheiro. Ali, usou o vaso, lavou o rosto e o corpo com a água fria do lavatório. Mirou-se no espelho, notou as linhas recém-surgidas em volta dos olhos e da boca, os novos fios de cabelo branco. Sem pensar, tocou em seu reflexo, a ponta dos dedos contornando o formato do rosto.

Uma emoção nova e repentina lhe ocorreu: luto. Luto por si mesma, pela menina que fora, pelos anos perdidos em um casamento que lhe arrancou a alma e deixou para trás uma mulher vazia. Tarde demais para recuperar aqueles anos, mas de forma alguma tarde demais para os tempos que estavam por vir. Um futuro com seus filhos. Sem eles, não havia propósito algum. Nada tinha um motivo de ser.

De volta ao quarto, ela vestiu uma camisa limpa e a abotoou, embora não servisse direito. Meias também limpas, o tênis um tamanho maior que o pé. Saiu do quarto, fechou a porta o mais discretamente que conseguiu, pois não queria acordar a sra. Gerber. A escada rangia e Audra estremecia ao pisar em cada degrau. Passou pelo corredor, foi em direção à cozinha.

Abriu a porta, entrou e viu a sra. Gerber à mesa, com uma xícara de café na mão e um cigarro parcialmente fumado apoiado em um cinzeiro limpo. Elas se encararam por um instante, as duas se flagrando em um momento que não queriam que ninguém visse.

— É só um por dia — a sra. Gerber justificou. — Quando estou muito preocupada, dois.

Audra assentiu e foi para a porta dos fundos.

— Está fugindo? — perguntou a mulher mais velha.

— Não — Audra respondeu. — Vou encontrar os meus filhos.

A sra. Gerber lançou um olhar firme para ela.

— Eu não fiz mal aos meus filhos — Audra reafirmou. — Seja lá o que venha a acontecer, por favor, lembre-se disso.

A sra. Gerber enfiou a mão no bolso da camisola e pegou um molho de chaves. Passou-as por sobre a mesa para Audra.

— Você vai precisar disso para abrir a porta e o cadeado no portão. — Apontou para o casaco dependurado no cabide perto da porta. — Para todos os efeitos, você pegou as chaves do meu bolso. Vou encontrá-las daqui a pouco na ruela.

Audra estendeu a mão para pegar o chaveiro, abriu a porta de tela. Olhou por sobre o ombro e falou:

— Obrigada.

Enquanto Audra virava a chave na fechadura, a sra. Gerber disse:

— Eu matei o meu marido.

Audra parou, deu meia-volta.

— Quase quinze anos atrás — continuou a sra. Gerber. — Ele chegou bêbado em casa certa noite e eu o esperei no topo da escada. Nem precisei empurrar. De verdade. Só estendi o braço, acho que encostei a mão em seu centro de gravidade. Ainda lembro do rosto dele naquele momento. O choque. E o curioso é que me sinto mais culpada por fumar um cigarro do que por tê-lo visto quebrar o pescoço. — Deu mais um trago antes de concluir: — Espero que você os encontre.

Audra a observou por um instante, depois assentiu. A sra. Gerber retribuiu o gesto e Audra foi embora.

Uma leve brisa soprou no quintal, resfriando sua pele. Ela foi ao portão, abriu o cadeado, chegou à ruela. Abriu a mão, deixou o chaveiro cair na terra batida.

Checou a rua, nas duas direções, não viu nenhum sinal de Danny. Levou a mão ao bolso, pegou o celular que ele havia lhe dado no dia anterior. Enquanto ela fitava o único número na lista de contatos, o telefone vibrou. Audra pressionou "atender" e levou o aparelho ao ouvido.

— Danny?

— Eu.

— Onde você está?

— Algumas quadras atrás da hospedaria. Tem um carro de polícia circulando pela rua principal. Parece inofensivo, mas não podemos correr o risco de ser vistos. Siga no sentido sul pelo beco, na direção do rio. Você vai ver outra ruela à esquerda, a mais ou menos vinte metros. Siga por ela até a próxima rua, cruze e atravesse a rua da frente. Eu estou do outro lado. Tome cuidado. Não deixe que ninguém te veja.

Audra desligou, guardou o celular e seguiu seu caminho pela ruela. Encontrou a via que ele tinha descrito e foi andando em direção à rua do outro lado. Uma voz a fez parar a alguns metros da outra ruela.

— Isso — ordenou um homem. — Faça logo o que tem que fazer.

Audra se encostou a uma parede e ficou ouvindo.

— Tudo bem, aja como quiser, mas, se cagar na sala outra vez, vou enfiar uma rolha no seu rabo.

Ela viu um homem pequeno, de meia-idade, passar pela ruela, um cachorro vira-lata se arrastando logo atrás. O homem logo sumiu da vista, mas o cachorro parou, fincou as patas na calçada. Mirava a ruela, as patas traseiras tremendo. Deixou escapar um forte latido e puxou a coleira, resistindo enquanto o homem o mandava ir, mas que droga.

Audra contou até dez antes de voltar a andar pela rua. Viu o homem e o cachorro seguirem seu caminho pela calçada, notou que o cachorro ainda procurava por ela, o homem o puxando. Do outro lado da rua, a próxima ruela e uma silhueta escura que podia ser de um carro. Correu naquela direção, mantendo a cabeça baixa, os passos o mais silenciosos que conseguia.

Ao chegar do outro lado, avistou Danny na penumbra, encostado a um Chevrolet empoeirado. Os pulmões de Audra lutavam por ar quando ela enfim se aproximou. Parou a alguns centímetros, viu o sangue nos cabelos dele, o lábio inchado.

— Caramba, o que aconteceu? — perguntou.

Danny sorriu, um repuxão involuntário de dor e ele tocou o lábio com a ponta dos dedos.

— Tive uma conversinha com o xerife Whiteside. Aqui, eu trouxe uma coisa para você.

Ele levou a mão às costas, ao cinto, puxou um revólver. Ela deu um passo para trás quando Danny estendeu a mão para lhe entregar a arma.

— Meu Deus, não. Eu não quero isso — Audra respondeu.

— Aceite — ele aconselhou. — Temos que estar preparados.

— Mas eu nem sei usar.

— É uma arma simples. Não tem trava nenhuma. Você só aponta e aperta o gatilho. Simples assim. Pegue.

Audra se aproximou. Estendeu a mão para segurar a arma, sentiu o metal frio em sua pele. Danny segurou o cano com a ponta dos dedos, mantendo o revólver apontado para o chão.

— É só manter os dedos longe do gatilho — explicou. — Não aponte para nada se não estiver pronta para atirar. Entendeu?

— Acho que sim — foi a resposta. — Vamos mesmo fazer isso? Sequestrar Collins?

Danny olhou de soslaio para ela.

— Ah, eu não te contei?

E estendeu a mão para abrir a porta, depois deu um passo para trás.

— Puta merda — Audra exclamou.

A delegada Collins estava deitada no chão, na parte traseira do carro, os tornozelos amarrados com cabos à barra de metal da base do banco do passageiro, os punhos presos atrás das costas, uma fita tapando a boca. Ela focou seus olhos arregalados em Audra.

— Eles estão em um chalé ao norte — Danny contou. — Na floresta, no planalto do Colorado, exatamente como a dona da hospedaria falou. Temos que dirigir por algumas horas.

Audra sentiu o calor nos olhos, um aperto na garganta. Abraçou Danny, beijou sua bochecha, afastou-se quando ele chiou com a dor que aquele gesto provocou.

— Obrigada — ela disse.

— Não recuperamos as crianças ainda — ele lembrou. — Vamos rápido. Whiteside continua solto por aí. Precisamos estar bem longe antes que ele consiga voltar.

Com Danny ao volante e Audra no banco do passageiro, eles pegaram a estrada de terra e deixaram a cidade para trás. Rumaram a leste, depois seguiram a norte. O sol começava a iluminar as montanhas, o calor ia aumentando e Danny ligou o ar-condicionado do veículo. Ergueu Collins e a colocou sentada no banco, encostada na porta, mas manteve as mãos dela presas atrás do corpo. Ela soltou um leve gemido quando ele arrancou a fita da boca, deixando um retângulo vermelho em volta de seus lábios. Collins deu as instruções de como voltar à rodovia e qual caminho tomar para chegar à mina que fechara anos atrás. Sulcos marcavam a terra, produzidos pelas rodas das grandes máquinas, contornos ainda visíveis à luz do amanhecer.

Depois de vinte minutos de estradas de terra, eles chegaram a uma via estreita que ziguezagueava pelas montanhas, repleta de subidas longas e íngremes, a variação de altitude provocando uma fina dor nos ouvidos de Audra. Logo o sol já queimava o mundo em volta deles, e ela desejou estar com os óculos escuros que haviam ficado no banco do passageiro de seu carro. Abaixou o quebra-sol, apoiou a mão em concha acima dos olhos.

E aí uma memória de quatro dias atrás brotou em sua mente. A imagem de uma cena apenas, mas que surgiu dolorosamente nítida. Audra imitou o que fizera naquela cena: encostou os dedos no vidro do carro. Um ou dois segundos depois, teve de afastá-los, já vendo a pele ali avermelhar, queimada pelo calor. Audra se lembrou de quando disse a Sean para tentar fazer aquilo. Ele relou no vidro, exclamou um "nossa" e riu enquanto afastava a mão.

Audra virou a cabeça para encarar a janela do passageiro, tentou esconder o tremor em sua respiração enquanto segurava as lágrimas.

— Se minhas palavras valem alguma coisa, eu sinto muito — falou Collins.

Audra secou as lágrimas e respondeu:

— Vá pro inferno.

42

Uma hora se passou antes de alguém voltar a falar.

A estrada era composta de subidas e descidas, serpenteava pelas colinas como uma fita puxada do rolo. Passaram por outro veículo, uma picape guiada por um motorista velho e grisalho. Ele ergueu o indicador do volante em um gesto de cumprimento ao passar. As longas extensões de terra eram pontuadas por vias em zigue-zague ao longo da subida — a borda de Mogollon, Audra lembrou — e a temperatura foi caindo até Danny ter de desligar o ar-condicionado.

Os três chegaram a uma área plana e a estrada se tornou reta. Por toda a volta, até onde a vista de Audra alcançava, pinheiros. Às vezes, o terreno se inclinava para um lado ou outro e as florestas se estendiam até o horizonte. Lindo e terrível, ela pensou, centenas de quilômetros de nada além de árvores.

Meus filhos estão em algum lugar por aí, sozinhos, pensou. Mas estou indo salvá-los.

Uma pergunta estalou em sua mente, e ela se pegou desesperada pela resposta.

— Quanto? — questionou.

Danny se virou para observá-la.

Audra olhou para o banco de trás, para Collins.

— Eu quero saber quanto.

Collins manteve a atenção focada na janela.

— Meio milhão — respondeu. — A parte do Ronnie era mais que isso. Não sei quanto no total.

— Meio milhão de dólares — Audra ecoou. — O que você pretendia fazer com esse dinheiro?

— Dar ao meu filho os cuidados de que ele precisa. — Os olhos de Collins brilharam. — Ele tem um problema cardíaco. Os remédios são muito caros e meu seguro não cobre nem metade. Minha mãe hipotecou a casa uma segunda vez e o dinheiro está no fim. Toda vez que ele piora e precisa de atendimento no hospital, eles cobram. Eu não tenho mais nada. Nada. Só queria que o meu menino ficasse bem, só isso.

Audra estudou as feições de Collins, o caminho deixado pelas lágrimas.

— E você estava disposta a sacrificar duas outras crianças para fazer isso acontecer.

— Exatamente. — Collins virou o rosto, encarou Audra. — Entenda, eles não são *meus* filhos.

O carro pareceu um pouco mais frio que antes e Audra abraçou a si mesma em busca de algum calor.

— Ali em cima, daqui a uns trezentos metros — Collins instruiu. — Tem uma saída para uma estrada de terra. Entre nela.

Danny diminuiu a velocidade e fez a curva, o mata-burro metálico trepidou sob os pneus. Ali o chão era mais macio, mais complacente que no deserto lá embaixo, uma camada de hastes de pinhos suavizava a terra dura.

— Siga esta trilha por uns quinze ou vinte minutos — Collins explicou. — Depois, temos que sair do carro e andar.

Eles seguiram o resto do caminho em silêncio, até Collins dizer a Danny para parar.

Audra saiu do veículo, alongou os braços e as pernas, estremeceu com o ar frio. Teve de lembrar a si mesma de que ainda estava amanhecendo, o relógio no carro dizia que não eram nem sete e meia. Danny deu a volta no carro e abriu a porta traseira.

— Segure o revólver — ele instruiu.

Audra voltou e pegou a arma no porta-luvas. A pistola pesada e gelada em sua mão fez outra onda de calafrios percorrer seu corpo.

— Mantenha apontado para ela — Danny falou. — Se ela tentar fazer alguma coisa, atire na perna ou no braço. Não atire para matar.

— Vou tentar — Audra respondeu, erguendo a pistola e apontando para a coxa de Collins, posicionando-se atrás de Danny enquanto ele usava um alicate para cortar os cabos que prendiam a delegada.

Danny deu um passo para o lado e Collins saiu do carro. Ela deu dois passos antes de cair sobre o próprio ombro, incapaz de se amparar na queda, pois os pulsos continuavam presos na altura da lombar.

— Merda — exclamou.

— Vamos — Danny falou enquanto estendia a mão para ajudá-la a se levantar. — Ande um pouco. Faça o sangue circular.

Eles lhe deram um ou dois minutos para se recuperar antes de Audra questionar:

— Para que lado?

Collins olhou além do carro e respondeu:

— Por ali. É uma caminhada de dez ou quinze minutos.

— Vamos — Audra ordenou. — Você guia.

Collins deixou a trilha e foi andando por entre as árvores. Audra e Danny a seguiram. O progresso era lento e Audra empurrava Collins entre as omoplatas para apressá-la. A delegada seguia o caminho cambaleando, mas não chegou a cair. Ela se virou outra vez para Audra.

— Se vocês soltassem as minhas mãos, eu conseguiria andar mais rápido — resmungou. — É difícil manter o equilíbrio assim.

Audra olhou para Danny, que deu de ombros.

— Eu não vou fazer mal nenhum — Collins garantiu. — Vocês estão armados.

— Está bem — Audra concordou, apontando o revólver para o ombro da delegada.

Danny puxou o alicate do bolso e se aproximou. Cortou o cabo e o deixou cair no chão. Collins esfregou os pulsos, alongou os braços, girou os ombros.

— Agora ande — Audra ordenou.

Conforme eles caminhavam, o ar parecia esquentar, fazendo gotículas de suor brotarem nas costas de Audra. Pássaros cantavam lá em cima, nas árvores, e criaturas se mexiam no chão, farfalhando nas sombras. Ela manteve o olhar à frente, além de Collins, em busca de algum sinal do chalé.

E lá estava, em meio aos pinheiros.

Audra congelou. Lá estava, e suas crianças ali dentro.

Ela correu. Braços queimando, pés batendo no chão da floresta. Passou por Danny, passou por Collins, correu como não corria havia anos, desde os tempos de colégio, quando corria porque aquilo lhe trazia alegria. Danny gritou seu nome, mas ela o ignorou.

— Sean! — sua voz ecoou em meio às árvores. — Louise!

Audra não diminuiu o ritmo quando entrou na clareira, quando subiu na varanda, quando empurrou a porta. Seus pés derraparam no piso de madeira quando ela tentou parar, perdendo o equilíbrio. Ela caiu estatelada no chão, não parou, apoiou-se nas mãos e nos joelhos, ainda segurando o revólver. Arrastou-se até o alçapão aberto, chamando o nome de seus filhos, gritando...

Aberto?

Ela viu a porta do alçapão lascada, as hastes a sustentando em pé. Viu a fechadura pendendo solta da madeira, o gancho caído no chão. Olhou para baixo, para o porão, e percebeu que estava vazio.

Mesmo ciente de que eles não a ouviriam, Audra gritou mais uma vez o nome dos filhos.

43

Sean e Louise continuaram andando. Louise se arrastava atrás, Sean não insistia mais para que ela se apressasse. Ele tinha percebido já há algum tempo que eles estavam perdidos, então era inútil ter pressa. Mesmo assim, precisavam continuar andando.

— Eu quero água — Louise gritou, três metros para trás.

— Você já tomou — Sean respondeu. — Eu já falei, temos que fazer essa água durar. Não sei quanto tempo vamos ficar aqui. Podem ser dias. Precisamos economizar.

Sean levava mantimentos em uma sacola plástica: duas garrafinhas de água, quatro barras de chocolate, duas maçãs e uma banana. Tinha prendido a alça no pulso, porque sua palma ainda doía e sangrava. A sacola parecia extraordinariamente pesada para o que continha, fazendo seu ombro arder com o esforço para carregá-la. Os pulmões também. Não importava quão fundo respirasse, parecia nunca ter ar suficiente. Era a altitude, imaginou. Louise nitidamente também sofria com aquilo.

Ele não sabia há quanto tempo estavam andando, mas imaginou que fazia pelo menos uma hora. O caminho que separava o chalé da estrada não era tão longo assim, então Sean se deu conta de que estavam no rumo errado. E se irritou consigo mesmo por isso. Fugira com pressa demais e não prestara atenção para onde haviam corrido. Mesmo tendo noção de quando o terreno se elevava ou baixava e de que poderiam já ter descido um pouco, Sean não via diferença alguma na floresta, não importando quanto caminhassem. Talvez os dois pudessem parar em breve, dividir um dos doces e uma banana. Mas ainda não era hora.

O que Sean mais queria neste mundo, além de encontrar sua mãe, era deitar na cama formada pelas folhas dos pinheiros e dormir. Não tinha dormido na noite anterior e suas mãos ainda sangravam por causa do esforço para escapar. Perdera a noção do tempo enquanto encarara, zangado, o cabo do canivete caído no degrau inferior da escada, furioso com a lâmina por ter quebrado, furioso consigo mesmo por pensar que ela não quebraria. Por fim, desceu a escada e pegou o cabo, virou-o na mão enquanto o estudava.

Foi só então que notou que a lâmina não tinha de fato arrebentado. Em vez disso, o cabo havia partido, as duas metades se separaram e a lâmina saiu. Sean usou os polegares para estudar as duas metades, percebeu que eram flexíveis. Então, sentou-se no último degrau da escada e passou mais algum tempo analisando o cabo. A essa altura, Louise tinha dormido e roncava no colchão. Dormido de verdade, não aquele cochilar febril do último dia.

Ele analisou outra vez o alçapão e a lâmina ainda grudada ao terceiro parafuso. Uma lâmina e um cabo eram tudo de que Sean precisava, não? Bastava uni-los outra vez. No topo da escada, avaliou a lâmina. Tirou a camiseta, envolveu a mão direita com ela e segurou o metal. Um empurrão e uma puxada.

A raiz espessa da lâmina prendeu-se facilmente no cabo, então as duas metades simplesmente precisavam ser atadas ali. Era necessário algo para mantê-las unidas. Sean olhou para seus pés e viu o cadarço do tênis. Menos de um minuto depois, estava pronto para montar outra vez o canivete. Mas ele parou por um instante. Havia um jeito melhor, não havia?

Sim. Sim, havia.

Sean virou o cabo de lado, de modo que formasse um T invertido com a lâmina. A imagem se desenhou em sua mente: as peças unidas com o cadarço, talvez um pedaço de tecido de sua camiseta para proteger a mão. Depois que decidiu o que fazer, não demorou muito a concluir o serviço.

E voltou ao trabalho, segurando a nova ferramenta, a lâmina projetada entre seus dedos, a maior parte dela envolta em tecido, só um centímetro da ponta exposto. Agora ele podia fazer menos esforço e escavar melhor a madeira. Mesmo assim, levou horas. Mas ele não se chateou. Especialmente quando ouviu o barulho glorioso ao empurrar o alçapão.

Naquele momento, Sean teve certeza de que tudo ficaria bem.

Agora, porém, já não tinha tanta certeza assim.

Parou e girou em busca de algo diferente em meio às árvores. Uma clareira, uma construção, uma estrada. Qualquer coisa. Não restava nada a fazer senão andar e manter a esperança.

— Podemos parar? — Louise perguntou.

— Não — Sean respondeu com a voz mais dura do que pretendia. — Continue andando.

Lembrou a si mesmo que sua irmã ainda estava doente. O pior da febre já tinha passado, mas a tinha deixado fraca e cansada. Ele daria mais antibiótico para ela tomar quando eles parassem.

— A gente está na selva? — Louise perguntou.

— Algo assim.

— As pessoas não morrem na selva?

— Talvez — Sean respondeu. — Às vezes.

— A gente vai morrer?

— Não. A gente não vai morrer.

E continuaram andando.

44

Audra apontou a arma para a testa de Collins.

— Onde eles estão?

A delegada permaneceu na clareira, de mãos erguidas.

— Eu deixei os dois aqui ontem à noite. Eu não...

— Onde estão os meus filhos?

Audra saiu da varanda, avançou na direção da delegada, revólver firme-mente apontado.

— Juro por Deus — falou Collins. — Eu tranquei a porta ontem à noite. Eles estavam aqui, eu juro, eles...

A mão esquerda de Audra acertou-a com força, fazendo-a cambalear com a intensidade do golpe, deixando uma marca vermelha em sua bochecha.

— Que tipo de animal você é? — Audra explodiu.

Collins ergueu outra vez as mãos e mais uma vez Audra a acertou. E de novo, agora no nariz, arrancando sangue. Danny deu um passo para trás, observando com expressão impassível.

— Fique de joelhos — Audra ordenou, uma onda de calma tomando conta dela. — Agora mesmo.

Collins obedeceu, ergueu as mãos, as palmas voltadas para Audra.

— Seja lá o que estiver pensando em fazer, por favor não faça.

— Cale a boca — ordenou Audra. — Olhe para lá.

— Por favor — Collins implorou.

Audra lançou um olhar para Danny.

— Faça o que tiver que fazer — ele disse.

— Ah, Cristo, ah, Jesus — Collins sussurrou, as mãos tremendo. Uniu-as. — Ah, Deus, perdoe os meus pecados.

Uma mancha escura se espalhou em sua calça jeans, na altura da virilha.

— Por favor, Jesus, me perdoe. Cuide do meu menino, Senhor, por favor, e da minha mãe. Por favor, Deus, tenha misericórdia de mim.

Audra ficou vendo aquela mulher fazer suas preces, imaginou a bala rasgando-lhe a cabeça, a existência dela se espalhando pelo chão da floresta.

— Inferno — exclamou, afastando o cano do revólver da cabeça de Collins. Em seguida, baixou a arma outra vez, bateu a coronha no crânio da delegada. Audra sentiu a força reverberar em seu punho, braço e ombro.

Collins caiu para trás, as pálpebras tremendo, um fio vermelho escorrendo de trás da orelha até o maxilar. Ela murmurou alguma coisa incompreensível antes de cair sobre as hastes de pinheiro.

Do outro lado da clareira, Danny encarou Audra.

— E agora? — perguntou.

Audra deu uma volta completa, estudando a tênue bruma entre as árvores.

— Agora procuramos os meus filhos.

— Aqui na floresta? — Danny veio ao seu lado. — A esta altura, eles podem estar em qualquer lugar.

— Como vamos encontrá-los, então?

Danny apontou para Collins, ainda parcialmente consciente no chão.

— Vamos levá-la de volta à cidade. Entregá-la a Mitchell. Eles podem organizar uma expedição de busca, agora que sabemos onde devem se concentrar.

— Estamos a duas horas da cidade — Audra lembrou. — E só Deus sabe quanto tempo iríamos demorar para fazer Mitchell e os policiais entrarem em ação.

Ela girou mais uma vez, imaginando por qual sentido eles teriam ido. Se seus filhos soubessem onde ficava a trilha, certamente teriam seguido para lá e depois andado pela estrada, certo? Ela apertou os olhos, buscando alguma coisa, qualquer coisa.

Audra parou. O que era aquilo? Algo atraíra sua atenção. Ela se virou outra vez, lentamente, analisando o que fosse. Olhou, olhou, olhou.

Ali estava.

Uma coisinha rosa em meio ao tapete de folhas. Ela perdeu outra vez de vista quando a brisa mexeu os galhos das árvores, atrapalhando seu foco. Sem dizer nada, saiu correndo em meio à mata, desviando dos galhos mais baixos, pulando as raízes.

Era? Será que podia ser?

— Audra, espere — Danny gritou.

Ela o ignorou, continuou correndo até chegar ao ponto rosa. E lá estava: Gogo. Hastes de pinheiro estavam grudadas na pelúcia surrada do coelhinho, enterrando-o parcialmente. Audra parou, sem ar e com uma leve tontura, ficou de joelhos, estendeu a mão para pegar o bichinho de pelúcia. Aquela coisinha esfarrapada que ela tantas vezes quisera jogar no lixo, mas Louise não deixava.

Audra levou Gogo ao nariz e à boca e inspirou, deixou o cheiro de Louise preencher seus sentidos.

— Meu Deus — exclamou, sentindo o calor nos olhos. — Ah, minha filha, eu estou indo te encontrar.

Audra virou a cabeça, viu Danny passando entre as árvores na direção dela.

— Eles foram por ali — ela falou. — Podemos segui-los.

Um barulho na clareira, um animal rugindo. Danny deu meia-volta, Audra olhou atrás dele. Ela viu Collins tentando alcançar as árvores do outro lado, os braços se esforçando para se equilibrar, o corpo cambaleando de um lado a outro.

— Merda — Danny soltou, puxando o revólver em seu cinto e indo na direção da delegada.

— Deixe ela ir — Audra falou.

Ele diminuiu a velocidade, mas não parou.

— A chave está no carro. Se ela pegar o carro, vai largar a gente aqui.

— Não importa — Audra respondeu. — Deixe ela ir.

Danny parou, encarou Audra.

— Olhe — ela falou. — É o Gogo. Louise o derrubou. Eles foram por aqui.

Danny começou a andar de volta na direção de Audra.

— Mas quanto tempo já faz?

— Você não está vendo? — ela falou, passando os dedos na pelúcia de Gogo, sentindo as lágrimas escorrerem pelas bochechas. — Ele está seco. Todo o resto está coberto de orvalho. Não deve fazer muito tempo. Se continuarmos, podemos encontrar os meus filhos.

Danny se aproximou de Audra, agachou, passou a ponta dos dedos em Gogo.

— Então acho melhor irmos andando, e logo — disse.

45

Sean sentiu que suas pernas não conseguiam mais carregá-lo. Seus pés doíam, e as feridas provocadas pelas bolhas ardiam pela fricção com as meias. Manter Louise em movimento havia se transformado em uma luta constante. Sua irmã parecia querer descansar a cada vinte metros, sentava--se nas folhas dos pinheiros, por mais que ele pedisse a ela para seguir caminho. Sean chegou a gritar com ela duas vezes, puxou-a pelo braço uma vez mais e em todas essas ocasiões a fez chorar lágrimas amargas, soluços entrecortados.

— Eu não quero ser malvado, mas precisamos continuar andando — ele se justificou.

E assim eles andaram por pelo menos uma hora, talvez mais que isso, às vezes enfrentando subidas, outras vezes passando por descidas. Sean não tinha ideia de em que direção estavam seguindo e — nem que dependesse disso para salvar a própria vida — era incapaz de lembrar se o sol ia de leste a oeste ou de oeste a leste. Só conseguia se concentrar em manter o sol em seu ombro direito, pois assim pelo menos estariam seguindo em um rumo constante.

— Não vou mais andar — Louise gritou de trás dele.

Sean virou e a viu se jogar mais uma vez no chão. Ele recuou um pouco e sentou ao lado dela.

— Tudo bem. Cinco minutos, só isso. Depois precisamos continuar.

Tirou uma garrafa de água da sacola, abriu a tampa e ofereceu à irmã. Ela segurou e bebeu, depois a devolveu. Sean tomou um gole, deixou a água enxaguar seus dentes e língua, e então guardou a garrafa.

— Não vou andar mais hoje — Louise protestou. Passou os dedos pelas folhas amarronzadas, desenhando um pequeno caminho entre elas.

— A gente tem que andar — Sean explicou.

— Não, não tem. Podemos montar acampamento e voltar a andar amanhã.

— Como vamos montar acampamento? — ele perguntou. — Não temos barraca.

— Podemos fazer um esconderijo com as folhas — ela supôs. — Eu vi na TV.

— Eu não sei fazer isso. Vai ficar frio aqui à noite.

— Então podemos fazer uma fogueira.

— Também não sei fazer fogueira. A gente está no alto, nas montanhas. Pode ter ursos. E pumas. Talvez lobos também, não sei.

— Cala a boca — Louise o censurou, fazendo biquinho.

— É verdade — Sean retrucou.

— Não, não é. Por que eu não vi nenhum?

— Porque eles costumam sair à noite. É por isso que temos que seguir andando até encontrar ajuda. Não queremos estar aqui quando os ursos e os lobos acordarem.

— Você está mentindo e eu vou contar pra mamãe quando ela vier buscar a gente.

Sean estendeu o braço e, mesmo sentindo dor em sua palma ferida, segurou a mão de Louise. Eles tinham passado muito tempo de mãos dadas nos últimos dias. Ele não conseguia lembrar quando fora a última vez que ficaram de mãos dadas antes de tudo isso. Provavelmente não desde que ela era uma bebezinha aprendendo a andar.

— Ouça com atenção — ele pediu. — Lembra mais cedo, quando você me perguntou se a gente ia morrer na selva? Eu falei que não, certo?

Louise assentiu, fungou, limpou o nariz no antebraço.

— Eu estava mentindo — ele continuou. — A verdade é que, sim, podemos morrer. Se a gente parar de andar, se não encontrarmos ajuda, podemos morrer aqui, sim. Talvez não hoje à noite, mas amanhã ou no dia seguinte. Vamos morrer e nunca mais ver a mamãe.

Louise começou a chorar, o rosto vermelho, contraindo os ombros.

— Não estou falando isso para ser malvado — ele esclareceu. — Só preciso que você entenda que temos que continuar andando. Para encontrar ajuda, alguém que possa ligar para a mamãe ou mesmo levar a gente até ela. Você quer ver a mamãe de novo, não quer?

Louise fungou antes de responder:

— Sim.

— Então precisamos continuar andando. Está pronta?

Ela passou a mão nos olhos e afirmou:

— Sim.

— Tudo bem, então. Vamos.

Sean se levantou, ajudou sua irmã a também se levantar. Preparou-se para começar a andar, mas ela puxou sua mão. Quando ele se virou em sua direção, sua irmã o abraçou e encostou o rosto em seu peito.

— Eu te amo — Louise falou.

Ele a abraçou e disse:

— Também te amo.

Os dois foram andando de mãos dadas entre as árvores, o sol ainda batendo no ombro direito deles. Em algum ponto do caminho, Sean e Louise começaram a cantarolar. Cantigas de ninar, canções que não cantavam desde o jardim de infância, e ele berrava as palavras, ouvindo sua voz ecoar pela floresta. Seu MacDonald tinha um sítio, ia-ia-ô. O sapo não lava o pé, não lava porque não quer. E outras. Sean ficou tonto, sem ar suficiente para cantar tão alto, mas nem se importou. Continuava cantando mesmo assim, o mais rápido que podia.

Perdeu a noção do tempo enquanto seguia andando com sua irmã, então não tinha ideia de que horas eram quando as árvores começaram a ficar mais distantes umas das outras, até uma clareira surgir no horizonte.

— O que é aquilo? — Louise perguntou.

— Não sei — ele respondeu, apertando o passo, puxando a irmã consigo.

Teria corrido se pudesse. Momentos depois, eles deixavam as árvores para trás e Sean esperava encontrar outra clareira. Mas se deparou com algo completamente diferente.

Eles permaneceram no topo de uma curta descida, gramas e ervas daninhas levando a uma superfície plana que seguia e seguia. Como uma frigideira rasa, laterais inclinadas e base reta, mas não era redonda. Mais se assemelhava a algo oval e se estendia à direita e à esquerda até onde a vista alcançava. Sean avistou, diretamente à frente, o outro lado da descida, e ainda mais árvores. Entre aqui e ali, uma extensão de terra nua, como uma paisagem alienígena em alguma história espacial.

— O que é isso? — Louise perguntou.

— Acho que um dia foi um lago — Sean respondeu. — Mas secou.

— Onde foi parar toda a água?

— Não sei — foi o que ele disse. — Acho que evaporou.

— Eu sei o que é isso — Louise falou, soando contente consigo mesma. — É quando o sol chupa toda a água e transforma em chuva em outro lugar.

— Exatamente. Acho que foi isso que aconteceu aqui.

Um movimento atraiu a atenção de Sean, bem ao longe, acima das árvores. Uma ave gigantesca voando em círculos sobre os pinheiros. Ele protegeu os olhos com a mão, observou as asas enormes que mal se moviam enquanto a ave girava em um enorme arco. Parecia tão distante e, ainda assim, era inegável ser uma ave grande. Seu corpo e suas asas tinham um tom intenso de marrom, a cabeça de um branco puro, a cauda em formato triangular.

Ele apontou:

— Você sabe o que é aquilo?

— O quê?

— É uma águia-careca — Sean explicou. — Tenho certeza que é.

— É enorme — ela comentou.

— Sim. Sabia que temos muita sorte? Elas são raras. A maioria das pessoas nunca consegue ver uma dessas na natureza. Olha, ela vai pousar.

Os dois observaram a ave descer ao topo de um dos pinheiros mais altos, Sean imaginou que a mais de um quilômetro de onde eles estavam. A águia diminuiu a velocidade, suas asas se abriram, as patas também. O topo do pinheiro balançou de um lado para o outro com o peso do animal.

Sobre a árvore, no ar, um discreto sinal cinza, nada além de um fiozinho.

Sean protegeu os olhos, apertou-os, tentou focar.

Era mesmo? Sim, sim, era.

— Fumaça — ele falou e deixou escapar uma gargalhada alegre.

— O quê?

— Tem fumaça lá. Alguém fez uma fogueira. Tem alguém lá.

Ele segurou a mão de Louise com mais força, começou a descer a caminho do leito seco, mantendo-se concentrado no sinal fantasmagórico de fumaça.

46

Eles marcharam pela rua, Showalter liderando, um guarda uniformizado a seu lado. Levavam o mandado de prisão. Mitchell vinha atrás, Whiteside ao seu lado, sentindo o cérebro prestes a explodir pelas orelhas. Seus olhos pesados de exaustão, seus movimentos denunciando o nervosismo.

— Jesus, você está um lixo — Showalter comentou quando Whiteside chegara à delegacia, vinte minutos antes.

O xerife mal tivera tempo de vestir o uniforme e não havia se barbeado. Jogou um pouco de água fria no rosto, o que não ajudou muito.

Sentiu-se tentado a dizer alguma coisa, talvez dar um safanão naquele policial idiota, mas manteve o controle. Sabia que não estava em seu bom juízo e que certamente tomaria decisões erradas. E não podia se dar ao luxo de errar agora.

Tinha demorado horas para encontrar a chave da moto de Collins. Andou em círculos, dando passos pequenos, apontando a lanterna para areia e pedregulhos, temendo encontrar uma cobra em vez da chave. Uma cascavel ou coral deixaria aquela situação, que já era ruim, muito pior. Foi somente quando o sol surgiu acima das montanhas que ele enfim viu o brilho do metal num ponto que já havia verificado pelo menos uma dúzia de vezes. Riu ao encontrar a chave e levou a mão à boca ao perceber a loucura em seu riso.

Precisava manter o controle. Não havia outra opção.

Mas já sentia sua sanidade se desfazendo. Sabia que, se alguém puxasse o fio certo, ele se descosturaria por inteiro.

Mantenha-se firme, pensou.

A essa altura, o dinheiro certamente estava perdido, não havia nada a fazer quanto a isso. Contudo, ele ainda era um homem livre, e planejava manter-se assim. Só tinha que cuidar de algumas coisas. A primeira delas era aquela mulher. Depois que Showalter chegasse com o mandado e a colocasse outra vez atrás das grades, Whiteside só precisaria de um momento a sós com ela. Aí ele pegaria um pedaço do lençol, um cinto ou talvez até mesmo a perna da calça dela, amarraria no pescoço e prenderia em alguma coisa. Pessoas se matavam em celas por aí o tempo todo. Ela podia fazer a mesma coisa.

Mas primeiro tinham de prendê-la.

Showalter bateu à porta da frente da hospedaria. A silhueta pálida da sra. Gerber já esperava do outro lado do vidro, como um fantasma assombrando o corredor. Ela abriu um pouquinho e espiou lá fora.

— Senhora — Showalter falou. — Tenho aqui o mandado de prisão de Audra Kinney. Esse mandado me permite entrar na propriedade e...

— Ela não está aqui — replicou a sra. Gerber.

— Perdão?

— Eu desci para tomar café da manhã hoje cedo e me deparei com a porta dos fundos aberta, o portão do quintal também. Fui até lá e encontrei minhas chaves caídas na ruela. Depois voltei aqui dentro e fui checar o quarto de Audra. Ela foi embora. Simplesmente deixou tudo para trás e foi embora.

Aparentemente reprimindo a raiva, Mitchell virou-se para Whiteside.

Showalter mostrou o mandado de prisão para a sra. Gerber.

— Senhora, entenda que eu e meu colega precisamos entrar para vasculhar a propriedade mesmo assim, está bem?

A dona da hospedaria deu um passo para trás e abriu um pouco mais a porta.

— Vá em frente, faça o que tem de ser feito.

Showalter e o policial entraram. Mitchell permaneceu na varanda, mãos no quadril, balançando a cabeça.

— Tem alguma ideia de aonde a sra. Kinney possa ter ido? — perguntou.

— Bem, se quer saber o que eu penso, ela provavelmente foi atrás dos filhos — respondeu a sra. Gerber. — Parece que ninguém mais se preocupou muito com eles, então suponho que ela tenha ido resolver.

Mitchell ficou arrepiada.

— Sra. Gerber, tem alguma coisa que queira me dizer?

— Não, nada que me venha à mente — ela respondeu, negando com a cabeça. — Mas reconheço a loucura quando a vejo, e reconheço uma mentira quando a ouço. Xerife Whiteside, você não é bem-vindo na minha propriedade. Por favor, saia da minha varanda e vá para a calçada.

A porta se fechou e Whiteside deu meia-volta, desceu os degraus e atravessou a rua. Ouviu os passos de Mitchell logo atrás, correndo para alcançá-lo.

— Me deixe em paz — ele falou.

— Xerife, precisamos...

Whiteside deu meia-volta, apontou o dedo para o rosto dela.

— Ou me prenda, ou me deixe em paz, porra.

Ele deixou Mitchell ali e avançou a caminho da delegacia e do estacionamento do outro lado. Tudo estava se desfazendo, desmoronando, desmoronando. A porcaria do mundo inteiro explodindo em estilhaços e se reduzindo a pó. Ele balançava a cabeça como se tentasse se livrar de uma mosca incômoda.

— Desmoronando — falou em voz alta.

Quando chegou ao meio do estacionamento, Whiteside sentiu o celular vibrar em seu bolso e chegou a dar um grito. Agarrou o aparelho, viu a tela. O número de sua casa. Parou de andar. Sentiu o suor frio brotar na testa. Apertou o botão verde na tela.

— Quem é?

— Sou eu — Collins respondeu.

Whiteside girou nos calcanhares, procurando Mitchell. Não a viu por perto.

— O que você está fazendo na minha casa?

— Não consegui pensar em nenhum outro lugar para ir. Não posso ir para a minha casa. Não posso ir para a delegacia.

— Tudo bem — ele respondeu. — Espere aí, fique em algum lugar onde ninguém te veja. Eu já chego.

Ele correu até a viatura, entrou, ligou o motor. Saiu do estacionamento cantando pneus.

Whiteside passou com a viatura pelo portão de seu quintal. Viu, na garagem, um veículo coberto por uma de suas lonas. O carro alugado de Lee, supôs. Estacionou ali perto, deu a volta pela parte traseira da casa. A porta de tela estava entreaberta. Ele se aproximou, apoiou o pé no único degrau, viu que a porta traseira havia sido arrombada e a ouviu ranger quando empurrou para entrar na cozinha.

— Onde você está? — gritou.

Collins passou pela porta e chegou ao corredor. Seu rosto estava arranhado, ferido, com um rastro de sangue ressecado escorrido de um ferimento ainda úmido em sua cabeça. Whiteside pegou uma toalha perto da pia e a jogou para ela. O fedor de urina e suor se espalhava pela casa.

— Jesus Cristo, você está sangrando na minha casa inteira — ele resmungou.

Collins pressionou a toalha no ferimento.

— Desculpa, eu não sabia o que fazer.

— O que aconteceu?

Lágrimas brotaram nos olhos dela.

— Ele me fez dirigir até a cidade. Depois me amarrou no banco traseiro e foi buscar Audra Kinney. Aí me fizeram levá-los até o chalé.

Whiteside sentiu um inchaço atrás dos olhos, uma pressão no maxilar. Se já não estivesse com uma das mãos apoiada na mesa da cozinha, talvez tivesse caído.

— Você levou os dois até lá?

— Eu não tive escolha.

— Você levou os dois lá? — A voz de Whiteside saiu entrecortada.

Collins deixou a toalha em uma cadeira e deu passos para trás, na direção do hall. Ele a seguiu, punhos cerrados na lateral do corpo.

— Espere, ouça. As crianças não estavam lá. A gente chegou e encontrou o alçapão aberto, e as crianças não estavam. Não sei para onde foram. Aqueles dois teriam me matado se eu não tivesse dado o fora. Mas ouça, eu estive pensando. Não temos nenhuma alternativa agora. Precisamos nos entregar.

— Não — ele retrucou.

— Que escolha temos? — Collins questionou enquanto se afastava pelo corredor, sua voz enfraquecendo.

Ele a seguiu.

— Pare de falar, Mary.

— Não tem outro jeito — ela insistiu.

— Cale essa boca — ele rebateu.

— É o fim pra gente. Seja lá o que acontecer agora, vamos ser pegos. Pelo menos, se me entregar, pode ser que eu consiga...

Whiteside sentiu o nariz de Collins sendo amassado por seu punho, sentiu a dor se espalhar de sua mão para o braço antes de sequer se dar conta de que havia dado um soco.

Collins caiu pesadamente, a parte traseira do crânio atingindo com força o chão. Ela piscou para o teto por alguns instantes. Depois tossiu, cuspiu sangue no ar, sangue que logo escorreu por seu nariz e lábios e bochechas.

— Porra — Whiteside xingou. — Puta que pariu.

Ele levou as palmas às têmporas, como se quisesse controlar a mente, como se ela pudesse explodir e se desfazer se ele não segurasse com muita força.

— Jesus — exclamou, voz aguda, choramingando.

Collins virou de lado, depois deitou de bruços. Tentou se apoiar nos joelhos, tentou rastejar.

Whiteside se ajoelhou, estendeu o braço na direção da delegada. Ela lhe deu um tapa no braço, mas ele a agarrou.

— Desculpa — Whiteside pediu. — Jesus, desculpa. Eu não queria fazer isso.

Collins tossiu outra vez, manchando a manga da camisa dele de vermelho. Ela tremeu e se retorceu na tentativa de se afastar.

— Eu sinto muito, muito mesmo — ele reforçou.

O queixo de Collins se encaixou na curva do cotovelo do xerife quando ele deu uma gravata com o braço direito. O esquerdo se apoiou no topo da cabeça dela. Ele apertou.

— Desculpa — Whiteside pediu outra vez.

Collins se contraiu, suas pernas chutaram, as mãos tentavam agarrar os braços e os ombros dele, as unhas buscavam o rosto.

— Desculpa.

Então Collins ficou totalmente imóvel, e Whiteside beijou o topo da cabeça dela enquanto as lágrimas escorriam em suas bochechas, caíam e ensopavam os cabelos dela.

47

— **Você ama esse homem?** — Danny perguntou.

— Eu pensei que amava — Audra admitiu. — E, num primeiro momento, também pensei que ele me amasse. Eu queria que fosse verdade. Disse a mim mesma que as coisas iam melhorar. Que ele iria mudar, mas não mudou.

Os dois estavam sentados de costas um para o outro, um tronco de árvore entre eles servindo de apoio. Alguns minutos de descanso da trilha implacável pela floresta. Trilha que, segundo o relógio de Danny, já se aproximava de duas horas. Audra tinha ficado rouca de tanto gritar pelos filhos, e não ouvira nenhuma resposta senão o eco da própria voz. Como o ar era tão rarefeito quanto lá em cima, talvez ela não devesse gastar seu fôlego gritando, mas essa parecia a única coisa razoável a fazer.

Sem sinal de celular, eles não tinham escolha senão continuar andando. O aplicativo de bússola no celular de Danny permitia seguir em uma mesma direção. Mesmo assim, o risco de se perderem na floresta era grande. Quanto mais se afastavam do chalé onde Sean e Louise tinham sido mantidos, maiores os perigos de nunca mais encontrarem o caminho de volta. Audra concordou em tentar por mais uma hora e, se não encontrassem nada, fariam o caminho de volta, iriam até a estrada e ali esperariam até avistarem algum carro passando.

— Me conte sobre a sua esposa — Audra pediu.

— Mya — Danny pronunciou. — Ela foi um milagre. Salvou a minha vida. Sem ela, eu estaria preso ou morto. Ela e minha filhinha eram tudo o que eu tinha. E aqueles filhos da puta tiraram as duas de mim. Quando eu encontrar aqueles...

Ele nem precisou concluir o pensamento.

— Espero que encontre — ela falou.

— Passei anos pensando nisso — Danny confessou. — Que eu não devia ter deixado a Mya partir naquela manhã. Devia ter implorado a ela para ficar. Mas fui orgulhoso demais, teimoso demais. E agora elas estão mortas, eu as perdi para sempre.

Os dois ficaram em silêncio, as árvores sussurrando no entorno, um murmúrio que se misturava ao canto dos pássaros.

Audra ouviu Danny fungar. Virou o rosto, notou que ele estava de cabeça baixa. Segurou a mão dele.

— Vamos dar um jeito nisso — ela falou. — Seja lá o que tenhamos que fazer, vamos dar um jeito nisso.

Os dedos dele apertaram os dela.

48

O leito seco do lago era maior do que Sean imaginara. Eles pareceram levar toda uma vida para atravessá-lo, o chão duro como pedra a cada passo. O sol havia se erguido acima das árvores, fazendo a pele arder com o calor que cortava o ar frio da montanha.

Quando chegaram ao outro lado, a fumaça tinha se tornado mais densa, mais escura. Sean segurava a mão de Louise enquanto eles subiam a encosta do outro lado e entravam mais em meio às árvores. Ali continuava frio, pois o sol era bloqueado pelos galhos.

Sean andou entre os pinheiros, sentiu um momento de pânico quando perdeu de vista o sinal de fumaça. Parou, soltou a mão de Louise e girou em círculo.

— O que aconteceu? — ela perguntou.

— Eu perdi — ele respondeu.

— Perdeu o quê?

— A fumaça. Temos que seguir a fumaça, mas não consigo mais ver onde está.

Ele girou outra vez, atento às pequenas faixas do céu que conseguia enxergar em meio às copas. Pense, disse a si mesmo. Onde fica o lago seco? Virou para aquela direção. Agora, onde está a águia? Estendeu o braço como se fosse o ponteiro de uma bússola, girou até ter certeza de que seus dedos apontavam na direção certa. Depois olhou para cima, focou sua visão.

Lá estava. Graças a Deus, lá estava, a mancha cinza clara no céu.

— Vamos — ele falou, segurando outra vez a mão de Louise.

Eles encontraram o caminho em meio às árvores, Sean atento à fumaça por medo de perdê-la outra vez. Independentemente da rapidez com que andassem, independentemente de quanto tempo passassem se deslocando, a fumaça parecia não ficar mais próxima. Era como um fantasma contra o céu azul, uma miragem capaz de enganá-los e empurrá-los cada vez mais para o meio da floresta.

— Podemos parar? — Louise perguntou depois de algum tempo.

— Não — Sean respondeu. — Estamos quase chegando.

— Você falou isso um tempão atrás e, não, não estamos. Podemos parar e comer um doce?

— Não — ele insistiu, apressando o passo, a mão apertando a de Louise com mais força. — Só mais um pouquinho, eu prometo.

Então Sean olhou mais uma vez para o céu e parou, fazendo Louise trombar com ele.

Nem sinal da fumaça. Ele a tinha perdido outra vez. O pânico ameaçava tomar conta dele. Estavam longe demais do lago seco para usá-lo como referência. Sean nem sabia direito se conseguiria encontrar o leito outra vez, caso decidissem voltar.

— Merda! — praguejou.

— Você falou um palavrão — Louise apontou.

— Eu sei. Fique quieta um pouco.

Procurou, procurou, procurou. Vasculhou o céu até seus olhos arderem. Nem se atreveu a virar para não perder completamente a direção de onde vieram. Forçava-se a se concentrar sempre que sua vista borrava, buscou até o mais leve sinal de fumaça. Nada. Baixou a cabeça, pronto para desistir, mas alguma coisa chamou sua atenção. Alguma coisa brilhando alaranjada. Ergueu de novo o olhar na direção das árvores.

Lá estava, como um olho brilhando, piscando ao longe. Fogo, ele tinha certeza de que era fogo.

Sean soltou a sacola de suprimentos, agarrou a mão de Louise e correu, arrastando-a consigo. Ela gritou em protesto, mas ele continuou correndo o mais rápido que conseguia enquanto a mantinha consigo. Logo uma clareira surgiu no horizonte, um raio de luz em meio às árvores.

— Está vendo? — perguntou sem fôlego.

— Não — Louise respondeu. — Vai mais devagar!

— Olha! — ele insistiu. — É uma fogueira.

Agora Sean conseguia ver nitidamente as chamas subindo de um tambor de metal. A clareira se aproximava conforme eles corriam mais rápido, mais rápido, as bolhas em seus pés agora esquecidas. No espaço entre as árvores, viu uma pequena cabana. Uma caminhonete de um vermelho sem vida contra o fundo verde.

Avançaram do meio das árvores para a clareira, e Sean parou. Louise continuou até a mão dele detê-la. O tambor estava em frente ao chalé, uma grade de metal colocada sobre ele, chamas subindo e passando em meio a essa grade. Ninguém à vista.

Um latido assustou os dois e Louise grudou em Sean. Da lateral da cabana veio um vira-lata desajeitado, com pelos pretos desgrenhados e olhos âmbar luminosos. O cachorro avançou, dentes à mostra. Sean puxou Louise atrás de si, abriu os braços para protegê-la.

— Qual é o problema, Constance?

Um senhor usando calça cáqui surrada deu a volta pelos fundos do chalé, trazendo nos braços pedaços de papelão e papel. Ao ver Sean e Louise, parou no limite da clareira.

— Quieta, Constance.

A cachorra continuava latindo.

— Eu mandei ficar quieta, Constance. Mas que coisa!

Os latidos de Constance se transformaram em um rosnado profundo vindo do peito.

— Constance, vá para a sua cama agora mesmo. Acho que esses dois são pequenos demais para roubar a gente.

Constance foi trotando até a varanda do chalé, sempre olhando para trás, para Sean e Louise, e se aninhou em sua caminha de cachorro. O velho foi andando até o barril, largou os pedaços de papel e papelão no chão e usou longas pinças de churrasco para afastar a grelha. Recolheu os papéis e jogou no barril. Chamas e brasas saltaram, e mais fumaça subiu. O homem devolveu a grelha em seu lugar antes de virar para Sean e Louise.

— Então, o que vocês estão fazendo aqui neste fim de mundo?

Sean deu um passo à frente. A cachorra ergueu a cabeça e latiu. O homem disse a ela outra vez para se calar, mas que coisa! Virou-se de novo para Sean e falou:

— Diga, menino.

— Senhor, estamos perdidos. Precisamos de ajuda.

O homem olhou para Sean e Louise e para sua casa.

— Ah, é? Bem, então acho melhor vocês entrarem — convidou.

49

Whiteside enfiou na mochila as poucas centenas de dólares que lhe restavam. Deu um passo longo sobre o corpo de Collins e deixou a mochila perto da porta dos fundos. Algumas roupas, o pouco dinheiro que tinha. Não era muita coisa.

Pensamentos desse tipo recaíram pesadamente sobre ele durante a última hora, enquanto andava pela casa reunindo o que precisava levar. Que, depois de cinquenta e cinco anos, não tinha conquistado muita coisa. Toda vez que essa ideia ressurgia, ele parava o que quer que estivesse fazendo e navegava pela onda de dor e sofrimento, tentando não chorar como um bebê.

Não tinha nem ideia de para onde fugir. Atravessar a fronteira era a escolha mais óbvia, mas e depois que chegasse ao México? Trezentos dólares e mais alguns trocados não o levariam muito longe. O que restava agora?

Sua última tarefa era destruir qualquer traço de suas conversas na dark web. Seu velho laptop descansava sobre a mesa da cozinha. Ele não sabia muito dessas coisas, mas sabia que, se a polícia federal levasse o computador, encontrariam tudo o que precisavam para prendê-lo.

Sem contar o fato de haver um cadáver no chão do corredor de sua casa.

Uma risada ridícula borbulhou em sua barriga e ele levou a mão à boca. Isso já era demais, pensou. A loucura surgia, escapava antes que ele conseguisse segurá-la. Não mais. Agora não era hora.

Ele estendeu a mão para pegar o laptop, virou-o de cabeça para baixo e examinou a base. Uma capa retangular presa por uma presilha de plástico guardava o disco rígido. Apertou o polegar na presilha e a capa saiu. Arrancou o disco rígido, puxou o cabo e soltou tudo no chão. Sua caixa de ferramentas estava no armário da cozinha. Ele a abriu, pegou o martelo e agachou ao lado do disco rígido. Meia dúzia de golpes fortes depois, Whiteside imaginou que o drive não poderia ficar mais destruído que aquilo. Deixou os estilhaços no chão e foi para o corredor, passando mais uma vez sobre o cadáver de Collins.

Parou, olhou para ela.

O que fazer? Ele podia simplesmente deixá-la ali, sabia que Mitchell e sua equipe o procurariam em algum momento e acabariam encontrando Collins. Ou podia tentar escondê-la. Talvez levá-la ao porta-malas do carro alugado estacionado ali fora.

Quão produtivo seria isso? Provavelmente nada, mas ele sentia que precisava fazer mesmo assim.

Enquanto o xerife se abaixava para pegar os tornozelos de Collins, seu celular vibrou no bolso, fazendo-o gritar. Ele agarrou o aparelho e verificou a tela, mas não reconheceu o número. Levou o polegar ao botão verde. Encostou o telefone ao ouvido e não falou nada.

Depois de alguns momentos, veio a voz masculina:

— Alô?

— Quem é? — Whiteside perguntou.

— É Ronnie?

— Sim, quem está falando?

— Oi, Ronnie, como está? Aqui é Bobby McCall, de Janus.

O xerife Bobby McCall, já chegando aos setenta anos, tinha servido no condado de Janus por mais de quarenta. Contava com dois delegados a mais que Whiteside e também com um orçamento melhor.

Whiteside pigarreou, ajeitou-se.

— Oi, Bobby, o que posso fazer por você?

— Bem, acabei de receber um chamado de rádio de uma múmia mais velha que eu, John Tandy, lá de cima da floresta. Ele tem uma casa no meio do nada, não muito distante do lago Modesty, ou do que um dia foi o lago Modesty, antes da seca. O filho da puta é bem louco, era um sobrevivencialista antes mesmo de inventarem um nome para isso. Ele vive lá em cima com suas armas e seus facões, nunca sai de lá, a não ser para buscar suprimentos uma vez por mês ou algo assim. Mas, enfim, John me chamou no rádio, ele não tem telefone lá em cima, e falou que duas crianças acabaram de aparecer na frente da casa dele.

Whiteside engoliu em seco, sentiu uma onda de vertigem se espalhar em sua cabeça.

— Duas crianças? — perguntou.

— Sim, senhor. Um menino e uma menina. Falou que os dois saíram do nada, do meio das árvores, pedindo ajuda. É claro que pensei no problema que vocês estão enfrentando aí em Silver Water e liguei para a delegacia. Ninguém atendeu, então decidi tentar o seu celular. Espero que não se importe.

Whiteside encostou a testa na parede.

— Não, de forma alguma. O pai das crianças ofereceu uma recompensa e as linhas telefônicas não param depois disso. Você fez a coisa certa. Obrigado.

— Sem problemas. Mas a questão é que, como eu disse, John Tandy é o cara mais velho e mais louco que você vai conhecer na vida. Não faz nem dois meses que me chamou por rádio para dizer que tinha um pessoal do governo, da Agência de Segurança ou Serviço Secreto ou algo assim, no meio das árvores, espionando-o. Um mês antes disso, ele me disse que tinha visto um óvni sobrevoando o lago, mas não era óvni, eram aeronaves experimentais que o governo estava testando. Então, devo dizer que são grandes as chances de o velho John ter ouvido alguma coisa sobre o rolo todo que está acontecendo em Elder, deve ter ouvido falar das crianças desaparecidas e simplesmente imaginado que elas vieram para a casa dele. Aliás, eu diria que isso é bem provável. Ele se ofereceu para trazê-las de carro até aqui, mas pensei em verificar com você primeiro para saber se quer participar disso.

— Não deixe ele levar as crianças a lugar nenhum — Whiteside falou, rápido demais, ríspido demais. Respirou. — É que o FBI está coordenando isso. Tem uma mulher no rolo, a tal Mitchell.

— É a moça negra que eu vi na TV?

— Sim, a própria. É bem durona, sente necessidade de estar no controle o tempo todo. Você conhece o tipinho. Ela vai querer organizar um grupo para subir. Se descobrir que eu deixei que você se envolvesse sem consultá-la, ela vai me arrumar outro problema. É melhor simplesmente deixá-la cuidar disso.

— Não sei, não — respondeu McCall. — Como eu falei, John Tandy é um sobrevivencialista e seu chalé está repleto de armas, do chão ao teto. Se ele vir os federais se aproximarem, provavelmente vai sair atirando.

— Estou pensando aqui — falou Whiteside. — O que acha de eu sugerir a Mitchell e seu grupo para passarem na sua delegacia no caminho, daí você vai com eles. Assim você pode acalmar as coisas com o tal Tandy.

Silêncio enquanto McCall pensava.

— Hum, acho que pode ser — respondeu. — Como eu falei, o mais provável é que tudo isso não passe de uma grande perda de tempo. Vamos chegar lá e o velho John Tandy vai falar que as crianças sumiram dez minutos antes. Mas se você quer assim. Tem algum número no qual eu consiga falar com ela?

— Não se preocupe, eu passo o recado — Whiteside se prontificou. — Assim você não precisa se incomodar. Tem as coordenadas de GPS para chegar a esse lugar?

— Sim, você consegue uma caneta fácil aí?

— Claro, tenho uma aqui. Pode falar.

Whiteside anotou os números em sua mão, agradeceu a McCall e desligou. Em seguida, amparou-se na parede enquanto uma torrente de risos brotava. Riu por tanto tempo e com tanta força que seus joelhos tremeram conforme sua cabeça girava. Quando pensou que não suportava mais, estapeou a própria bochecha uma vez, duas vezes, três vezes. A clareza o inundou com a ferocidade de uma onda gelada.

Ele se ajeitou e falou:

— Tudo bem. Você sabe o que fazer.

O corpo de Collins nem importava mais. Alguém logo a encontraria, independentemente do que ele fizesse com ela. Havia uma tarefa mais urgente para cuidar agora.

Whiteside saiu da casa pela porta da frente e foi ao lado do passageiro de sua viatura. Abriu o porta-luvas, enfiou a mão e pegou o celular. Esperou o aparelho ligar, depois abriu o navegador. Em menos de um minuto já estava logado no fórum.

Uma nova mensagem direta:

De: RedHelper
Assunto: Re: Itens à venda

Prezado AZMan,

A entrega acontecerá hoje às quatro horas da tarde no local anteriormente citado. Assim que for concluída, o dinheiro será depositado na conta informada. Por favor, confirme.

Gostaria de lembrar mais uma vez a importância da sua discrição. Nossa preocupação primordial é a segurança.

Atenciosamente,

RedHelper

Whiteside apertou "responder":

Para: RedHelper
Assunto: Re: Itens à venda

Prezado RedHelper,

Confirmo a entrega hoje às quatro da tarde, como combinado.

Atenciosamente,

AZMan

Whiteside enviou a mensagem, desligou o celular e guardou-o de novo. Entrou outra vez em casa, pegou a mochila e voltou ao carro. Alguns minutos depois, programou o GPS do seu celular principal com as coordenadas que McCall lhe dera e saiu dirigindo a viatura.

Uma hora e quarenta e cinco minutos, anunciou o calculador de rota.

Menos de duas horas e ele teria as crianças outra vez.

Algumas horas depois, estaria viajando para o sul para atravessar a fronteira, e três milhões de dólares mais rico.

50

Fórum privado 447356/34
Admin: RR; Membros: DG, AD, FC, MR, JS
Título do tópico: Este fim de semana; Tópico iniciado por: RR

De: RR, sábado, 10h57

Cavalheiros, tudo certo. O vendedor confirmou a entrega dos bens para esta tarde, e minha assistente vai cuidar de tudo. Meu motorista vai buscá-los no aeroporto em dois grupos, às cinco e às seis da tarde, respectivamente.

E não esqueçam que temos mais três itens importados, então será muito mais que o suficiente.

Espero ansiosamente notícias de todos vocês, meus amigos, e celebremos esta noite incrível.

De: DG, sábado, 11h05

Saindo agora para o aeroporto, torcendo para conseguir dormir no voo. Espero ansiosamente a hora de vê-los, mas, além disso, estou ávido para conhecer os bens.

De: FC, sábado, 11h13

Eu também. Vejo vocês em breve.

De: MR, sábado, 11h14

A caminho. Vai ser uma noite memorável.

De: AD, sábado, 11h20

Fico muito satisfeito por tudo ter dado certo. Vejo todos lá!

De: JS, sábado, 11h27

Excelente. E mais uma vez agradeço a todos por me permitirem fazer parte deste grupo. Nem consigo expressar como é bom encontrar pessoas que pensam como a gente. Tantas vezes me senti isolado e solitário com essa coisa dentro de mim, mas agora não mais.

E, RR, obrigado por providenciar esses bens. Todos vimos as fotos no noticiário e você estava certíssimo. São realmente lindos.

51

Danny parou e apoiou a mão em uma árvore, o peito subindo e descendo. Puxou o celular do bolso, verificou a bússola. Para ele, os dois tinham andado mais ou menos em linha reta no mesmo sentido das crianças. Ele não era nenhum escoteiro, não tinha a menor ideia de como fazer trilhas, mas aparentemente estava conseguindo se virar. Não encontraram nada, mas tentaram.

— É melhor voltarmos agora — propôs Danny, já ciente de que ela não concordaria.

— Não — Audra respondeu. — São crianças. Eles não devem ter ido tão longe. Não podemos desistir.

— Não é uma questão de ir longe — ele argumentou. Afastou-se da árvore, aproximou-se de Audra e a encarou. — Eles não sabem andar na mata. Podem ter desviado em qualquer direção. Além do mais, não se trata de desistir. Voltamos pelo mesmo caminho de onde viemos, encontramos a estrada, tentamos chegar a uma cidade. Aí tentamos fazer contato com Mitchell, contar a ela o que aconteceu, e eles podem organizar uma expedição de busca. Vão colocar helicópteros, cães, tudo isso para procurar. Eles sabem buscar uma pessoa aqui, no meio da floresta. A gente não sabe.

Os olhos dela se encheram de lágrimas, forçando-a a passar as costas da mão neles.

— Mas estamos tão perto. Eles estão aqui, eu sei que estão.

Danny a abraçou.

— Quanto mais longe formos, mais tempo perdemos. Não podemos ficar vagando por aqui. Pode até ser que alguém já tenha encontrado os dois. Precisamos achar uma cidade ou algum lugar que tenha sinal de celular, aí vamos conseguir entrar em contato com Mitchell.

— Mais uma hora — ela propôs. — Trinta minutos.

— Não, Audra, a gente tem que...

Ela ficou de olhos arregalados, levou a mão à boca dele, tampando-a.

— Ouça — pediu.

Ele prestou atenção, não ouviu nada. Afastou a mão dela da boca, inspirou, pronto para protestar, mas Audra fez outro sinal pedindo silêncio.

— Ouça.

Dessa vez ele ouviu. Um estrondo, não muito longe. Uma espécie de farfalhar metálico. O barulho de um motor, o som mais forte e depois mais fraco, mudando a marcha.

— Por ali — Audra falou. — Corra!

Ela correu entre as árvores e Danny a seguiu. Embora seus pulmões, pernas e lombar doessem, Danny acompanhou o ritmo de Audra, mantendo-se poucos metros atrás. No horizonte, viu as árvores se tornarem mais espaçadas, uma mudança na luz. Uma estrada ou trilha. O barulho do motor ficando mais forte.

A estrada — era isso, agora ele conseguia ver — se inclinava da direita para a esquerda, subindo pela floresta. Danny avistou, na parte mais baixa, um carro branco. Um carro subindo, o motor chiando bem alto.

— Vamos — Audra gritou, sem ar, perto do limite das árvores.

O carro se aproximou e Danny viu a insígnia dourada, as letras grafadas em azul-escuro. Luzes azuis e vermelhas no teto.

— Não! — ele gritou. — Abaixe-se.

Se Audra o ouviu, fingiu não ouvir. Manteve os braços em movimento, os pés martelando o chão. Danny encontrou forças para ganhar um pouco mais de velocidade. Gritou com o esforço, estendeu a mão para puxar a blusa de Audra, agarrou o tecido com os dedos. Ela caiu de joelhos, ele aterrissou pesadamente ao lado dela.

— O que você está...

— Espera — ele falou. — Olha.

O carro passou diante deles, as letras nítidas: "DEPARTAMENTO DO XERIFE DO CONDADO DE ELDER". O motorista tinha mãos enormes e braços ainda maiores.

— Whiteside — Audra constatou.

— Exato — Danny respondeu, ainda ofegante.

— O que ele está fazendo aqui?

— Não sei — Danny respondeu. — Mas não é coincidência.

— Precisamos ir atrás dele.

— Sim, mas temos que nos manter escondidos em meio às árvores. Vamos.

Eles seguiram a trilha, mantendo-a à direita, mesmo quando o ruído do motor desaparecia ao longe. Mantiveram um ritmo constante até ouvirem tiros.

E aí correram.

52

Sentado de frente para o senhor, Sean apoiou as mãos na mesa. O cansaço pesava em suas pálpebras, enchia sua cabeça de algodão. Louise estava deitada em um sofá coberto de peles de animais, em sono profundo, roncando e chiando de leve. De tempos em tempos, tossia tão pesado que seu peito tremia.

As paredes do chalé eram forradas de armas penduradas em ganchos. Rifles, espingardas, pistolas, alguns arcos, flechas, até uma besta. Sean não conseguia contar quantas armas eram ao todo. O senhor dissera que seu nome era John Tandy. Que tinha feito um chamado usando um rádio ligado à bateria de seu carro. O lugar tinha um cheiro ruim, como se o ar estivesse estagnado ali há anos.

— Você está bem aí, garoto? — Tandy perguntou. Coçou a bochecha barbada. — Quer um cigarro?

— Não, senhor, obrigado — Sean respondeu.

— Quer uma bebida?

Até aquele momento, Sean não tinha se dado conta de como estava com sede. A ideia de beber um pouco de água, quem sabe um refrigerante, o fez passar a língua pelos dentes.

— Sim, senhor — foi a resposta.

Tandy se levantou da mesa, se aproximou de uma caixa perto da lareira e pegou duas garrafas de vidro. Trouxe-as consigo, tirou a tampinha com uma batida leve na beirada da mesa e colocou uma das garrafas diante de Sean.

Cerveja, o garoto logo percebeu.

— Desculpa, não está gelada — Tandy falou. — Não tem geladeira aqui. Eu arrumaria alguma coisa para você comer, mas o xerife McCall deve chegar a qualquer momento. De todo modo, quando ele chegar, você pode me fazer um favor?

— O quê? — Sean perguntou.

— Não diga a ele que eu fiz aquela fogueira lá na frente. Não era para eu acender porque aqui é muito seco. Pode queimar a floresta inteira.

— Não vou contar.

Tandy deu uma piscadela.

— Bom menino.

Sean não tocou na garrafa. Tandy tirou um pouco de tabaco do bolso, colocou sobre um pedaço de papel e enrolou um cigarro.

— Beba — sugeriu. — Vai fazer bem para você.

Sean estendeu a mão, levou a garrafa aos lábios, tomou um pequeno gole. Tentou não fazer careta, mas não conseguiu.

— Qual é o problema? — o homem perguntou, acendendo o cigarro. — Não tem cerveja no lugar de onde você veio?

— Para crianças, não — Sean respondeu.

Tandy deixou escapar uma risada breve e alta com a fumaça.

— Meu pai me deu a primeira cerveja quando eu tinha cinco anos, e meu primeiro cigarro quando eu completei seis. Minha mãe nunca o agradeceu por isso, entenda, mas eu nunca reclamei.

Sean tomou mais um gole. Dessa vez, o gosto não foi tão ruim.

— O senhor mora sozinho? — perguntou.

— Sim — Tandy falou. — Desde a morte da minha mãe. Isso faz, ah, já faz vinte anos. Ela está enterrada no quintal com o meu pai. Os seus ainda estão vivos?

— Sim, mas são separados. A gente mora com a mamãe.

— E se dão bem com seu pai?

Sean negou com a cabeça.

— Para dizer a verdade, ele não liga muito para a gente.

— Sei — falou Tandy, dando mais um trago. — Entenda: homens, em sua maior parte, exceto eu e você, costumam ser grandes cuzões. Foi por isso que eu escolhi ficar sozinho.

Sean deslizou mais um olhar pela sala.

— Você gosta de armas.

— Acho que podemos dizer que sim. E vou ficar com elas até o dia da minha morte. Se algum cara do governo vier aqui querendo tomar essas armas de mim, vai ter que se ver comigo antes.

Sean tomou mais um gole de cerveja, simplesmente sem dar a mínima para o sabor.

— Cara do governo?

— Os federais — Tandy esclareceu. Inclinou-se sobre a mesa e falou em um sussurro furioso. — Eles estão por todos os cantos, aqueles filhos da mãe. Sempre de olho em mim. Acham que eu não sei, mas sei muito bem. Se algum deles mostrar a cara, vai levar chumbo grosso no rabo, estou avisando.

Sean deu risada, embora não soubesse ao certo do que achava graça.

— Olhe aqui embaixo — Tandy falou, apontando para o chão.

O garoto viu o alçapão ali e não sentiu mais vontade de rir.

— Meu pai criou isso aí com as próprias mãos, forrou com concreto. Foi na época em que pensavam que uma bomba poderia cair a qualquer momento. Eu ainda mantenho os suprimentos. Tem comida enlatada suficiente para uns bons anos. Se os federais aparecerem aqui, vou mandar todos pro inferno a tiros, depois vão ficar enterrados ali. Um homem do governo não é páreo para John Tandy, não, de jeito nenhum.

Lá fora, Constance rosnou.

Tandy virou em sua cadeira para espiar pela janela.

O rosnado da cachorra se transformou em um latido constante.

— Parece que o xerife McCall enfim decidiu aparecer — supôs.

Ele se levantou da mesa, foi à porta e a abriu. Sean agora ouviu o motor rugindo, subindo a caminho da clareira. Foi ao lado de Tandy para ver o carro se aproximar. A viatura branca saiu das sombras das árvores.

— Espere um pouco — Tandy falou. — Esse não é McCall.

O estômago de Sean gelou. A viatura foi desacelerando até parar, o motor ainda ligado. Ele olhou na direção do para-brisa, mas não conseguiu saber quem era o motorista. Tandy não desviou o olhar do carro enquanto dizia:

— Filho, vá ali e pegue aquele rifle para mim. Um rifle sempre é um bom ajudante.

Sean foi ao canto, ergueu a arma, sentiu o peso. Um fuzil de assalto, pensou, do tipo que via nos filmes. Levou-o para Tandy, que pegou a arma e a segurou tranquilamente a seu lado. Sean deslizou atrás dele, olhou na direção da viatura.

— Saia do carro — Tandy gritou. — Me deixe olhar para você.

Alguns momentos se passaram antes de a porta do motorista se abrir. Constance correu adiante, latidos histéricos ecoando de seu peito.

— Constance, pare — Tandy gritou.

A cachorra parou, rosnando.

O xerife Whiteside saiu do veículo e a bexiga de Sean de repente se contraiu.

— Não — ele disse.

Tandy virou discretamente para trás e perguntou:

— Qual é o problema?

— Ele não — disse Sean. — Não deixe ele levar a gente.

Tandy ergueu o rifle, apontou para o peito de Whiteside.

— Espere aí, amigo — disse. — Eu chamei o xerife McCall pelo rádio, e você não é ele. Diga a que veio.

— Sou o xerife Ronald Whiteside de Silver Water, condado de Elder. Você deve ter visto o noticiário. Essas crianças estão desaparecidas há quatro dias e eu vim levá-las de volta para a mãe delas. Talvez pudesse fazer o favor de prender o seu cachorro.

— Eu não tenho televisão, então não acompanho muito as notícias. Seja como for, o menino aqui está falando que não quer ir com você. Portanto, acho que você perdeu a viagem. É melhor dar meia-volta agora mesmo e retornar para o lugar de onde saiu.

Whiteside manteve a porta aberta, de modo que ela formasse uma barreira entre ele e Tandy.

— Acho que não posso fazer isso. O lugar dessas crianças é ao lado da mãe, e eu prometi a ela que os levaria de volta e inteiros. Por isso, não vamos criar problemas.

Tandy sorriu e falou:

— Bem, meu amigo, problema foi você quem criou. Vendo a sua barba por fazer há dias e a sua camisa suja de sangue, eu diria que já está com problemas. Agora você tem dez segundos para entrar de volta no seu carro e dar o fora daqui, antes que eu peça para a Constance voar na sua garganta.

John Tandy encarou Sean e falou em voz grave:

— Leve a sua irmã para o porão, tranque a porta ao passar.

Sean olhou para o alçapão.

— Não — respondeu.

— Faça o que eu mandei agora mesmo. Vá!

O garoto correu em direção ao sofá, onde Louise estava acordando. Ela esfregou a mão nos olhos e perguntou:

— O que está acontecendo?

— A gente tem que se esconder.

Segurou a mão da irmã e a puxou para fora do sofá. Levou-a ao alçapão, soltou a mão dela e segurou a fechadura. A porta mal se mexia, não importando a força que ele aplicasse.

— Me ajude — pediu.

Louise segurou a mão dele e os dois puxaram a porta. Ao abri-la, Sean a segurou por tempo suficiente para ver a escada lá embaixo.

— Desça ali — falou.

— Não — Louise respondeu.

— Desça logo.

Ela pisou no degrau superior da escada e desceu, braços e pernas tremendo. Quando Louise chegou ao degrau inferior, Sean começou a descer, esforçando-se para manter a porta aberta com o ombro. Ouviu Tandy dizer alguma coisa, algum aviso final antes de a porta fechar. Tateou para encontrar o trinco, encontrou-o, fechou.

Ele estava descendo os últimos degraus quando tiros estouraram lá em cima.

53

Whiteside puxou discretamente sua arma de serviço, uma Glock 19. Manteve-a escondida atrás da porta da viatura. Não duvidou de que Tandy atiraria com a AR-15 antes que ele ao menos conseguisse mirar, que dirá apertar o gatilho.

— Vamos fazer o seguinte — Whiteside pediu. — Abaixe esse rifle e passe um rádio para o xerife McCall. Ele vai dizer que me ligou e me pediu para vir até aqui.

— Acho que não vou fazer isso — Tandy retrucou. — Não sei se você está contando, mas aqueles dez segundos já passaram, e até um pouco mais. Vou dar uma última chance para você seguir o seu caminho. Vai aceitar?

Whiteside se preparou.

— Acho que não — falou.

— Tudo bem, então. — Tandy assentiu e cuspiu no chão da varanda. — Constance, ataque.

A cachorra avançou como se tivesse molas nas patas traseiras. Whiteside entrou no carro, fechou a porta, mas sua perna esquerda ficou presa. Constance agarrou a sola de borracha do coturno e alguns dentes perfuraram a superfície de couro. O xerife rugiu ao tentar puxar o pé, mas a cachorra rosnou e balançou a cabeça de um lado a outro, recusando-se a deixar de lado seu prêmio.

Ele abriu totalmente a porta da viatura, apontou o revólver para as costas de Constance, atirou duas vezes entre as omoplatas. Em meio ao eco do tiro, ouviu a cachorra choramingar, mas ela aguentava firme, mesmo que suas patas quase tivessem cedido. Chutou-lhe o focinho com o pé direito e os olhos da cachorra se fecharam conforme ela enfim o soltava.

Whiteside tentou sair da viatura, mas um tiro atravessou o ar. Ele se abaixou, usando a porta como escudo, e outra saraivada fez a janela do lado do motorista estilhaçar. Uma chuva de cacos de vidro caiu sobre sua cabeça e ombros.

O xerife contou um, dois, três, imaginando em que lugar perto da porta Tandy estaria, avaliando a distância entre eles. Então ficou em pé, apontou o revólver pela janela quebrada, mirou e apertou o gatilho três vezes.

O terceiro tiro acertou o ombro direito de Tandy, fazendo-o cair dentro da casa. Whiteside ouviu a pancada do corpo atingindo o chão, em seguida o som do rifle caindo. E uma série de palavrões.

O xerife colocou-se em pé e posicionou-se à frente da porta do carro, mantendo sua arma erguida e apontada para o interior mal iluminado do chalé. Lá dentro, os xingamentos haviam se transformado em gemidos. Whiteside deu passos lentos e cuidadosos em direção ao chalé, desviando para a direita, para fora do ângulo de visão oferecido pela porta.

Viu um movimento no chão e, por reflexo, esquivou-se para o lado. O flash emitido pela arma iluminou o interior por uma fração de segundo, tornando visíveis os olhos arregalados e os dentes cerrados de Tandy. O tiroteio foi selvagem, as balas retalhando galhos dos pinheiros do outro lado da clareira.

Whiteside correu curvado, indo para a varanda, afastando-se do ângulo de visão oferecido pela porta. Chegou ao chalé, empurrou as costas contra a parede, ao lado da janela, e apurou os ouvidos.

— Maldito, seu filho de uma... filho de...

Foi aos pouquinhos se aproximando da janela, espiou ali dentro tempo suficiente para ver Tandy usar o braço esquerdo para apontar o rifle na direção do vidro. Whiteside abaixou no mesmo segundo em que a janela explodia. Arrastou-se adiante, na direção da porta, seus joelhos reclamando da pressão.

Quando se aproximou do limite da porta, passou o braço para dentro, apontou cegamente para o interior do chalé e atirou três vezes no chão. Silêncio por alguns momentos, só o eco dos tiros reverberando em meio às árvores. Então ouviu um rugido agonizante. Mantendo-se abaixado, foi engatinhando, atento ao interior do cômodo.

Tandy estava deitado de costas, com o rifle caído a seu lado. Uma bala havia entrado pela sola do sapato esquerdo, a segunda havia se enterrado em sua virilha, a terceira estava na parte mais alta da coxa. Mesmo assim, ele continuava consciente, respirando em um chiado alto e desesperado.

Whiteside se forçou a se levantar, mantendo os olhos e a mira em Tandy. Entrou na casa, aproximou-se do velho e chutou o rifle para que ficasse fora de alcance.

— Onde eles estão? — perguntou enquanto dava a volta para se posicionar ao lado direito de Tandy.

— Vá se foder — o velho retrucou, sua voz um chiado fraco.

O xerife encostou o coturno no ombro ferido de Tandy, apoiou seu peso ali. O velho gritou.

— Onde estão?

Tandy riu e chiou:

— Você ainda está aqui? Pensei ter dito para ir se foder.

Whiteside observou o interior pouco iluminado do chalé. Uma porta aberta levando ao quarto, nem sinal de alguém ali. Nenhum lugar onde se esconder.

Então percebeu a pequena fechadura no chão.

— Nem precisa responder. Acho que os encontrei — falou.

Whiteside manteve o cano do revólver a um centímetro da testa de Tandy. Não deu ao velho tempo para dizer o próximo palavrão.

54

Audra correu o mais rápido que seu corpo exausto permitia, os pés impulsionando com força contra o chão de terra e folhas dos pinheiros, deixando para trás o esconderijo formado pelas árvores. Danny corria alguns passos atrás, sua respiração tão constante quanto a dela era dificultosa. A oeste, Audra avistou uma área ampla, o leito de um lago desertificado pela estiagem. Sabia que os tiros só podiam ter vindo de algum lugar no fim dessa estrada.

Quantos tiros haviam sido? Ela não sabia precisar. Tinham ecoado em grupos, dois barulhos distintos, um estalo forte e um estrondo que se espalhava em meio às árvores. O último tiro que ela ouviu tinha o tom horrível que anunciava o fim de algo, como se colocasse um ponto-final em tudo.

A trilha parecia seguir eternamente, e os pulmões de Audra queriam explodir para fora do peito. Suas coxas queimavam, implorando por descanso, e seus passos eram cambaleantes. Ela tropeçou, os braços indo à frente conforme a inércia a empurrava, mas a mão de Danny segurou seu antebraço, equilibrando-a, mantendo-a em movimento.

— Ali — ele falou, a palavra escapando entre uma respiração e outra.

Apontou para uma pequena trilha indo para a lateral, levando a uma clareira com um chalé e carros estacionados entre as árvores. Audra deixou que ele a guiasse para lá e, de algum jeito, em algum lugar, encontrou forças que a impulsionaram adiante.

Conforme eles se aproximavam da clareira, Audra começou a chamar o nome dos filhos, mas Danny a silenciou, levando a palma da mão sobre os lábios dela. Ele a segurou pelo braço, forçou-a a parar.

Danny apontou para seus próprios olhos, depois para seus próprios ouvidos. Olhe. Ouça.

Os dois se aproximaram do limite das árvores, mantendo-se abaixados e atentos. A viatura de Whiteside estava de frente para a varanda, porta-

-malas aberto. Uma cachorra deitada em uma piscina de sangue e cacos de vidro ao lado da porta do motorista. Uma fumaça preguiçosa subindo dos restos de uma fogueira em um barril ao lado da propriedade. A porta da frente do chalé entreaberta, uma das janelas estilhaçada.

Danny foi na dianteira, agachando-se ao se aproximar. Ficou entre a viatura e o chalé. Audra o seguiu, mantendo-se abaixada. Estendeu a mão para pegar a arma que levava na cintura. Danny parou ao lado da porta do motorista, olhou através do espaço onde antes existira uma janela. Os pés de Audra amassaram cacos de vidro conforme ela se aproximava.

— Lá — ele sussurrou. — Na passagem da porta.

Ela olhou no meio da escuridão. Viu os pés de um homem e logo se deu conta de que era o corpo de quem quer que morasse ali. Depois, ouviu alguns resmungos graves lá de dentro, seguidos por xingamentos murmurados. Olhou para Danny, que assentiu. Sim, também tinha ouvido. Apontou para o lado direito da construção, aquele com a janela intacta, depois apontou para o chão, orientando Audra para que ficasse abaixada.

Danny se aproximou da parte traseira da viatura, deu a volta e chegou do lado do passageiro. Audra o seguiu de perto. Ele observou a passagem da porta do chalé por alguns momentos antes de começar a correr agachado na direção do imóvel. Parou perto da varanda, subiu ali, um pé de cada vez, o mais lentamente que conseguia se movimentar.

Mais xingamentos e resmungos vindos de lá de dentro.

Danny acenou para Audra se aproximar. Ela respirou fundo e correu, mantendo a cabeça baixa. Chegou à varanda, analisou o piso de tábuas de madeira e se perguntou como pisar nelas sem que rangessem alto. Ele acenou uma vez mais, e ela cruzou a varanda com dois passos leves, praticamente sem fazer nenhum barulho.

— Vamos logo — a voz lá dentro rugiu.

Audra ouviu um barulho alto e intenso, seguido de um estrondo metálico. Depois, dentes batendo ritmicamente, acompanhados por grunhidos. Com cuidado, espiou pela janela. Um quarto, uma cama de solteiro simples, de metal, no centro, o mínimo necessário de móveis. Danny foi devagar na direção da porta, o sussurro de seus movimentos encobertos pelo barulho vindo lá de dentro, Audra logo atrás.

Quando chegaram à porta, Danny se levantou com cuidado e Audra passou por ele, imitando sua postura, mantendo o revólver erguido e pronto para atirar.

Lá dentro, de joelhos, com a camisa suja de sangue, o xerife Ronald Whiteside espreitava em um alçapão, segurando um pé de cabra, suor brotando da testa, dentes rangendo. Whiteside não percebeu a presença deles, totalmente concentrado na tarefa de abrir a porta — o que quase havia conseguido fazer.

Um último estalo e o que quer que mantinha a portinhola fechada por dentro cedeu. O xerife deixou escapar um rugido triunfante, segurou o pé de cabra com a mão esquerda, agarrou a fechadura e abriu a porta.

— Whiteside — Danny chamou.

Os olhos do xerife se arregalaram e ele se virou ao som de seu nome. A mão direita segurou a arma que estava no chão. Danny deu um tiro, mas Whiteside se jogou de barriga no chão e a bala cavou um buraco na parede.

Segurando a arma, ele rolou para o lado, pela entrada do porão, e desapareceu.

55

Whiteside caiu na escuridão. Por instinto, a mão esquerda soltou o pé de cabra e ele esticou os braços, dedos batendo em um degrau da escada, agarrando o próximo na tentativa de conter a queda. No mesmo momento em que o pé de cabra atingiu o chão, Whiteside estirou o ombro e não conseguiu mais se segurar. Seus dedos se afrouxaram e ele despencou de costas no chão duro. Gritou de dor.

Lá em cima, passos avançando pelo chão, depois Lee apareceu na abertura do alçapão. Whiteside ergueu o revólver e atirou duas vezes na direção da luz. Lee desapareceu. O xerife rolou para o lado, na escuridão, e ficou de joelhos.

— Jesus Cristo — disse, chiando entredentes.

A dor irradiou por suas costas, ameaçou escurecer tudo, mas ele se forçou a ignorá-la. Sentir dor agora não ajudaria em nada. Abafando outro grito, deu um jeito de ficar em pé. Afastou-se do quadrado de luz que o alçapão projetava no chão.

Seu calcanhar tocou no pé de cabra no piso, e ele cambaleou para trás. Alguma coisa pendente e pesada bateu atrás de sua cabeça. Ele estendeu a mão para segurar o que quer que fosse aquilo, encontrou uma lanterna suspensa em uma viga do teto. Segurando a lanterna, girou-a na escuridão, seus olhos analisando os tons de preto. Apertou o botão que a ligava e um feixe de luz invadiu a penumbra, lançando sombras ferozes por todo o porão

Seu olhar deslizou pelas fileiras de comida enlatada, roupas e cobertores empilhados, banheiro químico. Ali, atrás de um monte de caixas amontoadas, um menino e uma menina. Whiteside foi cambaleando na direção deles, mantendo o revólver apontado para o peito da menina.

Tentou agarrar os dois. O menino quis enfrentá-lo, mas Whiteside lhe deu um forte tapa na cabeça. Puxou o garoto pelo colarinho até o centro do cômodo, depois alcançou a menina e fez a mesma coisa. Passou o braço livre em volta dos dois, que gritaram ao serem puxados mais para perto do xerife. Whiteside apontou a arma na direção do alçapão.

— Mãe! — Sean gritou.

— Cale a boca — Whiteside ordenou. — Fique quieto ou eu mato todos vocês.

A cabeça de Audra apareceu na abertura, espreitando-os. Sean gritou outra vez por ela.

— Ouça o que eu vou dizer — ameaçou Whiteside. — Você e seu amigo, deem o fora daqui ou vou explodir a cabeça dessas crianças.

Audra afastou o rosto da abertura e, pelo mais breve dos momentos, Whiteside pensou que ela tivesse atendido sua advertência. Logo depois, os pés dela já tocavam os degraus.

Lá em cima:

— Audra, não.

Desarmada, ela desceu. Whiteside apontou o revólver para ela. Audra chegou à base, virou para encará-lo, seus olhos brilhando com a luz lançada pela lanterna. O rosto de Lee apareceu mais uma vez lá em cima.

— Audra, o que...

— Fique aí — ela respondeu. — Se ele tentar deixar este porão, atire para matar.

— Audra, ouça...

— Faça isso, faça o que eu disse — ela respondeu, dando um passo mais para perto.

— É melhor você se afastar — Whiteside aconselhou. — Eu vou levar essas crianças comigo, e fim de papo.

— Não — Audra retrucou, dando um passo adiante. — Você não vai tirar meus filhos de mim outra vez.

Ele se afastou, levando consigo o menino e a menina, o braço esquerdo ainda envolvendo os dois.

— Merda — praguejou, sua voz ecoando entre as paredes de concreto. — Pare exatamente onde está.

— Sean, Louise — ela falou. — Vocês vão ficar bem.

— Cale a boca — Whiteside ordenou, apontando o revólver na direção dela. — Eu vou levar os dois comigo. Não me faça ferir essas crianças. Eu matei a Collins. Matei o velho lá em cima. Acredite, posso matar outra vez se você me pressionar.

Audra se aproximou mais e disse:

— Solte os meus filhos.

Whiteside sentiu uma risada histérica chegar à sua garganta, mas a engoliu.

— Escute o que eu vou dizer — ele insistiu. — Tem um homem por aí disposto a me pagar um milhão de dólares por uma criança. Três milhões por duas. Você pode pedir, pode implorar, pode ameaçar quanto quiser. Nada que diga vai valer mais que três milhões de dólares, não é?

Audra se abaixou e tentou alcançar o pé de cabra no chão. A barra veio arrastando no concreto e ela a ergueu, segurando-a ao seu lado.

— Vou falar pela última vez. Solte os meus filhos.

Whiteside olhou para a barra de ferro na mão dela.

— O que você vai fazer com isso? — perguntou.

Audra o olhou firmemente nos olhos. Uma pontada gelada transpassou o coração de Whiteside.

Então Audra ergueu o pé de cabra e acertou a lanterna, que caiu girando no chão do porão, a luz se apagando pelo caminho.

56

Audra viu a ponta do cano da arma brilhar enquanto se jogava no chão, sentiu a pressão do disparo em seus ouvidos. Em meio ao chiado, ouviu pezinhos correndo na escuridão e depois um grito rouco e furioso.

Ela ficou de joelhos, manteve-se abaixada enquanto avançava pela escuridão.

A arma brilhou de novo, agora apontada na direção dos passos. Audra prendeu a respiração ao ouvir o barulho do concreto pulverizando e caindo no chão; só soltou o ar dos pulmões ao ouvir os passos de novo, correndo para o outro lado do porão.

Whiteside atirou outra vez e Audra sentiu a bala passar bem ao lado de sua cabeça. Ficou de bruços, permaneceu imóvel enquanto latas caíam e balançavam, derramando o seu conteúdo líquido. O xerife berrou de raiva, sua voz mais alta, um grito penetrante.

Ainda de barriga no chão, Audra se arrastou para a frente, os olhos focados no ponto do último flash lançado pela arma, segurando o pé de cabra em paralelo ao chão, esforçando-se para não fazer nenhum barulho ou movimentos súbitos.

— Maldita — Whiteside gritou. — Vá para o inferno, sua maldita.

A voz dele vinha de um ponto acima da cabeça de Audra e ela localizou mais ou menos de onde. Arrastou-se por mais alguns centímetros, o concreto arranhando seus cotovelos e joelhos.

— Sua maldita — ele praguejou outra vez, a voz mais fraca, um lamento agudo.

Audra ficou de joelhos, golpeou com o pé de cabra. O metal atingiu um osso e Whiteside gritou. Ela ouviu o baque da queda, então se levantou, mantendo o pé de cabra erguido, pronta para golpear qualquer parte do corpo daquele homem.

Então viu o brilho do disparo outra vez, agora abaixo dela, e sentiu uma fisgada quente no ombro. Antes que sua mente fosse capaz de processar a dor, Audra golpeou outra vez com o pé de cabra, sentiu alguma coisa sendo atingida e quebrando. O barulho do revólver raspando no chão de concreto, o tinir quando ela deixou cair o pé de cabra e mais um grito de dor.

Audra rugiu, uma fúria animal escapando violentamente de seu coração. Montou em Whiteside e ergueu os punhos, baixou-os, ergueu-os, baixou-os e outra vez e outra vez, cada golpe fazendo o choque reverberar em seus punhos e cotovelos e ombros. Ouviu as pancadas, que lhe soaram como música, e riu e riu até ficar sem ar.

Alguém gritou: Pare, pare, por favor pare, mas a voz estava distante demais na escuridão, um choramingo patético que, para ela, não significava nada.

Um flash de luz se espalhou pelo cômodo, iluminou tudo, e ela viu Whiteside sob ela, braços erguidos para proteger o rosto. Depois, o barulho de um tapa e um chacoalhar, mais flashes, fazendo parecer que ele dançava debaixo dela, todos os movimentos bruscos e chamuscados de vermelho.

— Mãe — Sean a chamou.

Audra congelou, suspendeu os punhos ensanguentados e virou na direção da voz do filho.

Ali, do outro lado do cômodo, com a irmã ao seu lado, Sean balançava a lanterna, bati-a na palma da mão, tentando manter a luz viva.

— Mãe, pare — ele pediu.

Atrás deles estava Danny, mantendo o revólver apontado para Whiteside.

Audra baixou as mãos. Arrastou-se para o lado, longe do xerife, e foi em direção a seus filhos, de joelhos, braços estendidos, bem abertos. Eles vieram até ela, seus rostos quentes e úmidos encostando-se ao dela, o abraço dela engolindo os dois, os corpos se unindo.

Audra chorou enquanto a luz acendia e apagava e dançava em volta deles.

57

O sol já tinha se erguido acima das árvores e banhava a clareira com sua luz calorosa. Audra sentiu o calor em sua pele, desfrutou dele. De todas as coisas que deviam ser importantes para ela naquele momento, o sol no céu seria a menor delas. Mesmo assim, ele estava ali.

Whiteside permanecia sentado na varanda, a cabeça sangrando e baixa, o braço direito inchado sobre a coxa, o esquerdo unido ao direito pelas algemas que ele mesmo trouxera. Gritara de dor quando Danny forçara o braço quebrado de volta ao lugar certo. Agora tremia, suor e sangue se misturando e escorrendo do nariz e dos lábios, formando filetes vermelhos pelo queixo.

Sean ficou observando o Xerife. Tinha perguntado se podia segurar uma arma e apontá-la para Whiteside, para mantê-lo parado ali. Por um momento, Audra chegou a questionar se seu filho teria coragem de apontar uma arma para outra pessoa. Então viu a frieza nos olhos do menino e ali encontrou a resposta. Perceber isso fez uma dor brotar em seu coração, uma dor que ainda agora ecoava dentro dela. Mesmo assim, Audra falou que não. Explicou que Whiteside não iria a lugar nenhum.

Danny encontrara um kit de primeiros socorros no porão do chalé e agora cuidava da ferida no ombro de Audra enquanto Louise permanecia deitada no colo dela. Só um arranhão, Danny falou, mas doeu pra caramba quando ele borrifou um antisséptico. Cobriu a ferida com gaze e prendeu com esparadrapo.

— Você vai ficar bem — ele falou. — Vai precisar levar uns pontos quando voltarmos à civilização, mas vai sobreviver até lá.

Danny se preparou para se levantar, mas Audra o chamou:

— Ei.

Ele se agachou outra vez ao lado dela.

— Obrigada — disse. — Eu te devo... tudo.

Danny estendeu a mão na direção de Audra, esfregou os dedos em sua bochecha.

— Só... cuide bem deles. É só isso que peço.

Enquanto Danny se levantava, ela acenou para chamar seu filho. Sean foi à varanda e se aninhou na mãe. Mesmo que o gesto lhe causasse dor, Audra ergueu o braço e enlaçou o filho. Beijou o topo da cabeça de Sean, que se apoiou ainda mais nela.

Danny se aproximou de Whiteside, encostou um pé bem ao lado dele, se abaixou para falar:

— Onde e quando aconteceria a entrega?

— Vá se foder — foi a resposta de Whiteside.

Danny socou o braço quebrado, e o xerife urrou.

Louise enterrou o rosto no peito de Audra, mas Sean continuou assistindo à cena. Audra o puxou mais para perto, usou a mão para virar seu rosto.

Danny puxou uma faca da bainha presa a seu cinto, faca que havia pegado na parede daquele chalé. Segurou-a diante dos olhos de Whiteside, deixando o metal refletir a luz do sol. Em seguida, agarrou a orelha esquerda do xerife e encostou a lâmina.

— Diga logo ou vou mostrar por que me chamam de Garoto da Faca.

— Quatro horas — Whiteside falou entredentes. — No meio do caminho entre Las Vegas e aqui. Em um shopping center abandonado, na saída da I-40.

Danny soltou a orelha de Whiteside e falou:

— Isso fica a o que, duas horas daqui?

— Mais ou menos isso.

Danny checou seu relógio, ficou em silêncio por um instante antes de dizer:

— São umas duas horas, talvez duas horas e meia daqui até Silver Water. Temos que ir. Vamos entregar esse merda para Mitchell.

— Não — Audra falou.

Danny a encarou, confuso.

— O quê?

— A entrega aconteceria duas horas a noroeste daqui, às quatro da tarde.

— Foi o que ele disse.

— Que horas são agora? — ela perguntou.

Danny checou de novo o relógio em seu pulso.

— Uma e quarenta.

— Eu cuido de Whiteside — Audra falou. Olhou para a caminhonete surrada e enferrujada encostada na lateral do chalé, depois deslizou o olhar outra vez na direção de Danny. — Me ajude a colocá-lo na viatura e eu o levo de volta. Vai ter uma grade nos separando dele. Ele não pode mais nos ferir. Você pega a picape e vai ao local da entrega. Encontre esses homens. Lá, faça a mesma pergunta que fez aos outros, aos policiais que levaram a sua filhinha.

Danny olhou firmemente nos olhos dela por um momento, depois virou o rosto.

— Eu já sei a resposta.

— Não, não sabe — Audra retrucou. — Você não tem certeza.

Ele expirou, um suspiro trêmulo.

— Talvez nem queira saber. Talvez eu tenha me acostumado à ideia de que nunca encontraria esses homens.

— Não acho que seja verdade — Audra replicou. — Você não vai ter paz até descobrir.

— E se eu perguntar e eles não me derem a resposta que eu quero...

Danny voltou a encarar Audra, que percebeu que ele quase lhe pedia permissão, como se ela pudesse lhe dar alguma permissão.

— Aí você faz o que tem que fazer — ela concluiu.

58

Pelo retrovisor empoeirado da picape, Danny viu o SUV preto entrando no estacionamento vazio. Olhou o relógio: cinco para as quatro. Tinha chegado fazia quase quinze minutos. A velha caminhonete veio sacudindo e chiando tanto pelo caminho que ele chegou a temer que ela não sobrevivesse à jornada. Mas agora não importava. Se tudo saísse como planejado, Danny não precisaria mais daquele veículo.

O estacionamento se estendia por centenas de metros em todas as direções, o asfalto de um tom de cinza desbotado pelo sol. Localizado a menos de um quilômetro da rodovia interestadual, deveria estar tomado de carros, compradores indo e vindo com seu dinheiro e suas sacolas. Em vez disso, os prédios que compunham o shopping center se amontoavam como crianças abandonadas. Um negócio que deu errado, sem dúvida vítima da crise econômica. Alguém tinha perdido um bom dinheiro com aquilo ali, pensou Danny.

O SUV atravessou o estacionamento, vindo na direção dele. As janelas cobertas com uma película escura o impediam de enxergar os ocupantes. Mesmo com a poeira no vidro da picape, eles o veriam muito antes de ele vê-los. Danny ajeitou uma pilha de cobertores no banco do passageiro para dar a impressão de que havia alguém ali. A AR-15 que ele havia pegado do homem caído no chalé estava a seu alcance.

Ele morreria hoje?

Danny pensou que talvez sim. Mas isso pouco importava para ele. Contanto que fizesse o que precisava ser feito. Contanto que descobrisse o que precisava saber. Contanto que eles pagassem.

O SUV parou de frente para a picape, a dez metros de distância. Danny esperou e observou. Assim como fizeram os ocupantes do SUV. Ele levou a mão ao banco do passageiro, puxou o fuzil em seu colo, segurou-o confortavelmente, o dedo próximo ao gatilho. A julgar por seu relógio, um minuto inteiro já se passara, sem nada ter acontecido.

A porta do motorista do SUV enfim se abriu. Mais alguns segundos se passaram antes que um homem enorme, de cabeça raspada e terno preto, empurrasse seu corpo enorme para fora do veículo. Deixando a porta aberta, ele deu passos lentos na direção da picape. Danny contou conforme ele se aproximava, avaliando quanto tempo o homem demoraria para correr de volta ao SUV caso decidisse fugir. A criatura imensa parou no meio do caminho entre os veículos, mantendo as mãos abertas na lateral do corpo, dividindo seu peso igualmente entre os pés.

Danny abaixou o vidro. O homem inclinou a cabeça, estreitando os olhos ao ouvir o barulho. Mais alguns segundos de silêncio. O homem olhou para trás, por sobre o ombro, na direção do SUV. Voltou a observar a picape.

Danny pensou: É agora.

Abriu bruscamente a porta, saiu da caminhonete, ergueu o fuzil e apontou pela janela aberta. O homem enorme ficou de olhos arregalados e, em pânico, tentou alcançar o coldre debaixo do paletó.

— Não — Danny gritou.

Talvez o desconhecido não tivesse ouvido. Talvez tivesse pensado que poderia puxar a arma e mirar rápido o suficiente. De todo modo, não importava. Porque a explosão do fuzil o fez cair de costas, sua arma bater no asfalto.

Danny não hesitou. Passou pela lateral da porta aberta e marchou a caminho do SUV, ignorando os engasgos e as arfadas desesperadas do homem que tinha acabado de derrubar. Conforme se aproximava do veículo, ouviu a voz, já sem fôlego, de uma mulher.

— Ai, Deus — ela pedia. — Por favor, meu Deus, não, não, não, ai, meu Deus, não, não, meu Deus...

Ele diminuiu a velocidade ao se aproximar da porta do motorista, que continuava aberta. Espreitou ali dentro, viu a mulher, que estava se esticando sobre os porta-copos e o apoio de braço, o bolso da calça de seu terninho azul-marinho preso no câmbio, as mãos no volante enquanto ela tentava se arrastar para o outro lado. Uns quarenta anos, cabelos ruivos e longos presos em uma tentativa de domar os cachos. Ela piscou, assustada, ao ver Danny.

— Por favor não me mate — pediu.

Danny correu o olhar pelo banco traseiro do carro, não viu mais ninguém.

— Aonde você planejava levá-los? — ele perguntou.

— Las Vegas — respondeu a mulher. — Tem uma festa lá. Numa casa em Summerlin.

Ela informou a ele o nome, o dono da casa, o chefe, e Danny visualizou o rosto da criatura. Um bilionário da internet, reconhecido por seu dinheiro e também por seus atos de filantropia.

— Cinco anos atrás, você se lembra de uma menininha? — Danny perguntou. — Seis anos de idade. Cabelos pretos, olhos escuros.

A mulher negou com a cabeça enquanto soltava o volante.

— Eu não sei — respondeu. — Foram tantas.

Danny encostou o cano do fuzil na cabeça da mulher. Ela fechou os olhos bem apertados.

— Eu não lembro. Desculpa, por favor, não, por favor, por favor, não.

— Me leve até lá — Danny ordenou.

Ela abriu os olhos, acalmou a respiração e perguntou:

— Você vai me deixar viva?

— Veremos — foi a resposta de Danny.

59

Audra dirigia, o vento entrando pela janela estilhaçada e soprando para trás seus cabelos ensopados de suor, refrescando sua testa. Sean e Louise se amontoavam no banco do passageiro, os dois dormindo pesadamente. Whiteside estava atrás, com a grade de metal separando-os. Pelo retrovisor, ela o viu apoiar o corpo na porta, os olhos entreabertos, a boca solta. Sangue escorrendo pelos lábios.

Ela tinha pegado o celular de Whiteside e usado o GPS para encontrar o caminho de volta ao condado de Elder. Já estava na estrada fazia duas horas, restavam vinte minutos pela frente. A ferida no ombro queimava e incomodava toda vez que Audra se mexia, mas ela não estava nem aí. Só queria pular na cama e dormir com os filhos em seus braços.

Alguns minutos depois, ela avistou a placa que anunciava Silver Water. Diminuiu a velocidade, estacionou, puxou o freio de mão. Mais adiante, do outro lado da saída, o ponto onde Whiteside a havia parado apenas três dias antes.

— Collins estava certa.

A voz dele a assustou. Audra olhou pelo retrovisor, viu-o encarando-a com olhos brilhando.

— Sobre o quê? — ela indagou.

— Eu devia ter matado você.

— Mas não matou. Mesmo que tivesse matado, você terminaria na pior. Mesmo se tivesse recebido todo aquele dinheiro, ele seria uma maldição na sua vida. Você sabe disso, não sabe?

Ele desviou o rosto antes de voltar a observá-la pelo retrovisor.

— Pode fazer uma coisa para mim? — perguntou.

— O quê?

Whiteside expirou, um suspiro pesaroso. Uma lágrima escorreu por sua bochecha ensanguentada.

— Me mate — pediu. — É só enfiar uma bala na minha cabeça e me largar aqui.

Agora foi a vez de Audra desviar o rosto, concentrar-se no deserto, nas montanhas distantes, no oceano de azul ao longe.

— Eu sei que você quer fazer isso — ele falou.

Ela olhou outra vez pelo retrovisor, bem nos olhos dele.

— É verdade, eu quero. Mas não vou. Não se preocupe, o que é seu está guardado.

Audra virou a chave no contato, engatou o câmbio e o carro entrou outra vez em movimento. Fez a curva para pegar a saída, entrou na estrada sinuosa, lembrando de quando estava naquele mesmo veículo, atrás daquela mesma grade metálica, sem a menor ideia do que o destino lhe reservava. Uma tristeza profunda a invadiu quando ela entrou em uma subida e depois começou a descer a caminho do riacho do outro lado.

A mesma montanha-russa, os mesmos conjuntos de casas, a mesma pobreza desesperadora de alguns dias atrás, mas agora tudo diferente. Audra sabia que nada voltaria a ser como antes, nem para ela, nem para seus filhos.

Whiteside fungou e choramingou atrás do carro enquanto ela se aproximava da ponte e atravessava o que havia restado do rio para entrar em Silver Water. Ele bateu a cabeça no vidro uma, duas, três vezes, deixando uma marca de sangue ali.

Audra dirigiu pela rua principal até o outro lado, onde os carros da polícia esperavam do lado de fora da delegacia e da prefeitura. Veículos da imprensa estacionados ao longo da via, repórteres esperando com expressão de tédio no rosto. Ela parou o carro no meio da rua e desligou o motor. Depois levou a mão no centro do volante, apertou a buzina, segurou apertado até os policiais e repórteres levantarem a cabeça. Então abriu a porta do motorista, empurrando-a até onde as dobradiças permitiam.

Ao ver Audra, um dos policiais estaduais exclamou:

— Jesus Cristo, é ela.

Audra saiu do veículo, lutando contra a exaustão. O mesmo policial viu a pistola na mão dela e puxou um revólver.

— Solte a arma!

Os outros policiais se aproximaram correndo, todos empunhando armas. Uma dezena deles, talvez mais. Um coro de gritos: Abaixe-se, solte a arma. Audra ergueu as mãos acima da cabeça, manteve o revólver na mão direita, os dedos longe do gatilho. Mas não estava pronta para soltar, ainda não.

Os repórteres entraram em ação, apontaram suas câmeras. Os policiais se aproximaram, fechando o círculo. O coro ficou mais alto. No chão. Solte a arma. Não fossem as câmeras, eles teriam atirado para matar, Audra tinha certeza. Deveria sentir medo, mas uma calma profunda a invadiu assim que ela estacionara o carro. Nem mesmo uma dúzia de armas apontadas para ela, prontas para explodir sua cabeça, eram capazes de desfazer a paz em seu interior.

Outra voz, essa mais alta que as demais. Audra a reconheceu: agente especial Mitchell.

— Cessar fogo! Não atirem! Não atirem!

Ela foi empurrando para abrir passagem entre os policiais, sem fôlego, olhos arregalados.

— Audra, me entregue a arma.

— Ainda não — ela respondeu enquanto ia à porta traseira, as mãos ainda erguidas. Com a esquerda, puxou a maçaneta e abriu a porta. Whiteside saiu, cambaleando, mas sem cair. Audra o agarrou pela gola da camisa, arrastou-o pelo resto do caminho. Ele gritou de dor ao tombar no asfalto.

Mitchell balançou a cabeça.

— Minha nossa, Audra, o que você fez?

— Esse homem levou os meus filhos — ela declarou, erguendo outra vez a mão esquerda. Com passos firmes e lentos, Audra se posicionou na frente do carro.

Os policiais miraram em sua direção, alguns gritando outra vez.

— Não atirem — Mitchell ordenou.

Audra deu a volta pela frente da viatura, foi ao lado do passageiro e abriu a porta. Sean já se mexia, mas Louise continuava cochilando.

Mitchell se aproximou da lateral do carro, olhou ali dentro.

— Santo Deus! — exclamou. Deu meia-volta, gritou para os policiais. — Abaixem as armas. Abaixem as armas agora mesmo!

Um de cada vez, lentamente, os policiais seguiram a ordem. Mitchell virou de novo para Audra, estendeu a mão.

— Entregue a arma — pediu. — Por favor.

Audra não hesitou. Baixou as mãos e entregou o revólver. A agente especial puxou o carregador, tirou as balas.

Audra se abaixou perto da porta do passageiro. Estendeu a mão dentro do veículo, acariciou os cabelos de Sean, tocou a bochecha de Louise, que abriu os olhos.

— Mamãe — falou a menina. — Estamos em casa?

— Ainda não, meu amor — Audra respondeu. — Mas em breve estaremos. Venha.

Ela pegou Louise nos braços e a ergueu. Sean saiu logo depois. Com os braços de Louise em seu pescoço, as pernas em volta de sua cintura e de mãos dadas com Sean, Audra passou pelos policiais e repórteres. Ignorou os olhos arregalados e as bocas abertas, ignorou as perguntas gritadas.

No fim da rua, a porta da hospedaria estava aberta, e a sra. Gerber aguardava com as mãos sobre a boca e lágrimas nos olhos.

Mitchell foi correndo logo atrás.

— Audra, aonde você vai?

Audra olhou por sobre o ombro, mas sem diminuir o passo.

— Colocar meus filhos para dormir — respondeu.

60

Quando eles chegaram ao hospital em Scottsdale, as enfermeiras tentaram colocá-los em quartos separados. Audra se recusou, agarrando-se a Sean e Louise. Foi Mitchell quem insistiu para que o hospital oferecesse um quarto para os três. O melhor que puderam arrumar foi um com duas camas.

Agora uma dessas camas se encontrava vazia. Audra e seus filhos se amontoavam na outra. Tinham dado a Louise mais uma dose de antibióticos e ela estava deitada com a cabeça do lado esquerdo do peito de Audra, roncando levemente. Sean descansava do outro lado, assistindo à televisão presa à parede.

Audra tinha cansado do noticiário. As mesmas imagens tremidas que mostravam ela dando a volta no carro, Whiteside caindo, as crianças no banco do passageiro. Os repórteres tinham exaurido suas hipérboles e o assunto já começava a cansar, já se mostrava pronto para se transformar em uma história contada no tempo passado.

A única imagem nova na última hora fora a filmagem de Patrick ajudando sua mãe a entrar em um carro preto na frente de um hotel, dizendo aos repórteres que não tinham nenhum comentário a fazer.

Quando tudo estivesse resolvido, Audra teria um comentário para eles. Quando a imprensa lhe pedisse sua versão da história, ela revelaria todas as podridões que seu marido e a mãe dele tinham feito. Exporia aos amigos ricos e poderosos quem eles realmente eram. Audra adorava a ideia, mas era para outro momento.

Ela pegou o controle remoto, estava prestes a desligar a TV quando o âncora mudou o tom. Ele checou uma folha de papel que alguém havia colocado à sua frente.

— Vamos deixar de lado por um momento os eventos de Silver Water — falou o jornalista, as palavras saindo gaguejadas enquanto ele lia. — Acaba de chegar a notícia de múltiplas mortes em um tiroteio em uma mansão em Summerlin, nos arredores de Las Vegas. O nome do proprietário do imóvel ainda não foi revelado, mas aparentemente se trata de uma figura pública muito abastada e proeminente do setor de tecnologia. Os detalhes são vagos, mas parece que um ou mais homens armados entraram na propriedade isolada entre seis e sete da noite, abrindo fogo contra os ocupantes. O número de mortos ainda não foi revelado, nem o destino do atirador ou atiradores. O que sabemos é que todas as vítimas eram adultas, e três crianças foram encontradas com vida. Mais informações ao longo da nossa programação.

O âncora então passou a noticiar um protesto em Washington, D.C., e a contar que os manifestantes tomaram uma das ruas da cidade, erguendo cartazes e gritando palavras de ordem. Audra desligou a TV.

— Foi o Danny? — Sean ficou curioso.

— Não sei — ela respondeu.

— Espero que ele...

Sean não conseguiu terminar o pensamento. A ideia era pesada demais para ele.

— Eu também — falou Audra.

Ela beijou a cabeça do filho, absorveu seu cheiro, ainda puro, apesar do banho quente que ele tomara mais cedo.

Mitchell tinha acompanhado Audra para dentro da hospedaria, esperou-a colocar as crianças para dormir para as duas poderem conversar no corredor. Whiteside foi preso no local; estavam em busca do xerife desde que o corpo de Collins fora encontrado na casa dele, mais cedo naquela tarde. Agora a criatura estava em algum lugar naquele mesmo hospital, tratando do braço e dos outros ferimentos. Audra fizera Mitchell jurar que não o deixaria tirar a própria vida, garantir que ele seria julgado pelo que fizera. Whiteside seria colocado em vigilância contra suicídio, Mitchell assegurara.

Os dias que estavam por vir seriam difíceis, Mitchell tinha alertado a Audra, embora nem precisasse. As perguntas seriam intermináveis, as autoridades e a imprensa formariam fila para extrair até a última gota de informação dela. Mas por enquanto o mundo estava em silêncio. Ela desfrutava da paz enquanto podia.

— A gente ainda vai para San Diego? — Sean perguntou.

— Acho que não — disse Audra.

— Vamos voltar para Nova York?

— Você quer? O seu pai está lá.

Sean pensou por um instante antes de responder:

— Não, não quero voltar para lá.

— Eu também não — ela concordou.

— Aonde vamos, então?

Ele virou a cabeça para olhar para o rosto da mãe, que enxergou o homem atrás dos olhos do filho.

— Não sei — ela respondeu. — Mas vamos pensar em um lugar. Juntos.

Agradecimentos

Muitas e diversas pessoas me ajudaram a dar forma a este romance, e devo a todas elas a minha gratidão:

Meus agentes, Nat Sobel e Judith Weber, e todos na Sobel Weber Associates, que trabalharam tanto por mim e me ofereceram tamanho apoio, em conjunto com o sempre excelente Caspian Dennis, da Abner Stein.

Nathan Roberson, Molly Stern e todos na Crown; Geoff Mulligan, Faye Brewster, Liz Foley e todos na Harvill Secker e Vintage Books; obrigado por se arriscarem com o meu romance.

Três pessoas ofereceram ajuda inestimável na pesquisa para este livro, e devo muitas cervejas a cada uma delas: meu velho amigo e grande escritor Henry Chang, que me ajudou a dar vida a Danny Lee; John Doherty, da Universidade do Norte do Arizona, que me levou a uma viagem pelas estradas do estado, cujos detalhes costuram as páginas deste livro; e o detetive Jim McSorley, do Departamento de Polícia de Los Angeles, que me manteve a par dos assuntos legais. Quaisquer erros ou liberdades tomadas são exclusivamente por minha conta e risco.

Um obrigado especial aos meus muitos amigos da comunidade de escritores de literatura policial, cuja amizade e apoio me mantêm firme.

E à minha família, sem a qual este livro jamais existiria.

Este livro foi composto na tipografia Minion Pro,
em corpo 11/15, e impresso em
papel off-white no Sistema Cameron da
Divisão Gráfica da Distribuidora Record.